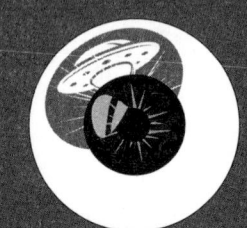

华语实力科幻作品
群星奖大满贯

白令桥横

星河——著

民主与建设出版社
·北京·

© 民主与建设出版社，2021

图书在版编目（CIP）数据

白令桥横 / 星河著 . — 北京：民主与建设出版社，2021.12

ISBN 978-7-5139-2691-1

Ⅰ.①白… Ⅱ.①星… Ⅲ.①幻想小说－小说集－中国－当代 Ⅳ.① I247.7

中国版本图书馆 CIP 数据核字（2021）第 247292 号

白令桥横

BAILINGQIAO HENG

著　　者	星　河
责任编辑	王　颂
封面设计	宋双成
出版发行	民主与建设出版社有限责任公司
电　　话	（010）59417747　59419778
社　　址	北京市海淀区西三环中路 10 号望海楼 E 座 7 层
邮　　编	100142
印　　刷	三河市冠宏印刷装订有限公司
版　　次	2022 年 1 月第 1 版
印　　次	2022 年 1 月第 1 次印刷
开　　本	880mm×1300mm　1/32
印　　张	9.5
字　　数	226 千字
书　　号	ISBN 978-7-5139-2691-1
定　　价	36.80 元

注：如有印、装质量问题，请与出版社联系。

《科幻文学群星榜》编委会

总策划：李继勇　北京书香文雅图书文化有限公司总经理
主　编：中国科普作家协会科幻专业委员会
总统筹：韩　松　静　芳

编委会：

王晋康／中国作家协会会员，科幻创作研究基地主任，中国科幻银河奖终身成就奖及全球华语科幻星云奖终身成就奖获得者。

王　瑶／笔名夏笳，西安交通大学副教授、中文系主任，科幻作家和科幻研究学者。

任冬梅／中国社会科学院台湾研究所副研究员，科幻研究学者。

江　波／科幻作家，全球华语科幻星云奖、中国科幻银河奖、京东文学奖获得者。

杨　枫／成都八光分文化CEO，冷湖科幻文学奖发起人之一。

李　俊／笔名宝树，科幻作家，全球华语科幻星云奖、中国科幻银河奖获得者。

肖　汉／科幻评论者，北京师范大学文学院讲师。

吴　岩／中国科普作家协会副理事长，南方科技大学教授、博士生导师、科学与人类想象力研究中心主任。

陈楸帆／世界华人科幻协会会长，传茂文化创始人。

陈　玲／中国科普作家协会秘书长。

张　凡／钓鱼城科幻中心创始人，科幻研究学者。

张　峰／笔名三丰，科学与幻想成长基金首席研究员，科幻研究学者。

罗洪斌／中国科普作家协会会员，科幻活动家。

姜振宇／四川大学文学与新闻学院中国科幻研究院院务秘书长。

姚海军／科幻世界杂志社副总编，全球华语科幻星云奖联合创始人。

贾立元／笔名飞氘，科幻作家，清华大学文学博士、中文系副教授。

姬少亭／未来事务管理局CEO。

韩　松／中国作家协会会员，中国科普作家协会科幻专业委员会主任委员。

戴锦华／北京大学中文系比较文学研究所教授、博士生导师、电影与文化研究中心主任。

李继勇／北京书香文雅图书文化有限公司总经理。

静　芳／北京书香文雅图书文化有限公司总编辑。

总 序

想象新时代

"科幻文学群星榜"是由中国科普作家协会科幻专业委员会联合其他科幻组织共同推出的一套科幻书系。这是一个规模庞大的工程，目前来看，也是独一无二的工程，基本囊括了中华人民共和国成立以来老中青几代具有代表性的科幻作家的佳作。这些作家的年龄，最早的是20世纪20年代出生的，最晚的是"90后"。

科幻文学作为一种年轻的文学品类，本身就是现代化的产物。1818年，世界上第一部科幻小说《弗兰肯斯坦》诞生在第一个实现革命的国家——英国。然后，科幻文学在法国、美国、日本等工业化国家繁荣起来，进入蓬勃发展的黄金时代。科幻作品反映着科技时代人类社会的变迁和走向，反思当代人类面临的多重困境，力图打破所谓世界末日的预言，最终描绘出一个五彩斑斓、生机勃勃的新未来。

早在20世纪初，中国的一些有识之士便把科幻作品译介进来，掀起了第一次科幻热潮。它承载起"导中国人群以行进""改变中国人的梦"的使命。20世纪50年代至60年代，随着中国的工业和科技体系的建立，科幻作家们以满腔热情擘画了一个欣欣向荣的新世界。1978年改革开放后，中

国再次向现代化进军，科幻迎来新的勃兴。作家们满怀豪情地书写科学技术为实现现代化，为谋求人民的幸福生活所创造出的神奇美景。进入21世纪，随着新时代的来临，这个文学门类也进入成长的新阶段。随着《三体》等作品的问世，中国科幻迎来了新一轮热潮。作家们描绘着古老的中华民族在实现全面小康和建成现代化强国的过程中所面临的新机遇、新挑战，谱写着中国走向世界、步入太阳系舞台中央并参与宇宙演化的新篇章。

科幻文学的发展折射着中国国运的巨大变迁。当今，海内外不同领域的人们对中国的科幻文学的空前关注，实际上是关注中国的未来，关注世界第二大经济体将如何持续演进，关注14亿人的创造力将怎样影响这个星球。从现实意义上来说，这套书系不但包含这些丰富的信息，而且集中梳理了新中国科幻文学取得的辉煌成就，整理出新中国科幻文学发展的广阔脉络；而且从一个特殊的侧面，反映了中华民族从站起来、富起来到强起来的进程，见证着中国走向更加灿烂辉煌的未来。

这套书系具有以下三个特点。

一是权威性。它由中国科普作家协会科幻专业委员会主持编选，并与国内多个科幻文化组织合作，得到了包括中国科普作家协会科学文艺专业委员会、《科幻世界》杂志社、南方科技大学科学与人类想象力研究中心、未来事务管理局、八光分文化、重庆钓鱼城科幻中心等的鼎力相助。编者从中华人民共和国成立以来的海量科幻文学作品中，精选出足以体现时代特征的作品。收入书系的作者，涵盖了雨果奖、银河奖、星云奖、晨星奖、光年奖、未来科幻大师奖、引力奖、水滴奖、冷湖奖、原石奖、坐标奖、星空奖等中外各类科幻大奖的获得者。

二是系统性。它收集了中华人民共和国成立以来不同时期作家的代表作。作者中有新中国科幻奠基者和老一代作家,如郑文光、童恩正、萧建亨、刘兴诗、潘家铮、金涛、程嘉梓、张静等,也有改革开放后崛起的新生代作家,如刘慈欣、王晋康、何夕、韩松、星河、杨鹏、杨平、刘维佳、赵海虹、凌晨、潘海天、万象峰年等,以及以"80后"为主体的更新代作家,如陈楸帆、飞氘、江波、迟卉、宝树、张冉、程婧波、罗隆翔、七月、长铗、梁清散、拉拉、陈茜等,还有在21世纪崛起的全新代作家,如杨晚晴、刘洋、双翅目、石黑曜、王诺诺、孙望路、滕野、阿缺、顾适等,从而构成比较完整而连续的新中国科幻光谱,同时也是对中国科幻文学发展历史的一次系统检阅。

三是丰富性。它比较全面地展现了广域时空中新中国的科幻生态和创作风格。这里面既有科普型的,也有偏重文学意象的;既有以自然科学为主体的"硬"科幻,也有侧重社会现象的"软"科幻;既有代表科幻未来主义的,也有反映科幻现实主义的;既有传统风格的写法,也有实验性质的探索。作品的主题涵盖了中国科技、社会、文化和民生的热点。从中可以看到,一个曾经积弱的民族,如今正活跃在地球内外、大洋上下、宇宙太空、虚拟世界、纳米单元、时间航线、大脑意识等各个空间。这里有中国政府和人民引领抗击全球灾难的描述,有脱贫的中国农民以新姿态迈出太阳系的故事,也有星际飞船和机器人在银河系中奏唱国际歌的传奇。

这套书系力求构建起一个灿烂的星空,并以此映射人们敏感而多样的心灵。爱因斯坦说,想象力比知识更重要。科幻是相伴人类发展进步而产生的新兴事物,是一个民族想象力的集中反映,是科技创新的艺术表达,在人们面前呈现出一幅幅奔向明天、憧憬和创建未来的美好画卷。许许多多杰出的科学家、工程师和企业家在年轻时受科幻文学的熏陶和影响,因此走上了创造神奇新世界的道路。中国正在稳步建设创新型国家,需要更

多富有创造力的人才。科幻文学也肩负着实现中国梦的责任,在点燃青少年科学梦想、激发民族想象力和创造力方面,起着不可或缺的作用。

这套书系将为广大读者,尤其是年轻人打开中国科幻和未来世界的门户,有助于人们拓宽视野、开阔思想、激发灵感、探索未知、明达见识。它也将进一步促进中外科幻、科技、文化和文明的交流,为人类的共同发展做出中国的一份独特贡献。

中国科普作家协会科幻专业委员会

2020年10月1日

平光镜里的影像异常

在疯狂迷恋科幻小说的少年时代,我始终没有将科幻视为一种文学,而是一直把它们与科普书一起放在书架的"科学"一格当中。直到写作科幻很久之后,我对其文学属性依旧抱有极大的怀疑。

最早痴迷的科幻小说是《星球大战》,我一度把自己的全部思绪沉浸于这一虚构世界当中,达到一种近乎迷信的程度,甚至用其中最不科学或者说最为玄虚的"力"来决策自己的人生——比如用来判断试卷上的选择题,结果当然不可能力挽狂澜于败局。我觉得那是我非常危险的一个阶段,危险到了游走于民科的边缘。幸好我没有继续走下去。

我一直读,后来写,如今算下来,投身科幻创作已近三十年,脑海里也时常会蹦出一些离奇的念头,但终究没有走上那种走火入魔的不归险路。幸运的是,在我心底最终形成了一套科学的价值判断体系,一套正确的基本世界观。在我的内心深处,科学是科学,科幻是科幻,二者完全是两条轨道上的列车。我们描写外星文明,并不意味着就要相信那些不明飞行物的目击记录或邂逅外星人的神秘事件;我们刻画机器人性格,并不意味着我们真以为人工智能需要拥有一具惟妙惟肖的人形身躯;我们憧憬时间旅行,并不意味着我们就有推翻相对论和热力学第二定律的幼稚企图。

假如抛开科幻领域的文学追求，我们的确是在一次又一次地重复着某种思想实验，但这种实验丝毫不能呈现出任何有价值的现实结果。科幻文学带给我们的是对未来的无限憧憬，是一种完美故事化的理想人生。假如把科幻当生活，视科幻为真实，恐怕心理本身还是会出问题。我们沉湎于幻想，往往是为了弥补童年时代的种种不足，假如认清了这一道理，也许就能潇洒地从中走出，寻找更多的替代与追求。

还有一个流传颇广的自夸误区，即所谓科幻文学对科技发展有前瞻性的启迪。姑且不论"凡尔纳预言潜艇"这类显而易见的讹传（查一下潜艇的诞生时间与凡尔纳《海底两万里》的问世时间即可），即便是那些在时间上看似顺置的事件也没有任何有力的证据。事实上，科学家始终比科幻作家的想象更为丰富大胆，他们往往会提出许多惊世骇俗、令人咋舌的神奇构想；而所谓科幻作家的"准确预言"，则是他们在阅读了小众的科技材料之后加工出一个个精彩的故事，影响自然比科技资料更为广泛。终有一天新科技问世，大家开始惊叹科幻作家"预言"，并疯狂追捧，却忘记了最初提出构思并默默进行研究的科学大师。所以那种认为科幻作家的发散性思维优于科学家的井蛙心态，实在不为识者所取。

厘清上述这些问题之后，对于遥远的外星文明和遥远的未来社会之流就感到索然无味，我更钟情于那类伪写实的科幻文学。事实上，很多外星科幻和未来科幻，不过是把舞台搬到外星和未来的拙劣的当代现实剧，只要对科幻文学的审美水准还有一个基本把握都会"不忍卒读"。现实科幻的意义不仅是对当代社会的夸张折射，也可以是真实现实的拓展延伸。毕竟许多重大科技发现或者变革未必都有一个引人瞩目的轰动结点，更可能发端于我们日常生活的点点滴滴。描述这种现实、解释这种变化、演绎这种故事，应该成为科幻作家的使命与责任。科幻不只是折射现实的曲面

镜,也可以透过它直接看清现实的超常变化与发展。

就我的个人阅读体验而言,一下就能顺畅读进去的未必就是优秀作品。我最喜欢的几部作品,都是第一次完全读不下去的——具体到科幻领域,有A.C·克拉克的《2001:太空奥德赛》和迈克尔·克莱顿的《安德罗墨达危机》。初读《2001:太空奥德赛》,感觉各章之间毫无关系,以为只是一种文本实验,第二次才一口气读完,最后有一种脑袋行将爆炸之感。《安德罗墨达危机》自然更不必说,其中充斥了各种计划书、分子式、图表以及病毒结构图,宛如在读一篇枯燥至极的科技论文,但掩卷回首令人思索不已。无独有偶,我最喜欢的非科幻小说同样如是,比如约翰·勒卡雷的间谍小说。

愿向读者呈现几篇伪写实类的科幻作品,当然其中也夹杂有拙劣的远星与未来。

2020年10月

聚铁铸错 / 001

蚍蜉的歌唱 / 027

潮啸如枪 / 085

酷热的橡树 / 113

章鱼 / 151

你不曾沉没 / 189

路过 / 215

白令桥横 / 251

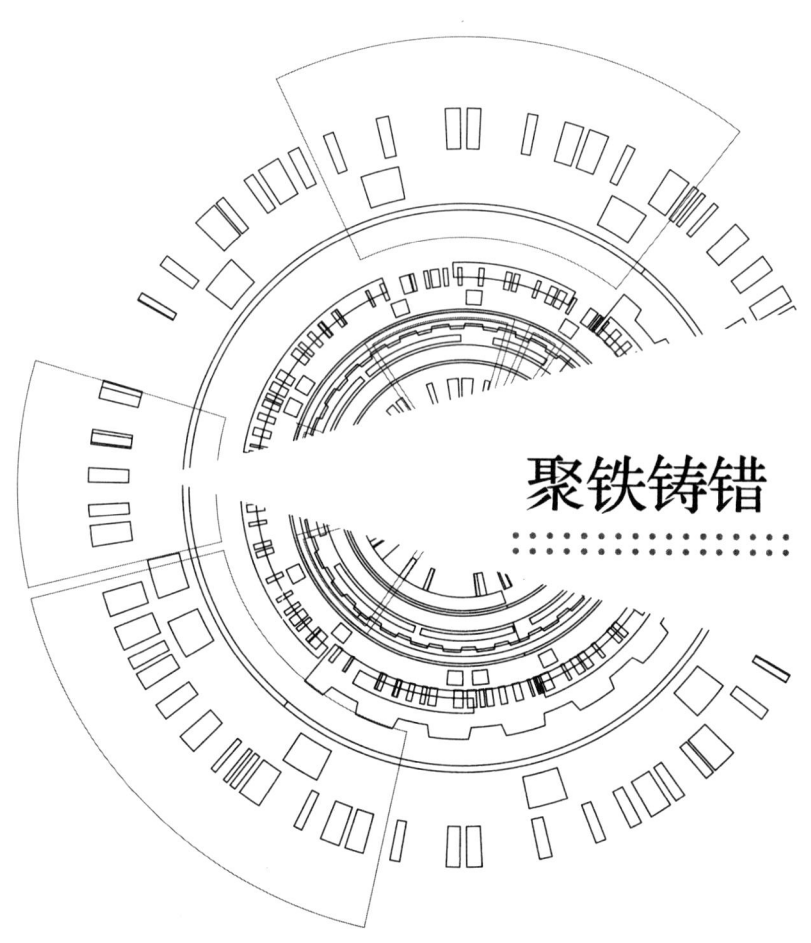

聚铁铸错

引子

在柬埔寨的热带雨林，一群牛被驱赶着向前挺进，接着便传来一阵阵雷声，以及一声声哀号。

自从疯牛病出现以来，很多处理疯牛的方法也应运而生，其中一种就是把它们送往曾饱受战乱的柬埔寨蹚雷。有关机构觉得这么做也算是废物利用，完全无视那些动物保护主义者的抗议。后者本计划让这些病牛享受安乐死的待遇，但大英帝国的设施跟不上——说到底，有那么多的疯牛啊！

我们自然没有真在柬埔寨战场，我们只是坐在电脑前面，观看一个十多年前的新闻视频。

1

学校的西北门可以用来走人，也可以用来进车。不过在进门不远的路左，神农像的斜对面，五个带有本校标识的石墩挡住了车道。这条西北至东南走向的某某北路是校内步行区，地上铺满了光滑的水磨石板，走到头就是我们实验室。在一个石墩前站着两个女生,一高一矮,正在派发宣传资料。矮个那个稍微漂亮一些。

我待人随和,在校外遇到这种情况从来绕道而行,但对自己的师妹另当别论。我只是客气地接到手里,但"瘦猴"真的驻足停步,捏着纸张细品,不过只看材质不看内容。

"这纸可够糙的。""瘦猴"作欲扔状。我也觉得如此粗劣的宣传品产生不了任何效果。这时我抬头看见前方立着的大宣传幅,绿色背景上站着一个顶天立地的白色"素"字。我一时没搞清楚这"素白"与"草绿"有什么关系。

"这是用再生纸制作的传单。"矮个女生介绍说。

我一下反应过来了,她们是学校素食协会的成员。这下我更没兴趣了。

"瘦猴"拿着宣传单,正反面地来回翻看:"要是油墨也用有机的就更好了,可以把宣传单变成可食的,反正也是素的。"

矮个女生愣了一下,礼貌地回了句"谢谢你的建议",就不再搭理我们了。

我和"瘦猴"都属于肉食动物,但我为人随和,不会语出刻薄。现在的学生都这样,只要不伤及自身利益,对什么事都不会说三道四;到了网上,才会张牙舞爪地鼓噪那些形而上的概念。只有"瘦猴"一直改不了自己的毛病,生活中每逢张嘴必定不吐象牙。

但我没想到的是,此役之后不久,"瘦猴"居然开城投降了。这是我在一次午餐中发现的。

那天我的托盘里是深浅两色:红烧牛肉和米饭。我们是农业院校,食堂有国家补助,还有很多原料来自自产,比如玉米简直香得不行。但检视对面"瘦猴"的餐盘颇为贫瘠,除了白饭外还有红、绿、黄三色,全是

菜蔬。

"真参加素食协会了？"一开始我只是随口起哄。

"主要是那天……""瘦猴"急忙解释。

"真参加了？"我差点噎着，"就为一个女生？"

我想起来了，最近他一直在提那个矮个女生刘婷婷，再说宣传单上也有协会的联系方式。

"不是不是，我研究了一下，素食确实对健康有利。""瘦猴"的神态颇为扭捏。

我突然觉得眼前的牛肉索然无味。

我和"瘦猴"是朝夕相处的同窗和室友，虽然我们的友谊并非只建立在肉食这一点上，但是我们的确都喜欢荤腥。而现在他竟置友军于不顾，为一个女生背叛信仰，让我着实不快。这不是一个习惯问题，而是一个原则问题。

"瘦猴"就这么带着讨好和龌龊的念头加入了素食协会。

每当看到"瘦猴"活跃在那支宣传队伍中时，我总是觉得即便他真的放下了屠刀，也会给素食群落带去一丝隐隐的肉香。

总之"瘦猴"就这么和刘婷婷走到了一起，还连带着把我和高个女生张韵萱也撮合到了一起。

我们学校分为两个校区。入学进驻东校区，大二移民西校区。我们大三，位于西校区；她们大一，位于东校区。北京若是一个县城，我们在城西，她们就在城东。"瘦猴"要翻过一座山，越过一条河，擦过北大，掠过清华，跨过一条铁路，穿过一堆外国人聚居区，才能见到他的家眷。好在东西校区之间开有校车，朝七晚十，往返不断。

"瘦猴"不只是素食协会的成员，还是若干协会的骨干。与其说他热衷于社团活动，不如说他热衷于社团里的女生。这些组织之中有一个老字号的文学社团,而这显然是"瘦猴"赖以实现其动机的最大平台。但后来居上的素食协会让"瘦猴"得以"金盆洗手",退出其他一切社团。

退社之前,"瘦猴"决定来一个勤劳而友好的告别。文学社团会在每年九月招新之际开始播种——征文,接近年底时则收获喜悦、庆祝丰收——颁奖。既然"瘦猴"在其他土壤里收获了刘婷婷,就决定在文学社团的颁奖大会上帮最后一次忙。因为人手不足,他叫上了我。

他告诉我是去玩,但我心里知道是去帮工,那时我还没和张韵萱怎么样,有些不情愿却抹不开面子。

在校车上我问他:"你这到底算是什么?"

"一个好汉三个帮。"接着他马上补充,"当然现在我决定只留在素食帮里。"

学校里的社团大抵如此:大一招新时招进来100人,到大二时99人都不再参加活动,剩下的那个人便成了会长,然后他再去招100人……只有"瘦猴"不当会长仍能把热情延续到大三。

丰收大会每年大同小异:音乐节目、诙谐小品、一个西服革履的外邀作家讲话等等,颁奖时则学着奥斯卡假装当面拆信封。"瘦猴"默默无闻地做完奉献,就以无名英雄的姿态带上我和家眷及家眷的闺蜜退场了。我们坐车来到如同国际商业街一般的五道口,因为他们决定聚餐庆祝大家相识一个月。应该就是这一天,算是我和张韵萱开始的日子。

及至餐厅门口,我才张口抗议,但张韵萱说抗议无效,于是三个人簇拥或者说裹胁着我进去了。

这家餐厅名叫"素某",是方圆数十里最有名的素食馆。

2

即使在与张韵萱开始之后,我每天还是与"瘦猴"在一起的时间最长。光是同榻而寝就超过八小时,外加上课吃饭,与他相处要占去我一天里一半以上的时间。而在我与张韵萱相识之初,每天腻在一起的时间最多不过两三个小时,翻山跨河到底比较麻烦。不过在"瘦猴"与张韵萱之间,还有一个与我几乎朝夕相处的伙伴,那就是实验小鼠。

我是"动医"的,动物医学院,大三。上课之余,我在学院的部属重点实验室做助手。我没资格给老师打杂,那是硕士生和博士生的事,我负责给这些打杂的人打杂。我的工作是饲养和杀戮,对象都是实验小鼠。当然在做这些的同时,捎带手也能了解一些科研动向。

刘洪涛博士的课题关乎朊病毒,这类项目是在英国暴发疯牛病之后热起来的。刘洪涛的实验从理论上说是重复实验,重复自1976年以来数位诺贝尔奖获得者的历次实验。他从感染了疯牛病的小鼠身上提取生长素,注入健康小鼠脑部,观察病变小鼠脑部切片。他的预期结论我不懂,总之是对一些实验数据的解释。我只负责让小鼠安乐死,然后执刀取脑。

刚取出来的鼠脑如同豆腐脑一样柔软,一触即破。有时需要把它们打成浆汁,有时则需要完整的脑。好在经过一段时间的福尔马林浸泡,可以把这些鼠脑当成橡胶球玩了,弹性一点不比过去那种鼠标球差。用它来做切片,感觉就像在切纯肉火腿肠。

在鼠脑的切片中,我多次清楚地看到,里面布满了有如璀璨群星般的棕色空洞。这是患疯牛病动物脑部的标准特征。

张韵萱来看过我做实验，并告诉我她也在帮老师做实验，也和疯牛病有关。刘博士听了笑笑，不置可否，后来我猜他什么都知道。但我不知道，就傻乎乎地问了。

张韵萱是"动科"的，动物科技学院，大一。她的老师严凤肃延续了当年的一个陈旧说法，那就是疯牛病的病因出在饲料方面。无论肉牛还是奶牛，尤其是后者，需要提高饲料中的蛋白量，而最容易实现这一点的就是肉骨粉。肉骨粉的制作来源是废弃不用的牛尸，而在这些牛中有一些就是因疯牛病而死。就这样，连锁性的不幸出现了，健康牛吃了疯牛肉，很快也跟着疯了。张韵萱参与的实验，就是喂那些健康小鼠掺有病鼠肉粉的食物，以证实严老师的结论。

我看了看刘博士，知道这个结论不对。饲料问题只是表象，并非真正病因。刘博士曾在实验中，给我详细解释过一些现象："看，病鼠没有炎症，这说明不是传染——这个你在动物病理生理学课上应该学过；紫外线照射不能杀灭传染因子，这说明传染因子绝对不是核酸——这个你在动物传染病学课上应该也学过。总之这事已有定论：疯牛病的传染因子是朊病毒。

"所谓朊病毒，就是蛋白质病毒，朊就是蛋白质的旧称。在1997年以前，任何一位病理学家，都会告诉你病毒就是脱氧核糖核酸或者干脆说就是DNA。但在疯牛病出现之后，科学家就不再这样认为了，他们相信有一种病毒是直接以蛋白质形式存在的，这就是朊病毒。所以，类似疯牛病之类的病症，都被冠以'朊蛋白病'的新名称，这样就可以不必考虑它病发在牛还是羊身上了。当然'朊蛋白'这名词翻译得不好，听起来有些同义反复。"

我流露出不相信的表情，又不慎把这种表情表现在了语言上，结果引来张韵萱颇具自信的反击："我们有数据，有比照，以前毕业的师姐做过相关实验，证明喂养必然传染。你有什么资格说我们不对？"

"知道反证法吧?"我耐心地给她解释,"我只要举出一个例子就能说明你们错了——有很多动物不经饲料喂养也会患病。血液、母婴,都能传染。"

"不喂养患病,不证明喂养就不会患病,也许喂养会更厉害。"张韵萱开始反驳,虽然颇显无力,"致病原因可能是多途径的。现在我们要做的,就是这个数量关系。"

——怪不得上次张韵萱和我说,他们严老师要购买那么多的患病小鼠。

"那结论是什么?"

"结论就是不能同类相食。"

后来张韵萱告诉我,在中国古代就有类似的说法:六畜不相为用。

我听不懂。后来我上网查了,才知道这话的本义是提醒人:祭人时不能以人为祭品,典出《左传》。原来的故事好像是说谁要杀谁以祭奠谁。一个叫司马子鱼的人批评说:"就算是祭祀,古时候六畜都不相为用,也就是说祭牛神不能杀牛,祭羊神不能杀羊,祭人自然更不能杀人了。"我把原文复制了下来——"古者六畜不相为用,小事不用大牲,而况敢用人乎?"不过这里根本没提什么同类不能相食的事。

我还在图书馆查到了刘博士推荐给我的一本书——《致命的盛宴》,作者在书里详细阐述了朊蛋白病发现的始末。科学家对此病症的研究源远流长,早在1976年美国病毒学家加德赛克就因此荣获诺贝尔生理学或医学奖。2005年,加德赛克曾与另外三名诺贝尔奖获得者一起来校参加百年校庆,刘博士当时以刘硕士的身份聆听了他的讲座。

关于这本书网上还有两篇书评,第一篇是真正理解作者意图的推荐简介,第二篇基本就是胡扯。张韵萱嘴里的"六畜不相为用"应该就是由此而来。

那篇评论先解读了这一成语,然后煞有其事地说:祭祀都不能用同类,自然更不能同类相食。这就从根本上杜绝了疯牛病的暴发,这就是为什么中国是世界上最早的牲畜养殖国却从未有过什么疯牛病的原因,等等。最后一句实在让我忍俊不禁,我复制下来用短信发给了张韵萱——"这也是中国古代深厚悠远的仁爱哲学福佑泽被我中华子孙绵绵不绝的重要原因。"

——我没敢告诉张韵萱的是,后来这篇文章被人评为"文科傻妞似的故作悲天悯人之语"。

所谓的"不相为用"不能说明问题,即便是最初在新几内亚食人族中发现了类似病患的加德赛克也不相信同类相食是造成恶果的直接原因。毕竟,"行为狰狞是一回事,是否有毒则是另外一回事"。更有力的证据是,类似的病症在异种之间照样传递,否则小鼠怎么可能罹患疯牛病?由此说来,倒是符合素食主义者的说法——干脆什么肉都不要吃才对。

3

每一所高等学府里都有几个傻子,或者几个疯子。这是早有定论的。

傻子一般是先天的。疯子有几种,有先天的,有因感情受过强烈刺激的,不一而足。他们在校园里四处游走,不惹事,不伤人,不影响教学,不妨碍交通,当然也不会传染。

东区就有这样一个疯子,大家都叫他"黑发大叔"。因为他看似一把年纪,足以称爷,却无丝毫白发,也不谢顶。刘博士说,他读本科的时候"黑发大叔"就在东区,他的博士师兄也曾告诉他自己读本科的时候"黑发大叔"就在东区。

认识张韵萱之前,我就见过这位大叔好几次,他喜欢用脚步丈量主楼

南面的中轴路,这几乎是贯穿东区南北最长的一条直路了。他总是身穿一件洗得发白的旧西服,嘴里"咕噜咕噜"地嘟囔个不停。据说以前总有孩子用石头打他,现在那些孩子很多都当上了教授。

他捡废纸,也捡塑料瓶,总之捡一切可以换钱的东西。后来我的恻隐之心冒了出来,每次喝完饮料总要看看大叔是否就在附近,这被张韵萱称为"巨蟹座的母爱泛滥"。有一次我觉得自己很久没见过他了,突然迎面相遇,手里却没有饮料瓶。我见过别人给他整瓶饮料被他拒绝,于是赶紧买来一瓶可口可乐,在初冬时节拼命灌下,结果他却没了踪影。我追了好久才找到他,把瓶子递过去。他语气含混地道了声谢,却并不看我。

刘博士给我讲授朊蛋白病时,偶尔会类比到这位老人。据说最初对他的诊断是阿尔茨海默病,后来认定这种病等同于老年痴呆,只不过有些患者发病时尚值壮年。但从解剖学的角度来看,这些病都是大脑皮层萎缩,神经纤维缠结所造成的。唯一与朊蛋白病不同的是,它没有传染性。

正是因为这位独特的大叔,才让我勉强记住刘博士讲的那些东西。刘博士对逻辑有一种精确的推导,但在推导时引用的资料极为发散,幸亏有这位"黑发大叔"做比喻。

刘博士给我讲述各种朊蛋白病。他告诉我人类的"克-雅二氏症"与羊的"羊瘙痒症"是如何相似——脑子里都会出现海绵质病变、星形神经胶质图案以及淀粉样蛋白质颗粒纤维。而这些病的机理与后来发现的疯牛病的机理完全相同。

刘博士提到的这些病,我回去后都一一查了,以便真正吸收。只有那个"库鲁病",几乎找不到任何资料。直到翻开《致命的盛宴》,我才第一次读到那些令人吃惊的吃人故事!

在新几内亚一些岛屿的原始部落里,吃人的习惯一直被保留到20世纪50年代。分食死去的亲友是一种荣耀,相互的寒暄竟是"我吃你"!但这

同时也为病患埋下了祸根。当地流行一种被称为"库鲁病"的疾病，患者先是反应迟缓、脾气暴躁、步履蹒跚，最终则在濒死之前陷入失智疯癫。

我突然反应过来——"库鲁"！"黑发大叔"嘴里嘟囔的，正是这个音节！

那几天我正值热恋，所以每天都去东区。当我再次与"黑发大叔"邂逅时，正打算去买可口可乐，没想到他居然叫住了我。这让我很疑惑，但还是凑近了听他说话。我从没印象他能清楚地说话。

他从怀里掏出一叠纸，把它们递给我。我不敢接。我可以给他饮料瓶，却不敢惹事，我怕接了这些，这疯子会从此缠上我。我甚至马上做出防范姿态——绷紧身体，随时准备逃跑。

他冲我咧嘴笑笑，笑得很难看。但从这笑里，我能感觉出他没有恶意。我勉强接过纸张扫了一眼，看出那是一些笔记。

我还是想马上走开。我问他："这些都给我吗？借给我吗？"他点点头。在我要拿走时，他却拉住我，嘴里咿咿呀呀，翻开纸张指点着，他好像是在说这些都是重点。我点头表示理解，然后赶紧走掉。他身上散出的臭气，让我实在受不了。我已经有些后悔了。

我在校园里转了几个圈，看到大叔没有跟上自己，这才钻进图书馆，开始研究这叠手稿。

这应该是他的工作笔记，但里面掺杂了大量的生活记录。学术部分以英文居多，还有不少拉丁文学名。我依稀分辨出一些常用词汇，还勉强记住一个反复出现的生词，后来查出那竟是新几内亚的一处地名。我相信他一定曾在某处太平洋岛屿只身犯险，并与加德赛克有过类似的经历。

我承认我几乎看不懂这些东西。我打算拿去复印，没想到一出图书馆就看到他在石狮子前等我。他情绪有些激动，我估计是因为一直没找到我的缘故。他扯住我索要笔记，我只好还给他。我猜他后悔了，或者又犯病

了,因为他开始愤怒地撕扯那叠纸张,然后就地点燃焚烧。我觉得那是他无声的抗议,对我低下的理解力表达出强烈不满。

保安冲过来制止了他的纵火行为,然后轻车熟路地把他送回家去。我一路跟着,直到他的家门。他女儿先是客气地听完我的叙述,随即便表现出一种极度的不友好,甚至缺乏基本的礼貌。她也是学校教工,应该还没退休。

我知道少了这些原始资料,对刘博士说了也没用,他不会相信我,何况我根本复述不清。我十分后悔没在图书馆里复印,因为我嫌那里太贵。

但有几段前言不搭后语的话我记得非常清楚——

"在不知情的情况下与他们共餐,没想到却""十分担心何时患病,潜伏期或许几年,或许几十年,又或许""或许回国就应该选择吃素""当明天太阳升起的时候"。

后来我在图书馆查到一些校史资料,有关他的部分也残缺不全——

> 1940年生于美国,华侨,毕业于得克萨斯农工大学,曾前往新几内亚等地考察。1972年回国,前往原籍重庆执教,并随校迁来北京。后因病休养至今。

我们学校目前的主体,是在1995年由两所农科高校合并而成。学校在新中国成立后曾历次搬迁,再往前还可一直追溯到延安时代、北平时代乃至京师大学堂时代。当然,百年校庆还是以1905年的京师大学堂创建为准。

4

张韵萱的实验也要来西区做,但总是不成功,好在问题不大,大多出在技术细节方面。我安慰她说没关系,失败是成功他妈。她说你别逗了,失败只不过是成功的婆婆而已,双方根本没啥血缘关系,可还就得叫妈。

张韵萱在喂养小白鼠之余也要解剖,大多数时候还亲自操刀。我问她:"素食与杀戮不相悖吗?动物保护主义者不是都反对以实验为目的的残害动物行为吗?"她说:"你根本不懂。我们是生态素健康素,不是宗教素、习惯素。"

我确实不懂,但总觉得她自己也纠结不清。当然这些我不敢说,说了她会不高兴,也不会承认。

据张韵萱自己说,她自幼近乎洁癖,但进了动科之后被生生地扳了过来。她回忆说自己小时候看电视剧:"看到歹徒用烧红的烙铁烫人时,你猜我当时是怎么想的?我心想:那东西在那么多人身上蹭来蹭去,要是有人有传染病怎么办?"——这实在是一个匪夷所思的想法!不过现在她已经练就一身出色的本领,其中之一就是能单手完成很多事情,诸如穿衣开瓶等等。因为在实验室里只能戴一只手套,还一定要分清,哪些东西是左手摸过的,哪些东西是右手摸过的。

但女生终归还是手软,或者说心软。周五我去找她,她正笑着切割一只患病小鼠的颅骨,就在下刀之际,那小生灵的头似乎动了一下。这要是别人也没什么,而且这未必代表它没死彻底,可能只是溶液里的电流刺激

了植物神经,再说,就算真的没死,让它再死一次就是了。可张韵萱还是手一哆嗦,活体解剖的概念在一瞬之间涌上心头,结果刀锋斜斜地杵进了她的塑胶手套,浅黄中弥漫出一片血红。

照我当时的一闪念,这时本该壮士断腕的,当即把她的中指给切下来,以断绝感染途径。但我过于优柔,没那么果断,眼看着鲜血从她的伤口里汩汩而出却不知所措。我不敢,生活毕竟不是电影,我明知道她有可能因脑萎缩而心智俱失,但我还是不敢。我甚至能看到朊病毒正顺着她的血管往脑部爬行,一想到这里我还真有挥刀切了她指头的想法。

还好我是男生,没有让她哭太久。我得镇定。我让她马上电告严凤肃,除此之外我只能做基本救护。严老师接到电话,让她不要慌张。据说严老师一向很严肃,也很镇定,这给了她一定的心理支撑。严老师很快来到实验室,用随身携带的针剂给张韵萱进行注射,随即告诉她没问题了。

严老师这才开始处理其他。看到我在这里,他有些疑惑,问清我与张韵萱的关系后,和蔼地嘱咐我不要出去乱说,我自然唯唯诺诺。他又详细查问了我的学术家谱,看得出他心底那深深的疑虑并未消除。

高校里的青年教师被简称为"青教",继而被戏称为"青椒",同为菜蔬但待遇略有不同。刘博士的导师是留洋"青椒",严老师是土产"青椒"。据说在高校中两大集团互不买账,"打架"更是家常便饭,而以我们学校尤甚。猴王在各自领域占山为王,弄得我们这些小猴子不得不仰人鼻息,谨慎站队。

严凤肃走后,我看着张韵萱仓促包扎好的伤口,回想着严凤肃刚才嘱咐下的应对措施,除了那管针剂,其他都是防止感染的常规措施。说实话,我相当相当地怀疑。

不用请教刘博士我就有权怀疑。世界上根本没有杀灭朊病毒的特效药,严凤肃要么是在敷衍,要么就是在公然欺骗。但我又不相信他敢置学

生的性命于不顾,所以心里纠结得很。另外,刚才严凤肃的一干行径过于做作,我总觉得他是在演戏。

我更相信刘博士,以及刘博士的导师,不是基于他们的西方背景,而是出于一种逻辑判断。此前我与严凤肃有过一面之缘,那是陪张韵萱听过的一次大课,当时我就不喜欢他。

我带张韵萱去吃饭。补充营养还在其次,主要是为了压惊。

西区颐园三层相当于餐厅,我上次来这里还是盛夏的"送大四冷餐会",一群毕业生互相往身上抹蛋糕。我们不能吃麻辣香锅,因为那是荤素相混的,要吃的话我就得陪着她吃斋。我们去吃旁边的火锅自助,一人要了一个小锅。

菜品还是各拿各的,看着满桌的绿色我真有点倒胃口,但在非常时期也只能忍了。眼前是一大篮子菠菜,她一边吃一边告诉我菠菜里有铁,既然失血了就应该及时补血,而血里最重要的就是含铁的血红蛋白,"菠菜里铁的含量最丰富了"。我不等听完就打断她说:"你知道吗?菠菜富含铁这种说法在你出生之前十年就被证伪了。那是1900年由于印刷错误而把小数点向右错移了一位所导致的谬误。其实菠菜里的铁根本不比其他蔬菜多,难道严老师连这都没告诉过你吗?"

我一向随和,不愿与人争辩,这次却非要一吐为快。我觉得严凤肃的做法刺激了我,为我的出格行为做出了重要贡献。但张韵萱听了很不高兴,她说菠菜要是铁不多那就多吃点好了,里面总还有铁。她说多吃菠菜、白菜,多吃各种青菜或者多补铁、锌、碘,多补各种元素总归没错,最后她干脆说吃素就是好,早晚有一天我会承认这一点。女孩要是不讲理起来那就一点办法都没有了。

晚餐之后已近十点,班车只剩两班了。但我还是陪她回了实验室一趟。张韵萱这人认真敬业,没弄完的事情一定要照规程弄完。悲剧的是,我们发现一只实验小鼠不见了。

"是患病的……还是健康的？"我问话的时候揪着心。

张韵萱看着我没说话，但这就意味着她已经说了。

"你不会是什么座的母爱泛滥，把它给放生了吧？"我狐疑地看着她。

"都什么时候了，你还开玩笑！"张韵萱急得要哭。

这下我才相信她真的急了。

然后我们就疯了，翻箱倒柜地找，就差拆了实验室，但最终还是一无所获。

要是其他实验小鼠吃了它……想想后果就让人肝颤。张韵萱也对我说了这个担心，但我反倒故作镇定起来，告诉她一般来说不会，最多也就是跑了。

"跑了也麻烦，要是被外面的野猫吃了怎么办？"

她要向严凤肃报告，被我给按住了。我觉得这里有蹊跷，它不应该跑掉。它要么还在实验室里，要么就是严凤肃做了手脚，我现在一点都不信任他了。好在明天他出差，这实验室就张韵萱一个人负责，我建议暂时封门，查不清楚就不解封。我还有个大胆的想法，到时候处理尸体，就说这只小鼠与其他病患小鼠一起烧了，反正从骨灰里也看不出数量。

今天诸事不顺。

她给刘婷婷打了电话，我给"瘦猴"打了电话，都说今晚不回去了。刘婷婷那边少不了一番关心，"瘦猴"那边少不了一番揶揄。

中午我还在食堂见过"瘦猴",发现他居然抓着一只鸡腿在啃。我惊讶地瞪大眼睛,心想怪不得这一段他很少与我共餐。"瘦猴"瞥见我,尴尬得话都说不利落了:"实……实……在是忍不住了。"我愣了一会儿,旋即大笑着离去,免得他不好意思把剩下的动物蛋白吞咽下去。"你放心,我不会去辗转告密的。"

我心里一直装着朊蛋白病的事,根本无暇去管"瘦猴"再次背叛信仰的闲事。

有关朊蛋白病的真正机理,刘博士和其导师都曾详细给我讲过,但我觉得还是刘博士讲得更清楚一些。现在回想起来,他的每一个字都有理有据。

让我们略去中间论证,直接跳到结论部分——

但凡具备中学生物知识的人都知道,蛋白质的复制要依靠核酸,经由DNA和RNA,才能合成出新的蛋白质。但对于朊蛋白来说,则不需要这些烦琐手续,它可以通过自身直接复制,方式是所谓的结晶——关于这一点,我一直没搞清楚。

朊蛋白并非都对动物或人有害。当初发现普通病毒时,有人曾给出一个比喻:"蛋白质里包裹的坏消息";有人则不以为然,认为那里面包裹的未必全是坏消息。朊蛋白的出现,倒真应了这两种观点——它包裹了两种消息:好消息和坏消息。

我们姑且把包含好消息的朊蛋白叫作"好蛋",包含坏消息的朊蛋白叫作"坏蛋"。这两种"蛋"都天然地存在于动物或人体内,包括脑内。只要"坏蛋"不自我复制,保持在一定比例,动物或人就是健康的。至于说最初的"坏蛋"是如何出现的,我不知道,刘博士不知道,其导师也不知道,甚至连诺贝尔奖获得者加德赛克之流都不知道。我想应该是基因突

变导致的变异,至少在没有其他解释的前提下这个理由最充分。

"坏蛋"显然是致病因子,但它在动物或人体内需要足够的数量并存在一定的时间才能举事。假如某种足量的"坏蛋",不管是通过食物方式,还是血液方式或者角膜移植方式,聚集到动物或人体内,并达到了一定时间,它就会刺激动物或人体内原有的"坏蛋",并赋予了它复制与传播的能力。有一位数学家,他一点也不懂生物学,却从纯数学的角度,证明出了这个数量与时间的界限。

也就是说,我们体内一直就有这种"坏蛋",但它们一直老老实实地蛰伏着,除非有一天,启发者大驾光临。

总之,温度和时间到了,鸡蛋就能孵出小鸡;相关条件成熟了,"坏蛋"就开始大量生长,占据动物或人的脑部空间,表现出来就是朊蛋白病。身体其他部位犯病尚无大碍,但脑子一旦被朊蛋白侵入了,正常的脑空间就会遭到彻底破坏;外显特征就是反应迟缓、脾气暴躁、步履蹒跚,直至智力全失陷入疯癫。

上面这些都是我们已知的科学定论。

但是,这种传播是非常容易的,即便不食同类,也有其他方式可供选择。可为什么那么多动物至今安然无恙?

让我们考虑这样一种可能——

既然有"坏蛋"存在,动物或人就应该有抵抗它的可能。以普通病毒为例,它们往往都是自限性的,也就是说病毒的毒性会逐渐减弱,否则它在感染宿主后便令宿主死亡,最终自己也将无处藏身。假如病毒不是自限性的,那么生物体会出现一种机制,让它主动抵御病毒。若非如此,很多物种早就消失了,也不必再劳烦那些操心人士去呼吁保护。

普通病毒导致的疾病如此,朊病毒导致的疾病同样如此。一个显著的例子就是铁朊的存在。铁在动物体内含量甚微,但作用极大,是构成血红蛋白的主要成分。但既然是铁，就有生锈的可能——血红蛋白包裹着铁原子不与氧气发生接触，彼此相安无事；一旦红细胞死亡，铁原子失去保护，即刻就会生锈。所幸动物体内存在抗锈蚀的铁朊，它们成束而聚，形成一个个空心蛋白球，保护着暂时休假的铁原子，直到需要再次组成血红蛋白。铁朊起到了防锈的功能。

关键的地方到了——

目前查实的朊病毒都是动物蛋白，而肉食动物会同时吸收各种动物蛋白，其中有"好蛋"也有"坏蛋"。它们相互抑制、时和时战、打打谈谈，外显出来的特征则是相安无事，所以从未听说纯肉食的虎狼猛兽患有朊蛋白病。

杂食动物亦如是。

而牛羊之类，本是草食动物，无法吸收其他动物蛋白。这时，饲料中但凡出现致病的朊蛋白，其患病概率自然远远大过肉食动物。

再往下，我实在不敢想下去了。

是的，假如上面的条件和推导都没有错，那么结论就只有一个：纯素食动物没有自我抵御能力；至少就目前来说，它们对于朊蛋白病是不设防的。

事实上，在自然界，真正的纯素食动物十分罕见。我们所谓的素食动物，基本上都是杂食。人类当然更是如此。

除非……

是夜，张韵萱没回东区，我们就在实验室继续翻腾。大概在夜里三点，我终于在实验室的暖气后发现一个孔洞，并在那里找到了实验小鼠的尸身。那是一个破洞，曾被人堵住，这只不守纪律的实验小鼠跑到这里取暖，却又不甘寂寞地掏开原来的填堵物，被卡在里面，最后被外面的冷空气给活活冻死，尸身完好。

我夸张地舒了一口长气。

"这下放心了吧？它没出去，也不可能在这里繁育后代——你是不是还要提单性繁殖的可能？"

我在起哄。就是退一万步说，如果真有可能单性繁殖，繁殖对象也无法从那个洞出去，因为有尸体堵在那里。生物学是个软包装，很多事情都有可能；但物理学是个铁箱子，很多事情没有可能就是没有可能。

我用夹子夹着它，大气不敢出一下，慢慢把它放回实验器皿。完成这一系列动作的同时，我彻底思考清楚了——我决定对张韵萱道出实情，尤其是素食的危害。

她听罢大惊失色，但过后便开始踌躇。她相信我，但不相信科学。

当夜，我们一直在实验室里，直到天明。

6

在一年一度的"东迁西"之前，全校的本科学子都住在东区。假如这时问我们，东区的标志性建筑是什么，大家的回答一定是校体育馆，也就是当年的奥运场馆。其实早在奥运场馆建成之前很久，比肩而立的双座公主楼就已站在那里了。

外校网络论坛取笑过我们的A、B两座公主楼，说西边的A座是牛郎星，东边的B座是织女星，中间隔着银河，底层连通的部分就是鹊桥，而这样一来，楼管阿姨就成了王母娘娘。编笑话的人显然不了解内情，因为公

主楼之所以被称为公主楼,是因为那里面住的全是女生。

当然,其中的两座楼略有不同。B座下桌上铺,A座则是上下摆床;B座是公共盥洗室,A座却有独立卫生间。不过都是六人间。另外,下面几层确实连在一起,但那里是餐饮中心、学生活动中心、各协会办公室,连通不了东西楼体,因而也当不了鹊桥。

毫无疑问,男生是进不去女生宿舍的,这些都是张韵萱给我讲的。而东西校区之间的广漠地带,才是横在我们之间的真正天河。

绕到公主楼背后,毗邻南墙北侧,每位公主身上都缠有一道钢制的防火梯。从这里,可以一直爬到楼顶。

详细介绍一下现场:四层以下是不识数者的天堂。一层楼梯入口没有标识,上面连着三层楼梯也没有标识;第一个标识被称为"三层",隔了一层后,第二个标识就是"四层"。然后才"五层""六层"地往上数,一直数到"十八层"。

假如没有张韵萱我会跑步上行,一般情况我借助扶手,手脚并用四分钟即可登顶。但张韵萱嘲笑说,她只走不跑,喘气均匀地正常行走也能在五分钟之内撞线。其实这比登山容易多了,无奈现代人全都太懒。

我和张韵萱是这里的常客,向南眺望,远近高校的楼厦一览无余,我能准确地辨认出它们分别是哪所高校的哪栋建筑。西北侧的明显标志只有那座水塔,在一家购物中心明亮墙壁的背景下,如同逆光影像中的一个剪影。

我曾用两种方法测量两架楼梯的间距。一种是在楼下用脚步丈量,一种则是在梦里。在梦里,我在B座楼顶打开手电,测量光束到达A座的时间,然后算出其间的距离。有一次张韵萱问我,如果发生地震,楼梯会不会坍塌。我说不会,不过,若是一个雷电砸下来,倒有可能让全梯带电——只有衔接各层的水泥台可供躲藏。

在张韵萱扎伤手指的第二天晚上,我与她再次来到公主楼顶。我相信

她不是为了登高望远,而是因为心里有说不出的愁绪。我必须陪着。她不会为过于遥远的事情想不开,但眼前保险一些总归没错。

我们不会发癔症从西区来东区,只为一名沉默的公主。为了安慰她,我带她看电影、逛商场、打游戏、压马路,一路上到处吃喝。张韵萱渐渐变得开朗起来,好心情开始占据了心头。她滔滔不绝地给我讲述着她中学的故事,猛然抬头,才发现眼前的"素某"。她诧异地看着我。

"只是为了纪念。"我随口说道,心里同样充满恐惧,但我就不相信再吃一次就会死人,"纪念一个时代的结束。"

我们点了菜——蓝莓山药、黑椒牛扒、干烧鱼、双色水饺,当然全是素烹。吃到嘴里寡然无味,不是因为菜品不好,而是由于心情。

结账出门的时候,张韵萱走在前面。她不慎在门槛上绊了一下,一个趔趄险些摔倒,步履蹒跚得如同一名老者,幸好被我一把扶住。

张韵萱被吓得哇哇大哭。

接着她便提议来公主楼。我能不担心吗?

我曾在夏末秋初时独自来过这里,凉风习习,十分清爽。也许因为我是右手系的,所以比较偏爱B座。那次我在顶层,看到对面A座站着一个女生,孑然一身,凭栏远眺。

可惜,羞涩内向的我什么都没有做。后来我多次回想起当时的情景,假设自己敢于向对面扔出一架纸飞机会怎样。再去时我曾尝试数次,发现纸飞机不是原封不动地折返回来,便是坠入深渊一去不返。

后来张韵萱告诉我,那个女生就是她。

没有浪漫,也没有记忆。我们只是各自查了自己在人人网上的日志,发现那天都小情小调地描述了一下登高望远的经历而已。

冬天不比夏天,奇冷无比,没戴手套都不敢去扶凉得刺骨的栏杆。爬到一半,就有雪花从身边飘过;到达顶层时,才发现雪花已漫天飞舞。

看着满天的雪花，我突然意识到所谓的结晶复制是怎么回事了。

一杯经由加热而获得的溶解盐水，在冷却之后是不会自行结晶的，因为它不"知道"应该以什么形式结晶。这时只要往里面扔进一颗盐粒，只要一粒，就能让杯子里的盐水迅速结晶。而朊蛋白，就是这样复制的。

有了第一个外来的朊病毒，又没有必要的防火措施，其他"坏蛋"就开始照猫画虎，建立起一座座攻陷人体健康的桥头堡。

在《致命的盛宴》里提到过小库特·冯尼格的一部小说《猫的摇篮》，我中学时读过，但也只是囫囵吞枣，没有读懂。作品中描写到世界上出现了一种奇怪的水分子"冰九"，熔点竟高达55摄氏度，因而在下雨的时候，从天而降的不是落地即碎的雨滴，而是一颗颗坚硬的小钢钉。"冰九"落入大海，把结晶的形式带给正常的水分子，促使整个海洋凝结成冰，所有液体甚至人体内的血液全都迅速结晶，整个地球被冻结起来，"滋润的绿色地球变成了一颗泛着青光的白珍珠"。

朊蛋白就是这样复制的。就是这样复制的。

7

我按照标准程序，把那只失而复得的实验小鼠的脑子泡成小橡皮球，然后制成切片。幸亏是冬天，外面冰天雪地，鼠尸骨没有出现任何腐烂。

结果显示，这是一片非常健康的鼠脑，没有一点瑕疵。

行将放假，我一个人穿得暖暖和和的，在东区的隆冬夜色下独自徜徉，却不去找张韵萱。主楼顶端的红灯校名绽放着冷光，下面拖曳出各色高低建筑的阴影。寒夜万籁俱寂,不比盛夏时节喧嚣热闹。在那时,你能看到支在草地上的旅行帐篷,你能看到在垃圾车里翻捡废品的身影,你能看到一只母猫携领六只不及我小臂一半长的幼猫四处觅食,你能看到胆大的晚归少女踽踽独行。

我思考了整整三天,三天之后我觉得我可以对张韵萱说点什么了。

"你看到了,你现在已经没事了。"我向她展示切片,同时详细讲解,"这只实验小鼠什么事儿也没有。"

她疑惑地看着我。

"只有一种可能。"我看着她说,"你的老师在撒谎。"

严凤肃所做的,一般人很难想到——他把健康组与感染组对调了。

本来,A组是健康组,B组是感染组,至少在购买单据上是这样写的。实验目的,是用感染组的实验小鼠去感染健康组的实验小鼠,只要感染成功,结论就出来了。但是这个结论不可能出现,因为这个方法无法立竿见影,结果出不了那么快。于是,严凤肃就把它们对调了,称B组是"健康组",用所谓的"感染组"A组来感染。原本纯洁的A组自然感染不出什么,但B组真的被感染上了——因为它原本就是被感染的。这样一来,结论就冠冕堂皇地出来了。

开始我还有一点想不通:A组为什么必须是健康的实验小鼠,如果也使用患病的实验小鼠,很多事情不是更易于掩盖吗?

但我很快就想明白了:购买记录非常严格,如果都购买患病的实验小鼠,那么日后记录会给他带来诸多说不清的麻烦。而现在,他既购买了健康小鼠又购买了患病小鼠,然后再进行互换,就没有任何人能从原始的角度查清这个问题了。两种实验小鼠的数量相同就足以说明问题,其实真的用于感染,患病小鼠的数量最多只需要现有数量的十分之一!

我仿佛看到,在月黑风高的深夜,严凤肃头戴帽子,脸覆口罩,身披黑色风衣，偷偷潜入实验室，面带微笑地悄悄揭下两组实验小鼠的标签，然后认真仔细地重新张贴。

我不会去告他造假。我这人随和，不会惹是生非。但他的结论，客观上误导了张韵萱，这让我不能原谅。但我想不出什么办法对付他，张韵萱还得上学，我还得毕业。

最终我们选择在东区的餐饮中心开斋。我安置好了张韵萱就去买菜，结果发现"瘦猴"正与刘婷婷一起消受一盘肥得流油的肉串。看到刘婷婷也参与其中我格外惊讶，看来不良思想的传播比健康思想来得要容易，正所谓"学如逆水行舟不进则退"啊，哈哈哈哈。我本想悄悄走开，让刘婷婷尴尬可比让"瘦猴"尴尬要严重得多。但刘婷婷还是看见了我，脸上的表情变化有如节日里的璀璨焰火。

我笑笑表示没有什么，然后把张韵萱叫过来，一起端着满载着大鱼大肉的食盘坐在他们对面。刘婷婷和张韵萱相视而笑，都有些不好意思。而我只是很平静地轻声道了一句："刚开始悠着点，否则可能不好消化。"

胜利者最优秀的品质，就是要给对手留足面子。

尾声

我们又一次来到公主楼顶层。

一段波澜荡漾过去之后，两个人就都有些无聊。张韵萱摊开新东方的"红宝书"单词册，而我则打开MP4。我本想增加点浪漫气氛，事先下载了一部电影想要与她共赏，没想到那部电影极烂，自始至终的字幕只有一

句话——"本片纯属垃圾,无任何翻译价值"。

她拿过MP4,关掉电影,打算把一个优盘往上插。我只玩笑地问了一句"没有朊病毒吧",说完就有些后悔。

优盘里是一段小动画,里面是诺贝尔颁奖典礼的模仿画面。我不知道她是什么意思,只能耐着性子往下看。

第一个出来的瑞典皇后,臂弯里挽着的居然是我本人!我仔细看去,才发现原来头像被换了。而瑞典国王所挽的,竟然是张韵萱。这是诺贝尔奖授奖的标准仪式。

"我要真得了这个炸药奖,还会和你在一起吗?"我随口笑道。

"你这人怎么这样?"张韵萱勃然作色。

"这不是根本不可能的事嘛。"我连忙安慰。近来张韵萱的脾气真的有些暴躁,无论我怎么做都不能让她满意。

我们待了很久才恋恋不舍地开始下楼。

她走在我前面时,我突然发现,她的步履似乎有些蹒跚。

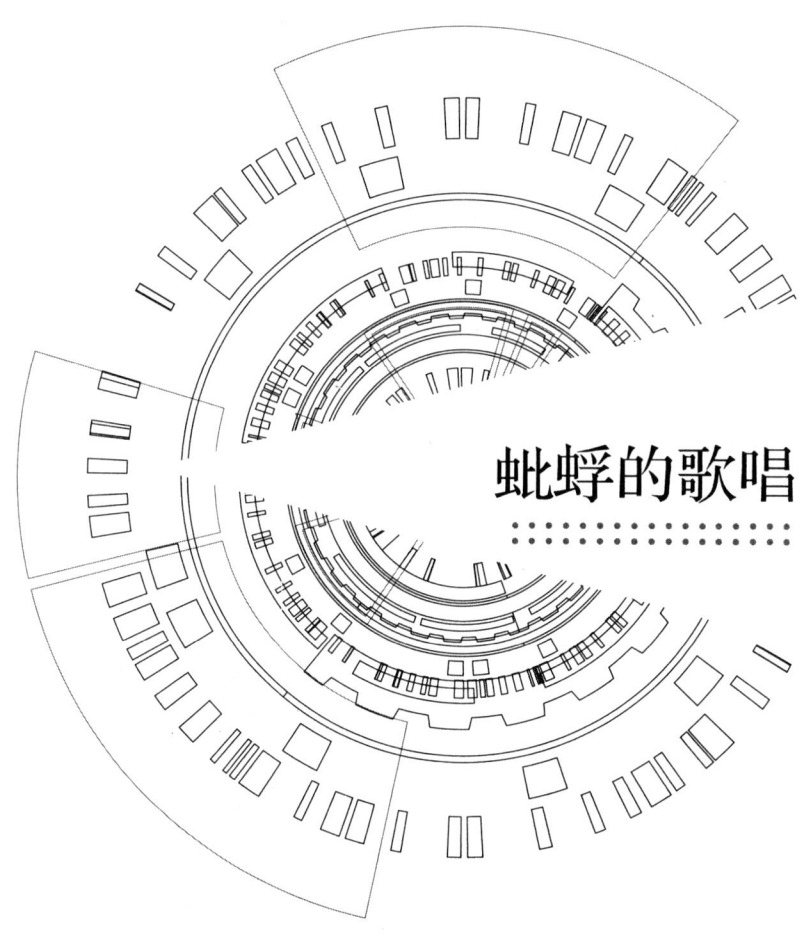

蚍蜉的歌唱

引子

清晨 7：30之前

十分钟了，它的大小一点没变。

从小型飞车的前窗望去，那座庞然大物一直保持着它的体积优势，但距离的拉近丝毫没能放大它在驾驶员眼里的形象。自从它位居前挡玻璃的中心位置之后，星河又驱车行驶了至少一刻钟，周围稀疏的建筑群从无到有一一闪过，可它基本上没什么变化——宛如一幅反贴在玻璃上的习作，背景是印象派画家笔下的湛蓝天空。

它被称作城堡。

从块头上说，它比真正的中世纪古堡至少要大上百万倍：顶部高度接近5000米，主体楼层数已问鼎千位。从理论上说，在250千米以外就能瞥见它那冉冉升起的壮丽堡顶；它的占地面积大大超过圣马力诺的一半国土，近乎等于图瓦卢和瑙鲁共和国面积之和。假如把纽约港的世贸大厦——我是说没被那帮恐怖分子撞塌以前的大厦——搬来它身边，相较之下，大厦就是西瓜旁的葡萄。不过从视觉效果来看，比喻成大树旁的麦秆更为贴切——它不但比那对孪生姐妹高出一个数量级，腰围更是胖出几十圈。

城堡通体流动着两种基调——白色的墙壁和蓝色的玻璃，素雅而清丽。轻体建材的问世使得高厦建设成为可能。当然，这还要考虑支撑本身的强度——在这里，纳米技术获得了足够的施展舞台。

在星河能看见的一侧，悬挂着至少两部超大型观光电梯——这个数字不及整座城堡各种交通工具总量的万分之五，它们上上下下、川流不息，承担着城堡巨大的客货流量。透明的定向罐梯像小球一样贴着堡体起伏弹跳，以每秒钟两层半的速度运行，即便如此还要8分钟以上才能走完全程——这已是人体能承受的极限。

环堡远眺，绿草如茵，一如"城堡少女"铺展于地面的美丽裙裾。彩虹的拱顶被挡在第736层，仿佛穿过耳垂的七色耳环。星河知道，每周第一个工作日的凌晨，都要调来积雨云降水以做例行清洗。在正常情况下，顺着城堡外壁流淌的最后一滴雨水要到黄昏才能滑到堡底——它显然是幸运的，因为中途已有无数的兄弟姐妹被蒸发掉了。幸好附近没有农民，否则他们一定会提出抗议，因为如此巨量的雨水被转移，肯定会给附近地区的气候造成干扰——人工降雨早已不受欢迎。

暖洋洋的太阳照融了阴云，初夏的树叶已经绿得足以刺眼。星河注意到前方草地上的阴影正在缓慢爬动，这使城堡看起来颇似粗大的日晷指针。据说在附近城市的许多地方，真的以城堡为中心放射性地制作了好几圈表盘，为了表时准确，那组"刻度建筑"被校正得有疏有密。不过这些刻度点对当地居民毫无意义，能够如此阅读时间的人必须位居城堡高层——在堡顶的观览厅极目远眺，可及方圆800千米。当然这需要三个前提：清晰度满足条件、观察者的视力足够优良、不考虑地球曲线的沉降。

星河停车开门，抬头仰视这一奇迹。它是那么高大，必须在数千米之

外方能体察全貌,近看起来就比较费劲了。它大得难以形容,大得让人背弃以往的生活经验——你一直前行,却总也到不了它的脚下;可就在某一瞬间,它突然占满了你的视野,山一般压砸下来,遮挡住眼前的一切,整个世界都不复存在——不再有天空,不再有大地,只剩下眼前的城堡如同一面无边的墙壁。

这是现代文明的奇迹,人类在这颗行星上留下的又一个显著象征。星河对哗众取宠并不赞许,但还是在心中由衷地感喟。没人不知道宇宙浩瀚,但人类从未停止过善意的挑战。

上午 7:30—8:00

"兔子"显然不同意星河的观点。按照他的理解,这简直就是工业文化的一堆垃圾,一头身躯庞大的蠢驴,一座留供后人耻笑的纪念碑。

这也许与他所处的角度有关,"兔子"目前的位置,与星河驻足的方向恰成一个直角,有着十来分钟的时间差。"兔子"的轿车自城堡南方而来,那一侧草地碧绿中夹杂着枯黄,明显缺乏生机,让人一望便联想起沙漠——或许是积雨云没能照顾到?只不过在有一个瞬间,"兔子"手搭凉棚的姿势与星河倒是没什么两样。

正如星河是一名建筑交通工程师一样,"兔子"的职业是一名色彩主义分子——一个极端团体的成员。他们的主张是铲除工业革命后的所有技术,能回到原始的自然状态当然更是求之不得,以及诸如此类。工业化的富足使这种闲人能够执此为业,人类文明嘲弄般地养活着他们来对抗文明本身。眼下"兔子"正酝酿着一次行动,这使他精神抖擞、容光焕发。

一队标记着"城堡货运"的蓝精钢运输车摇晃着从"兔子"身边驶过,满载着行动所需的炸药和人手。这种免检卡车很难弄到,但到底还是顺利得手。毕竟到处都有支持我们的人,"兔子"心想。

要不是在路上出了点小麻烦,就能赶上首班电船了。不过迟些也未尝不好,第一拨不花钱的乘客尽是政要名人、达官显贵,虽然是人质的优秀人选,但那帮职业警卫也非等闲之辈。安全部门不会注意电船本身的保安疏漏,可这些人平日出巡就习惯前呼后拥。第二船人就简单多了,都是些自诩名流的冒牌贵族。

在一个自由的社会里,各类组织五花八门,不过"兔子"所属的团队做的就有些过了。他们总喜欢拿炸弹和新技术对话,惹得警方不得不频繁过问,还特邀两位领袖级人物做客囹圄。

"利斧行动"的唯一要求就是释放这两名远在德国监狱的同党——号称他们也算是跨国界的全球性组织成员,受其中一个支部领导。而这种释放,其宣传意义远大于实质目的。

"兔子"侧身钻回轿车。这个钢铁家伙对他来说还不是很顺手,要不是担心身份被怀疑他绝不会随意更换座驾,原先那辆太阳能筒体车不会制造任何污染。不过换车时他到底也没选一辆飞车,那种最新型的工具实在

令他难以忍受。

假如目的达到,他将与两名肤色不同的同志异地相会,城堡侥幸逃此一劫。否则,"兔子"将连人带船一并炸掉——大家鱼死网破!

不过,"兔子"根本没打算守信用。

流线型的轿车很快融入从四面八方聚向城堡的车流,成为五光十色的亮点之一。而在城堡五分之一高度以下,萦绕着一群群如归巢蜜蜂般的小型飞车,波光粼粼,一派莺歌燕舞的祥和气氛。

与"兔子"不同,交通厅厅长助理郭威是一个极守信用的人。早在"兔子"驻足谩骂之前,他就等候在西046号入口处,其时距约定时间至少还有十分钟呢。看到星河的飞车滑进来,他露出笑脸算是打了招呼。

星河泊好飞车,与郭威握手后和他并肩跨上自动滑行道。滑道每5分钟停一次,方便行人上下。

"印象深刻吗?"

"和第一次一样深刻。"星河望着前面穿红裙子的欢快小姑娘,"咱们小时候哪见过这么高的楼房啊。"

"纳米建材能自己往上爬,要是不加控制,不定能盖多高呢。"

星河不懂纳米技术,如今的专业分工日趋精细,他没受过这方面教育。但他知道这种半自发式的建筑方式施工迅速,构造精良。

"您上次来是在……"

"半年前,落成典礼前夕。"星河在郭威对面的咖啡座里坐下,"典礼那次我没抽出工夫来。"

"人都在北081号入口。"郭威心想:也许你是没好意思露面。他注意

到星河在打量周围冷清的座位,于是又说道:"各界名流都到齐了。"

说话间大屏幕亮了,城堡内的实况转播正式开始。

"花花绿绿的,就像要装盘上席的特色菜。"星河跷着二郎腿,肆无忌惮地品头论足。

北081号入口直通穹顶大厅,果然一片熙攘喧嚣。

红地毯一直延伸到入口外面,反正城堡的水泥散水足够宽大,买地毯的钱也有的是。礼服上面映着一张张喜气洋洋的脸,夫人小姐们竞相比赛看谁认识的名流更多,到处充斥着一股几个世纪前的低俗和无聊。主席台的音响设备在开场前还不断发出杂音,一干组织人员马不停蹄地忙个不停。

"兔子"没用人接,交了请柬端着饮料找到一个角落。没人注意他精力旺盛的阴鸷目光——那目光仿佛能把整艘电船毁掉。他的手下交相传递着示意的眼神,嚣张而不失小心地与城堡中穿着制服和便衣的保安互相打量。

镜头前的城堡管委会主任流利自然地背诵着事先准备好的数据:

"……牵引力足够强大,其冗余可以超过自重加满载两倍,保险系数就更大了……"

巨大的电船在他身后蓄势待发。

"您赶第一道菜吗?要上的话,我替您安排,还来得及。"

"我不当那幌子。你要我来不是为了测试动荷载对寿命时限的影响吗?"星河笑着答道,"其实有仪器记录足够了,人体器官哪有它们

灵敏?"

"我还是相信人的感觉。"

"这种思想要不得。"星河作正色状。只有色彩主义分子才这样想。星河把后面的话及时拦在嘴边,他知道那些人有不少同情者。

从大屏幕的角落能看见货车队正鱼贯而入,等待就位。星河问郭威,为什么要把客、货一起安排,难道是出于节约的考虑?郭威说他们是在做有关统筹运载考察的实验。

"在非高峰期乘客不会满员,我们假装可以用这些空隙顺便捎些货上去,实际上是想测一下压舱条件。"

"时间有变化吗?"

"到顶连停站,总共40分钟冒头。"

"停站耽误的时间太长!"星河对此相当不满,"这回重力假象还让人满意吧?"

"没问题,乘客只感到细微的不适。"——看来厅长助理这些天没少接待记者,"而且今天特准半速行驶,估摸着得花一个钟头了。"

星河的电船设计方案,对减压装置和氧气补给之类的都考虑到了,可对加速问题稍有疏忽,结果招来舆论,甚至提升到了不重视人的高度。就是因为添加补救措施,才使电船首航仪式比落成典礼晚了3个月。

剪彩的开场白全都一样,以下诸位的咿里哇啦也大同小异,权充各类序言,只有电船启动才是重头戏。不过各类边角程序一样没落,主持人还象征性地开了香槟,船里船外一片沸腾。

星河看着大屏幕的全息转播,感慨组织者的丰功伟绩。这么大的场面不慌不乱,不靠电脑至少得折腾3个月,效果还未必理想。人的精力毕竟有限,只有机器有能力总理全局。

要是有个小病毒……星河没往下想,也觉得没有必要。电船操控系统有多重保险,安全问题不在话下,再说典礼的差错与他无关,就算真有一两位女士的鞋跟儿崴掉了也无碍大局。

"兔子"望着电船,差点露出孩子般的天真笑脸——上一次他这么无邪地笑,还是7岁生日得到电动小飞车的时候。那时他的精力还不在蓝天绿草上,认为"大自然胜过金属和塑料"都是有人后来灌输给他的。

他马上克制住了这种对工业文明的本能崇拜。

真有一位年轻女士一瘸一拐地匆匆赶到。听着响彻港口的开船铃,她气急败坏地一跺脚,结果另一只鞋跟儿也折断了。

上午　8∶00—8∶30

当然不是真的处女航,假如没有正式启程前的多次试水,也没人敢来剪这个彩——说实话真要是那样,城堡方面都不敢把这个大家伙掏出来亮给大家看。

庞大的船体开始提升,上百条绸缎彩带随之腾起,不过都被小心地吹离运载装置,真要搅在里面会很麻烦,这么大的工程容不得半点马虎。但麻烦不是没有:一些漏网进入通道的鸽子转着圈追逐电船,甚至有几只被搅进传动装置,血肉模糊,大煞风景。

地面一直在轻微颤动,接着大家就看见一堵墙向上抽去。事实上它就是一座正缓缓上升的多层建筑。

码头上人群的激动丝毫不逊于甲板上的,参观者不只聚集在一层大厅,邻近堡底的各层都站满了送行的看客,如果没有保安阻挡,他们会贴上玻璃——每隔一定高度电船通道与楼层之间是透明的。里外的人们互相致意,谁也看不清对方的面孔,只有一片错落舞动的手臂。而且眼看着一座楼房从眼前抽身而起,会产生严重的头晕感,因为这时你分不清究竟是他们在上升还是自己在下降。

先期到达108层和113层的色彩主义队员也没能看见已然登船的同党,但他们靠手持电话联系上了。第一批乘客里混有两支"彩色蜡笔"——不喜欢色彩主义分子的人都爱这么戏谑地称呼他们。他们在做最后的调研,然后用暗语通知待命高层的同伴。没机会当面交接了,第二班电船半小时后启程。眼下的航班时刻表参考了运营高峰期的间隔,非高峰期则是每小时一班,夜间每两小时一班,也就是说每天将有30班电船在这里升升降降。

星河和郭威抬眼看着电船在穹顶处消失,心里都多少带点虔诚,恐怕很难有人能不产生这种感觉。

"不太快啊。"

"就像轮船离港,正酝酿告别的感觉呢。"

"那也该鸣声长笛啊。"星河在脑海里类比着古代的远洋巨轮。

他们走过来时没听见汽笛声,却看见一名站不稳的女士正与现场调度吵架。其他人早已登船,他们俩因享受工作特权这才姗姗来迟。

"小姐,我也没办法。头十个航班都有定员,这是三个月前就排好的。"

原来电脑也干了三个月!星河咧嘴微笑。

"可我没赶上第一班!"那女士急躁地解释,"我要是再赶不上第二班,回去就会被炒了。"

"小姐,我也无能为力。"

"帮帮忙吧。"她哀求道,"不差一个人啊。"

"是不差一个人,可我要是开了这先例,那就没完没了了。"

"可问题是现在就我一个没上去!"

"怎么样?帮个忙吧?"星河看看郭威。

郭威走过去查看了那人的证件——《喧嚣》月刊记者喻丹,然后示意调度放行。女记者千恩万谢,而郭威只是做了个不经意的打发手势。这姿态让星河记忆深刻:毕竟是电船的大管家啊——尽管他坚持自称"大管家的秘书"。

"您迟到了?"管家秘书到别处忙去了,星河追上喻丹搭讪。

"我起晚了……你是哪位?"

"这船的总设计师。"说这话时星河别有一番沾沾自喜,"他们在给这船下料之前是我画的图。"

"啊——太好了,这下和报社有的说了。我就说采访您结果没注意第一班开了——您怎么不跟第一班?"

"第二班有相当重要的节目。"星河一脸严肃地迈上电船,余光正瞄见"兔子"一行上了对面的高速罐梯。

星河要是知道这个人身上肩负的使命,死也不会吐那句不祥的预言。

服务人员带着专用机械高效率地收拾着残局,主席台一会儿就没了,除了红地毯,鲜有其他与平时不同的附设。后来的人没看见前面的盛况,一脸的不满;而刚才就站在这儿的那些人也保持了惊人的一致,就好像根本没有过什么盛典,时下的布置就是最高礼遇。

首航的森严警戒确实让"兔子"有些意外,但他仍旧发现不少漏洞。尽管他拿首班电船邀请的官员级别来安慰自己,但对下一航班的保安措施能否放松仍心存疑虑。为了保险起见,他让队员们分乘不同的罐梯上去。集合地点定在107层大餐厅以及向上顺延的几层,那里是电船的第一个停靠站。

炸药是由海绵状的多孔硅和其他材料的复合物制成,是威力比TNT强数十倍的强力炸药,遇氧即炸,仅用来对付某些设施。这种特制炸药让重重安检无一报警。"兔子"一行有备而来,分期分批地云集于大餐厅以上,有条不紊、井然有序。有些"蜡笔"走的是货运梯车,速度比客运电梯高出两倍半以上。

"兔子"刚在餐厅落座,探马之一就来了电话。声音不是很清楚,因为他们没有申请城堡内的放大业务——其实句句暗语,让人听见也未必就会泄密。另一条眼线至今没有消息,说不定就是因为电话打不出来。

"兔子"在脑子里把那串暗语翻译了一遍,满意地"嗯"了几声——没有什么不妥的地方,甚至还有几处相当有利,总之行动将如期进行。

大餐厅上方的电子公告牌和着伴音宣布了第二班电船即将动身的消息，餐桌前的"蜡笔"们都不由自主地把上身向前一挺。盘子里的食物几乎没动，他们还是有点紧张！

电船餐厅里的茶点遭到了同样的命运，兴奋的人们没工夫关照自己的食欲。虽说也都算是见过世面的人，但有点激动总归难免。他们来回走动，徒劳地寻找着晕船的感觉。

屏幕上在播放纪录电影，尽管情节有趣，解说动人，但关注的人还是不多：

> 在其他小一些的城堡，最初的设计是回旋列车，不过最终没被实际采纳。按照原有设计，回旋列车平时平躺在站轨上，待乘客坐好后，它将逐渐立起，加速上升。这一设计最大的弊病在于整个上升过程乘客都被向下压在椅背上，其难受程度可想而知。有人甚至怀疑设计者一定在太空站待过，以至于忘记了地面上还有重力存在。原设计没有投入使用的原因还有很多，比如它只能一升到顶——假如中间停留的话，需要再次平躺下来，即使不考虑时间上的耗费，没受过宇航训练的乘客肯定也禁不起这番折腾。

有关高厦交通的同类解说词星河早已倒背如流。超高楼厦为交通带来了新的课题，新型学科也应运而生：建筑交通学——还算朗朗上口。

在星河的想象里，回旋列车这种位置上的变化绝对可以称得上壮观。至少有一次，星河梦见那列车宛若一条刚猛的游龙，一挺一平地震动着上升。

"那好像是您?"喻丹捕捉到节目中的细节。

屏幕上的星河摇着手指挥着梯车升降,样子傻乎乎的,一望便知是记者彩排的杰作。

"那时候我还年轻。"星河笑道,"这楼盖得年头挺长。"

"不才一年半嘛。"

"内部装修得慢,纳米小机器人还干不了这种细活。"

"胡说,哪有什么纳米小机器人!"喻丹表示自己不是傻瓜。

"真正采纳的方式是传统的电梯,后来被改进为所谓的'梯车'。它分为许多竖格,不同层的人进入不同的格,然后20格梯车一起上升。不过在流量巨大的上班时间,梯车根本无法满足客运需要。"

"社会发展总是拒绝专家的安排,虽说专家的方式最有效率。"星河牢记这句话。城堡里的工作人员都被就近安排在堡内住宿,但还是有许多人选择住在外面,这样就给每天上下班的交通带来极大不便。而即使身居堡内,也不能保证办公地点与住所同层,这一问题仍然存在。尽管城堡鼓励各部门错开上下班高峰,还是不能有效缓解垂直交通的巨大压力。

"城堡还为它带来许多观光客——"刚刚走过来的郭威熟练地与解说词同步朗诵,"——他们为繁忙的交通雪上加霜。"

3

上午　8：30—9：00

已经启程半分钟了,可星河眼前浮动的还是落成典礼前夕的试航。

那次星河曾从最高层向下鸟瞰,下面是三道环绕着城堡的磁悬浮轨道,其时尚未完全竣工。仿佛一个站着的人,在看地上的螳臂——星河当时就是这种感觉:纤细而精巧。

而现在,在电船经过的某些位置,还是能从林林总总的梁柱缝隙间看见那些钢轨。虽说投入正常使用后它们依旧崭新锃亮,但近距离观赏远不如上次来的壮观。

说是近距离,也有好几百米了,因而星河不可能看到那个名叫许薇的年轻女性。星河看到的只是铁轨和车辆,最能体现人类活动的画面也不过是蜂拥的人群——不可能看到任何具体的人。

许薇一肚子的怨气。应该8：00到达的列车晚点,导致一刻钟后的这趟也跟着晚了。虽说最后这趟是追着上一趟的屁股进的站,可还是赶不上公司预定的专班罐梯了。

都是电船典礼搞的!好好的搞什么首航,而且还不让上人!

如果说这个时代还有下层人士,许薇就是一个。不用说城堡的永久居留权,她连不十分昂贵的房间租金都付不起。当初她选择了在这个时代已不怎么时髦的爱情,同时也就选择了贫困。

在城堡里工作自有城堡里的好处,虽说这种好处千载难逢。有人要测试电船的一些参数,这些人员必须位于航线沿途,这就框定了许薇——估计对方对她观察已久,认定她是合适人选,否则符合条件的人宽说近千窄说也有几百,为什么偏偏就挑中了她呢?为了避免每天喝粥的日子重复上演,她痛快地答应了这一违规请求。

在星河周围,大都是些没文化的社会名流,炫耀般地端着酒杯游来晃去。

就要停泊在"饮食补给站"了,上方是招展的彩旗——城堡社区就喜欢搞这种形式上的东西。停站相当影响速度,在各站耽误的时间比总行驶时间要多4倍。设计时也曾考虑断层式分流,那样就可以连续上升,可惜安全系数太低……星河脑子里飞快地闪过一堆技术参数,而这些是无法被许薇之流攫取的。但星河很快就摆脱回忆,和别人一样把笑容挂在脸上。这时大屏幕告诉大家:

本次航班在107层不再停泊。

"哎——不是安排好了吗?"喻丹有些诧异。

"整体计划有些小调整。"郭威走过来,"所以我们需要快一些。"

"我无所谓。"星河心说这样我还可以早点回家呢,"大餐厅的欢迎

人群可要失望了。"

"和他们解释一下就成。"郭威一点不在意,"在哪儿停不是停,又不会产生政治纠纷。"

"我还以为这里每层都是一个独立国家呢。"喻丹起哄道。

这样时间会短些。星河查看数据舱的时候决定,这次下去后不按约定再走一班了——一个来回足够了,仪器把一切都做得挺好。星河迅速心算了一下,怎么也能省出十分钟来。遭遇对面航班的地点也被后推,要等第二站之后了——事先已有空舱挂到对面的下行船道,用于平衡压载,以确保万无一失。接下来,他们就会源源不断地遇到这艘电船的兄弟们——至少5艘。

听到这个消息,"兔子"猛然站起,差点把桌子掀翻。他只呆滞了几秒钟,就立即指挥手下抢占最近的几架罐梯。作为一支喜欢凭感觉办事的"彩色蜡笔"来说,他把思维转化为行动的速度已堪称机敏和矫捷了。

罐梯里原来的上下行乘客被粗暴地赶出来,"蜡笔"们迅速有效地挤满空间并进入上升阶段。至少有一名警惕的保安注意到了这一情况,他马上按程序呼叫安全部门以提请注意。

电船到下一个港口还要一分多钟,顺利的话可以抢在它前面到达。在罐梯里,"蜡笔"们开始安装事先被拆成散件的枪械。

有一段时间,罐梯与电船比肩齐升,不相上下。乘坐在宽大鲸鲨上的人们发现了这条小小的鲫鱼,激动地朝他们抛吻致意,但得到的回报是一堆冷脸。

遗憾的是罐梯速度也是分级的,有几罐偏巧位居低速之列。"兔子"只能眼睁睁地看着电船比罐梯高出那么一块,而且距离还在慢慢拉大,这

使他又一次对机器不听人的指挥产生出强烈的愤怒。

停靠的壮观丝毫不逊于启程,一个整体结构严丝合缝地对接在第214层,而震动程度还不如两块磁铁敲在一起轻微。及至内外高差找平之后,电船的玻璃大门轰然敞开,船上船下欢呼着互抛鲜花。

这一层内壁上贴着红砖壁板,假装凝重地竖着几根塑料浮雕柱。乱真的假花、数控调温的全息壁炉……看上去有一种不伦不类的古色古香。

停站时间只有三分钟,"蜡笔"们的时间一点不宽裕。就在电船即将离港的一刹那,从第一罐罐梯里冲出来的"蜡笔"强行挤进门缝,周围的人群一片惊愕。接着第二拨到位,望着蠢蠢欲动的电船干瞪眼。最后"兔子"带着几个人在电船前站定,端枪就是一梭子,玻璃上旋即出现几行扭动的麻点曲线,碎裂如网状般向四周辐射。几支"蜡笔"用枪托一砸,状若蛛网的整扇玻璃向里塌陷,不规则的洞口宛如深海鱼类的嘴。这伙人连同先头和后续部队纷纷钻了进去——到底还是有四人没能赶上。最后一个上来的让玻璃刮破了裤子,倒数第二个耳朵被划出了血,还有一名在跳跃中不幸失足,凄厉的惨叫长久保留在目击者的梦中。

"我宣布——""兔子"第一步是站稳脚跟,第二步是端稳枪支,第三步就开始煞有其事,"这艘船被接管了。"

不管你是何方神圣,我都知道你并不镇静。率先趴到地上的星河慢慢抬起头来。你忘了向被接管者散名片了——虽说我一猜你就是支"蜡笔"。

星河自然讨厌别人弄乱他的船,但从眼前的情况看,他也只能睁一只眼闭一只眼了,必要时两只眼睛都得闭上也说不定。

整座城堡的管理机构乱作一团，本来可以在电脑上传输的资料被工作人员小跑着送往各个办公室。他们都有些紧张，可能还有些轻微的兴奋，因此无法操纵键盘——或者跑步有利于治好腿部的哆嗦？

数据中心的资料被乱七八糟地扔了一地，一半以上的光盘被踩得没法再用，相信他们一定有备份。而管委会暂时无法开会，因为主任缺席——他还在首班电船上呢。

其实"兔子"刚一进城堡，头像就给警报器圈住了，在一个西服成群的地方夹克显得鹤立鸡群，格外引人注目。但电脑的查询能力太慢，只做了常规例行检查。现在出了事再重来，就什么都调出来了——显示器一幕幕地吐出他在十几个国家的案底。

总共13个国家，这家伙也算有点名气了！

许薇前脚刚迈进办公室的门，就听说了电船被劫的消息。

谢天谢地。她长舒了一口气，心想："测试失败至少不能说是我的原因了。"

此时，粗大的阴影指针正漫过城市，指向九点钟的位置。

4

上午 9∶00—10∶00

电船上的混乱比整个城堡来得要轻些,毕竟还有"彩色蜡笔"维持秩序。也许是大伙还没从震惊中清醒过来,要过一段才能听见女人的尖叫声。

"兔子"射击玻璃门的时候,星河刚从数据舱出来,正站在二层楼梯边,他一看见对方掏出武器,就迅速扑倒在地。尽管谁都知道子弹轻易不会穿透电船的玻璃,但本能还是让星河急于应对,结果由于别人的迟钝——而不是由于他们了解玻璃性能——使他的行动显得格外怯懦和滑稽。直到星河抱着脑袋再度抬头时,别人才在他的带动下轰隆轰隆地纷纷扑倒。

全船最高兴的莫过于喻丹了,这可是独家新闻啊!她都来不及向率先卧倒的星河投去轻蔑的一瞥,就带着塞翁失马般的兴奋接连按动快门。

"……手持电话等个人通信器材都要收缴。"广播里播放着"蜡笔"们准备好的录音,这回乘客听的比典礼致辞还要仔细,"严禁保留各种监测及对外联络工具……"——相机也跑不了,喻丹算是白照了。

有必要吗？星河在交手机时大概轻微地撇了下嘴，表示出对此小题大做的不屑。结果这一表情让"兔子"捕捉到了，他走过来俯身望向星河的眼睛。

"有必要。整个行动也许要持续一天的时间。"

星河没敢多说话。

"整个城堡马上就要发疯了。""兔子"笑着把拇指一挑，指向窗外。

我看是你发疯了——星河只敢在心里说。

全副武装啊。郭威瞄了一眼周围的"蜡笔"，得出这个结论。每层都有几个端枪的人在巡视。被搜过身的乘客集于一层大厅，暴露在上层持枪者的射程之内。组织工作做得很好，事先的计划一定很周详。

不错，十分周详。登船之后，负责接手驾驶台的、负责各层警戒的、负责安放炸药的、负责联络协调的……各司其职，有条不紊。假如不算部分乘客的惊慌，和刚才几乎没什么两样。

为了顺利变速以调整运行计划，电船被强行急停，被迫脱离外界电脑控制。但惯性犹在，因此电船还在喘着气继续往上拱。

城堡的慌乱被有效地遏制住了，毕竟是首屈一指的智能城堡，在电脑的统一调控下，混乱的局势很快得到了控制。

对于习惯于猫头鹰式作息的副主任来说，早起总让他感到恐惧。眼前以乳白和奶黄为主色的会议室背景就像是一块巨大的冰激凌，让他一阵阵发冷的大功率空调使这种感觉更加强烈了。主任的头像在前方屏幕上喋喋不休，他很想让他闭嘴，但不敢。

城堡管理委员会是个举足轻重的机构，它管理着总面积近5万平方千米、人口达5000万的城堡。会议在城堡内召开是有意义的：尽管目前对这一事件高度保密，但已经知道的人还是不少，这样至少说明局势还在控制当中。

副主任委员坐在会议桌前首，但有意把屁股下的椅子摆偏了，给人一种主位虚席以待的感觉。他当副手多年，清楚很多事的利害关系。

在他左手边，是三位常委委员：治安厅厅长、财政厅厅长、交通厅副厅长——代替尚在首班电船上的厅长大人，以及其他一些厅长委员；在他右手边，是城堡总设计师、红十字会会长、新闻中心负责人，等等。此外，还有一位统计学家和一位心理学家。财政厅厅长和治安厅厅长曾有颇多过节，字里行间流露出不经意的得意，但表面上不显山露水。

主任不能亲临会场，只能通过电话出席会议，与大家共商电船乃至城堡的安危。如是与会的还有交通厅厅长和其他几名相关人员。

由于电船系统是连动的，动力装置集于一体，首班电船目前只能保持"空停"状态。想让它"靠岸"就得对缆索进行处理，靠振荡方式做微小摆动，而这又涉及一个协调的问题。假如整套电船体系正常运转，遇到突发事件也可协调一致，那么由电脑统一安排体系运动递减即可；可现在情况不同，因为不了解"蜡笔"们对电脑操控系统做了些什么，不敢冒险进行正常的系统分离，用于补救的易轨措施也不敢轻易采用。再有就是它减速的位置，刚好赶上设备层区，整船乘客眼看着十几米外的陆地就是没法下船。

所以主任一上来先向分管技术的交通厅副厅长抱怨，声音时断时续，图像更是模糊不清。

"没有拆分可能?要是平时出了这种事怎么办?"主任多少有点怒气冲冲。

"平时就不会出这种事。"不知副厅长是疯了还是傻了,淡淡地回敬了主任一句。和不懂技术的人讲技术很费劲,和不懂数学的人讲概率则根本没用。

"设计者在哪儿?"

"在第二班船上。"

他被第一个打死才好,主任恨恨地想到。

星河?他被打死?副厅长洞悉主任的内心,也用心语和他交流着。星河那人惜命着呢,保护自己还来不及。

"对方是什么人?"主任这才进入正题。这时管委会秘书长进来,坐在副主任身边,形成犄角之势。

"他的真名叫叶秋晓。"治安厅厅长对财政厅厅长嘲弄的笑容无动于衷——都是为了城堡事业,现在还谈什么个人恩怨,"绰号'兔子'。"

真名没引起什么反应,但绰号有如秋风刮过麦浪。

"色彩主义的一员干将。"副主任喃喃自语。城堡碰到麻烦了,这种人是不达目的绝不罢休的。

"我们刚接到通知,他要求释放在德国监狱的两名同党。"

又是一阵喧嚣。副主任厌倦地闭上眼睛,心想:一群傻瓜,都什么时候了还没一点秩序。

"各位——"秘书长清了清嗓子,"关于这件事我们的人知道一点,是不是请他来讲一讲?"

大家有些奇怪,照理说"我们的人"应该是个复数,怎么又"请他来

讲一讲"?现在还有谁比副主任更了解全局?

这就是秘书长的能干之处。他知道突发事件一旦发生,各级官员亟须的不仅是背景资料,更重要的是综合分析。能在短期内做到这一点并不容易,因为各类资料分别掌握在不同人手里,智囊人员也是各管一摊,来不及集中综合。所以事件刚一发生,他的第一反应不是想该怎么办——那不是他的职责,而是想应该怎样搜集材料。而且在电话通知下属后,他马上赶往现场索取各类资料,而不是以开会的方式集中,这样在上级开会时他就不用再召集一堆人进来陈述了。接着,他迅速找人做综合分析和初级评估,可用时间从半小时到一小时不等——这就要看管委会什么时候想起来叫他出席会议了。

这时他必须有这样一个人:什么都懂一点,还能一下抓住要害。从某种意义上说,这个人是城堡后台的实际管理者。此外,还有一个条件:必须能深入浅出地讲清资料与结论的关系——而这个人,他手头有!

"兔子"肯定在搞电磁干扰,所以主任的讯号又断了。随后大家花了两分钟统一意见,是否允许教授进来,最终还是同意了。

这下教授可要得意了——所有的人都这样想。在他们上任之前,必须接受一次为期五周的城堡综合知识培训,而落在这样一位严厉而不得志的老师手里,其苦可想而知。据说最后他还不满意,抱怨官员们不认真听课并警告说以后出了事肯定有好瞧的。

教授进来时没看大家,敷衍地冲着大会议桌上方的空气点了一下头,而委员们不得不默许他的这种傲慢态度。

教授清清喉咙准备开讲,脸上洋溢着难以掩盖的复仇快感。当初不是不爱听课吗,现在要来补考了吧?

"初步情况大家都知道了,问题是他能干什么?"教授扫视会场,知道这时不可能铺张地介绍无数背景资料,这让他多少有点遗憾。而在正常情况下,与会者应该保持缄默,等待提问者自行道出答案。

"他们不是有炸药吗?"看来事件真的过于紧急,一个冒失鬼破例了,"一船人的身家性命啊!"

好,等的就是你,教授心想。

"通过分析,我们觉得电船本身不是重点。"教授耐心纠正,没有一点看不起抢答者的意思,"这是我们刚刚测得的一组数据,包括制动系数取样、启动加速、预定航速等一系列指标,时间关系我就不一一解释了。他们刚才停船是为了变速,根据他们对后续速度的预设,可以计算出一个结果,那就是电船的下一个停靠点很可能是496层。"

"超导约束区!"城堡设计师几乎要跳起来。

"您是内行,一下就看到了关键。"教授点头,"不等咱们开完会,电船就会停在那一层上,而那里有一组重要的超导约束点。所以我说,他手里的牌不只是一船人的性命。"

上午的阳光正把最大面积的玻璃涂成金色,让人产生一种黄昏的错觉。

5

上午 10:00—11:00

没几个人真正了解城堡的结构和构筑背景。当初设计和建造城堡时，也只是含混地说"利用了纳米及超导等应用技术"。从建筑学的角度来说，人们对纳米比较了解，但对超导能干些什么就不大清楚了。后来有记者穷追不舍，管委会不得不让宣传口做了些形象的比喻。不怀好意的媒体借机夸大其词，要公众注意城堡的结构安全问题。不过当时别的新闻吸引走了人们的注意力，结果也就不了了之。

电船的出现使超导技术再次被提及，以磁悬浮为动力使电船颇受人们关注。但真正了解内幕的人知道，这并不是城堡利用超导技术的全部。

"完了！"郭威哀叹一声。他是了解内幕者之一。

"什么？"星河却不在其中。

"您知道古茨原则吗？"

"不知道。"星河摇头。

"那切恩-麦克斯韦实验呢？"

"就是那个摞硬币的心理学家？"一个铁塔般的黑大个子凑过来插

嘴，看来他家电视上有一些科学节目频道。

"严格地说，只有切恩是个心理学家，很多人都把他们当成了一个人。"郭威强调道，"切恩做过一个实验：把一些硬币摞起来，当然摞得越高越困难。最后他发现，在摞到30多枚时都没问题，可一过40就显出窘境。切恩在不同条件下将实验重复了多次，都得出相同或相似的结论。于是他认为，这是一种心理现象。"

一支"蜡笔"朝这边走来。

"可麦克斯韦经过研究，发现这其实可以用力学原理来解释。麦克斯韦是位物理学家，他发现这一现象的原理并不像它表现出来的那样简单……总之吧——"郭威注意到来人，开始对叙述做毫无逻辑的简化，"他证明了，这是一种物理现象而非心理现象。"

星河看着他，不知道他为什么要讲这些。

"后来一个叫古茨的德国建筑师利用了这一规律，提出高层建筑的受力原则，被称为古茨原则。"郭威抢着把话说完，"所以城堡每隔一定高度会设有一个超导层，通过超导层和磁场相互作用给楼层施以稳定约束。"

果不出郭威所料，他话音未落，"蜡笔"就吼叫起来："不许说话！"

好像有点明白了，星河心想。

还是什么都不明白，大黑个子心想。

管委会会议还在进行。一旦上了正轨，惯有的官僚习气就开始恢复。

教授已从站着变成坐着，形式也从授课变成答辩，辅以投影图像。

教授得意得很,他恨不得有朝一日自己当秘书长,而让秘书长当城堡主任——他自己还没做好就任第一把手的准备。

"具体解释一下您刚才说的'超导约束'。"秘书长一副"我已经明白了,可你应该想到在座的还有许多外行"的姿态。

"超导约束是防止楼体摆动的一项措施,是按照古茨原则设置的。"教授配合得不错,仿佛刚刚醒悟过来,"它所造成的水平横向力可以对楼体起约束作用,以减缓楼体的大幅度摆动。在相关楼层设有竖直超导约束,目的是把整体摆动分流成众多的局部摆动,减少整体的结构失稳。"

大家显然不爱听了,但为了获取信息只能硬着头皮往下听。连最爱学习的秘书长同学也觉得教授卖弄得有些过了,现在毕竟是紧急方案应对,不是科技选修课时间啊。

"教授是这个意思。"秘书长站出来打圆场,道具是顺手抄起的一支笔,一口一个"咱们城堡"地科普开来,"这好比是咱们城堡,有4000多米高,每天都要承受风荷载。根据我们所在区域的风况,正赶上城堡中间部分风速最大,风力也最强,这样一来摆动就会很大,从理论上说最大摆幅能超过10米。幸亏咱们城堡是个墩子,要真像这根笔似的是个棍子,就非折断不可了。但就是这样,咱们城堡也要限制这种摆动,这既是结构需要也是心理需要。不过对于咱们城堡这么高大的建筑来说,整体减摆比较困难,所以就把它切开了,允许各部分之间有微小的水平移动,这样在整体上就减少了力度。当然这种移动也不能太大,否则楼层就错开了。我们用超导磁场限制这种水平移动,每隔一定高度设置一个超导层——刚才教授已经讲了。假如把磁场破坏了,比如用停电的方式,让超导体失灵,那咱们城堡可就危险了。"

会场有些骚动，也许有人头一次听说这座大楼不是一整块的。教授在心里如孩子般地快意欢呼：该该该！叫你们当初不好好听课！

秘书长说完，示意教授接着讲。

"好。现在'兔子'劫持了一船人，到达496层超导约束点，然后让它失灵，比方说把电缆给剪了，那么上下两部分的城堡就没有控制水平移动的约束了。"教授重复了一遍秘书长的意思后接着说，"这本来也没什么，刚才秘书长说了，约束除了结构上的意义，更多的是心理上的意义。这就和我们各层的压重物一样，只是为了让楼层人员的心理稳定。可这是在正常情况下，那不正常的情况呢？比如这时候有个外力？"

真是个好演员，还懂得有张有弛呢，秘书长在心里骂道。

"那个力得多大？"副主任目光炯炯地盯着他，"一架直升机撞在上面有用吗？"

"那肯定没事，一般人为的力都没什么事。"秘书长看着手里的数据，"至少要7级大风才有效果，也许还要再大一些。"

"谢天谢地，咱们这儿已经有年头没刮这种大风了。"马上有人挖掘记忆，显示自己德高望重的年龄优势。

"等等，我上周接到一份例报……"一位委员反应过来，他的官职大概与气象有关。

教授不等他说完，就调换了投影画面，屏幕上出现一张卫星云图。其实没几个人能看懂，秘书长知道教授是故意的，一方面源于他喜欢正式的嗜好，一方面还是报复心理在作怪。

"这是气象局刚传来的卫星云图，预报24小时内的天气变化，其中有一条值得我们注意——4小时后，一场罕见的沙尘暴要通过城堡，其风力是

8级。"

会场一片唏嘘。

"气象部门应该早做打算!"主任很不高兴,"他们应该引开风暴,稍微偏偏角度就可以。"

"咱们没提要求。而且前面说了,正常情况下有影响但也很小。"教授接过话来,"刚才联系气象局时他们也承认,就是事先要求也无能为力。这场风暴宽度很大,城堡又正好位居它过路的中心,再加上科里奥利效应,导引起来有一定的困难。"

"你就说城堡到底会怎么样吧?"这次副主任真的有些急了。

"本来光是沙尘暴不会有事,但刚才说了,'兔子'手里有炸药。"教授展示另一个画面,是城堡的三维模拟,"假如他在沙暴来临的时候,同时在楼层某个部位起爆炸药——一些比较关键的部位……"

画面上出现一些红色圆圈,有些圆圈还溢出了这部分画面。

"我让电脑算了一下,类似的部位有20来个。"教授用红光教鞭指指点点,"都可能因结构缺失和振动——尤其是后者——加大风力造成的水平移动,最终导致楼体重心偏移,然后出现连锁反应。而496层这个点是可能性最大的一个,电脑给出的使楼体重心偏移出安全线的概率是76%——已经相当大了。"

画面上开始刮风,并且越来越大。看得出这些风是临时调用的现成资料,效果不很逼真,只能凑合着示意。当风力进入峰值区域后,一个小小的爆炸适时发生,造成的连锁振动使城堡像是被谁挠了一下痒,笑个不停——笑着笑着,就歪到地上去了。

"这就是为什么他规定下午3点是谈判最后期限的原因。"——不是机缘巧合，而是精心策划的结果。

"这个兔崽子！"副主任激动之余，把成年"兔子"的辈分给降低了。

是的，城堡的灾星到了。在它的童年时代，遇到了第一次生存危机。

上午 11：00—12：00

会议被戏剧性地打断，就像在一台精彩节目中间插入了广告。告急的消息不请自来：第二班电船的变速已使首班电船受到影响，连锁性下坠很可能就要发生；如不采取措施，在失稳状态下它随时都有掉下去的可能。

大屏幕接通现场，虽说效果并不理想。在首班电船上，主任正亲自指挥救人——这可都是些贵人！

唯一的办法是"充气粘联"，靠施工时留下的应急措施把人先救出来。这样做的缺陷在于船体下落的危险依旧存在，第二班电船所受威胁丝毫未减。交通厅副厅长就此提出疑问，没想到主任寸步不让：

"首先保证首班电船上的乘客安全！"

是保证你自己的安全吧？副厅长心想，但他很快为自己的成见感到羞

愧。主任正忙于指挥，没有一丝自己先撤的意思。他会最后一个下来，就算他再自私，职业荣誉感也要求他这样做。

"咱们总得分清重要的乘客和不重要的乘客。"秘书长息事宁人地解释，"有个轻重缓急。"

"不重要的乘客也是人。"副厅长说得很轻。

"但那些重要的乘客，我们一个也不能损失。"副主任见缝插针地给部下做思想工作。可工作没做完，又得转过头去听取并回答别人的报告，剩下的思想问题只有靠副厅长自己解决了。

其实副厅长不是不明白。不错，失去主任，城堡目前的很多问题都难以处理；失去一个副部长，给这个部带来的损失不会少于5%；失去一个外交使节，两国关系很可能要从头开始……空洞地谈论平等，往往是只对自己生命负责的人。

所以副厅长虽然特别不舒服，但也没有别的办法，毕竟他也提不出更好的解决方案来。

在电船内部，尊卑也马上体现出来，基本上是按照社会地位的显赫程度这一次序撤退的，这显然是主任的指挥原则。当然，文明进步也给一些人的良心上抹了层虚荣，绅士们显示英勇的机会来了，他们扶着女士，前后忙碌。幸好救援人员赶到，及时制止了他们的义举。非专业化的热情常常只会帮倒忙，救援队已处理过好几起类似的麻烦了。

真正让人做英雄的机会在下面那艘船里。

郭威被带到"兔子"面前，后者狐疑地打量着他。

"我和他们说不清楚，他们根本不让我说话。你也可以不听我

的……"紧张没让郭威失去逻辑,只是有点语无伦次。

"兔子"扑闪了一下大眼睛,一副"你说吧,我听着"的态度。

"您愿意头顶上悬着一艘万吨巨轮吗?"郭威为对方的气质所折服,一时间误以为这只兔子是只通情达理的动物,语气也变得随意起来,仿佛平时与上司说话一样,"尽管是条空的——我想船上的人应该撤了。"

"我们不怕死。""兔子"身边阴沉着脸的人说道,可以把他称为"灰兔子"。

"我真的劝你们别这样!"郭威把话说得推心置腹。

"那有关部门就该考虑这个问题。""兔子"扬扬眉毛,"他们应该帮咱们考虑一下咱们的性命。"

本来"秃头"的心理都要崩溃了。他的手脚随着电船一道乱动,不过随着电船速度的放慢,他也开始变得平静。

他算准了,在电船彻底停下来之前,肯定能过410层,只要测出那个点的数据,一大笔钱就有望了。但愿那个女人已经准备好了,这次不要误事。

在技术时代,个人能力只有在特定环境下才有用。"秃头"正是这样一个人,整座城堡大概只有为数不多的人能熟练地手动操纵这些测试仪。

从首班电船开始,他们要测量前十艘电船的数据,之后的航班抽样即可,越靠前的数据越重要。当然,行动的关键是要找好配合伙伴。"秃头"物色了很久才找到合适人选——许薇具备必要的条件,而且地理位置适宜。

可今天早晨他与许薇联系时,发现她还没按时就位。他本来已经绝望，可没想到电船被劫持，时间又富裕起来。只是他一直没机会再和许薇通上消息。

现在他在等待时机，等待电船通过他的梦想之地。

在巨额利益的驱使下，他忘了自己应该问问"兔子"是否允许他这样做。

"教授说的有可能吗？"会议间隙，副主任小声问秘书长。

"有可能，城堡分层处确实是靠超导来约束的。"

副主任还是看着秘书长。

"您坐过磁悬浮列车吧？列车是悬在轨道上的，旁边没支撑，可还是很稳定。这是因为超导磁场有个往上托的力，同时在两侧也有个横向约束力，就好比这样……"秘书长伸出双手捧了个莲花状，上面托着手机，"假设我的手是超导磁场，手机不但不会掉下来，也不会往两边运动。如果你使劲晃我的手，手机会产生一定的平动，但还是不会挣脱束缚——就是这道理。"

"那你的手要是没了，手机还不得砸下来？"

"城堡当然不会塌，它的承重靠墙柱梁板，不是靠超导磁场——那也禁不住。"秘书长明白副主任在担心什么，依旧十分耐心，"本来两侧的约束消失后也不会出大问题，没那么大的劲儿能使楼层偏心，可刚才说有大风……"

副主任刚想再问，却被淹没在下属送来的纷杂报表中了。

"我觉得可以试试另一个办法。"秘书长看着副主任忙完手头的工作才开口。

在旁边一间小一点的会议室里，特种警务突击队队长一进门，治安厅厅长就认出了他。刚才开会的时候，这个穿蓝衣服的小个子不声不响地坐在后排，正迎着厅长的视线。厅长猜他是跟着副部长的车一起来的，出事后城堡附近就不让飞机靠近了。

"咱们不多废话，我先介绍一下情况。"教授正襟危坐，上来就抢了副主任的镜头，啰哩吧嗦地没完没了。好在突击队长确实需要知道这些，副主任大人也就忍了。

教授介绍了冷凝层的情况和作用。说实话他做这个确实内行，能给外行讲得清清楚楚。超导磁场要靠超低温实现，液氮冷凝是做到这一点的关键。而超导约束又分有不同级别，496层属于比较高的，冷凝任务也格外重。

刚刚传来的最新消息，第二班电船已经到达该层，从电路分析来看，"兔子"断开了那里的电源，冷凝装置正在失去作用。风暴袭来的时候，如果真在那里起爆，后果不堪设想。

秘书长和教授商量的办法是让突击队员上去启动备用线路。但这事的麻烦在于——"兔子"是从根上切断的线路，备用闸盒位于原始装置对面，被船体挡住了。

"所以说，你们不是去抢回电船的控制权。"教授终于收了口，"而是去接上电线。"

"不就是把那个备用开关合上吗？"突击队长懒洋洋地接道。他们喜欢救人和杀人，不喜欢电工。

"没这么简单，小伙子……"教授开始进行冗长的技术分析，弄得治安厅厅长在心里骂：你是真他妈的烦！

"另外它在通道另一侧,你得从船舷上爬过去。"

"这没问题。"

"告诉我,你有几成把握?"

这种自以为自己已成中心的做法连秘书长都无法忍受了。他还没说话,副主任就客气地开了口:

"教授,下面有些话让我来说吧。"

教授虽然不乐意,但也没办法。

"有些问题涉及保密内容……"这是一句陈述,但逐客的意思已很明显。

"教授,我正好有别的事找你。"秘书长装出一副很急的样子,在对方正式发作之前把他拉走了。

此时在城堡以外,风已经刮起来了。

中午 12:00—13:00

在交通厅厅长面前,电脑显示的首班电船示意图在闪烁中变换着颜色。这种颜色改变令人恐惧,它展示出所有因异常抽拉可能造成的断裂地带。

"3区红显！""3区返绿。""5区红显！""5区返绿。"……

红色表示危险，回归绿色则表示恢复到安全系数之内。但随着时间延续，红区越来越多。

"3区红显！""3区返绿。""5区红显！""3区红显！""7区红显！""8区红显！"……

控制室的人都盯着变化的数字，一有红显马上报告。每一个红色数字都说明失稳概率在增大，当这支赤军招募到一定数量的兵勇后船就要掉下去了！假如这时有人在从船底往上看的话，会有一种身处地狱般的感觉。

刚从首班电船上下来的主任——整个城堡的最高领导人——根本不管这些，他头枕双臂四仰八叉地躺在沙发上，一副悲天悯人的姿态。而旁边那个烦人的女记者还在喋喋不休地追问："说吧，越详细越好。"

秘书长带着教授赶来救了驾。

"你的人从453层的通道口上去。"并不是副主任在发言，而是说话简练的治安厅厅长，"然后上船舷，下开关——就这样。"

"你真不打算占领电船？"突击队长问道，"我听说那家伙有不守信用的长期历史。"

"太危险了，有可能船占不下来，炸药也爆了。"副主任苦笑着摇头。

"还是别冒险。他毕竟是要挟，不是示威。他一按下开关，手里就没底牌了。"赶回来的秘书长插话说，"假如他非要鱼死网破，那就谁都没

办法了。"

"您知道,只有外行才问我们有几成把握。"突击队长咽了口唾沫,"我说有十成把握有什么用?没十成我就不敢干了——要么十成,要么一点没有。"

"我明白——让你的人放手干吧。"副主任摆摆手,"只是为了保险,楼体本身足够坚固。"

事实上每个人心里都没有把握。说是足够坚固,但毕竟是头一次面临如此集中的动荷载考验。

在控制室里,目前已切断首班电船与整体船梯系统的所有关联,原有的绞索约束被牵拉的水平力替换。空荡荡的电船不情愿地一点点挪步,随时打算一不高兴就跳到下面的兄弟身上。眼下的情形就是牵拉力与重力在赛跑。

副主任在控制室外机械地来回踱步,十片指甲被咬得乱七八糟。接着就有人传话称传来红区已超过安全范围极限的75%了,他一使劲差点把一个手指头咬下来。

不过上苍经常喜欢帮文学家的忙———就在电船龙骨旁的一处关键铰接即将崩溃时,电船被平拉出了梯道!

首班电船刚一脱险,突击队员就开始行动了。其时"蜡笔"控制的第二班电船早已停止,至少在这方面不会再有麻烦。突击队分成三组,每组五人。这让治安厅厅长看上去有点犹豫,可突击队长坚持说三组就够了,多了没用。考虑到人多在梯道里确实麻烦,厅长就不再说话。但愿他们都是身怀绝技的高手。

一切准备就绪，突然传来德国政府可能会答应条件的传闻。

"这么说我们的努力全白费了？"突击队长的语气略带不满。

"对'兔子'这种人……"副主任深有感触，"接着干你的吧。"

电船上有生物监测装置（难道还要防范偷渡客不成），这给从通道到船舷之间往上爬的突击队员带来很大困难。反监测服不是没有，但没法和防寒服一块穿。唯一的办法是开动电磁干扰，但这难免引起"兔子"的怀疑。

果然，电讯室里很快传来"兔子"低沉的声音。"我要找主任听电话。"

主任听到"兔子"的抱怨后先是装傻，因为马上否认会引起对方更大的怀疑。但"兔子"不吃这一套，只扔下一句"再出现类似情况，不管是人为的还是自然的，我都会杀掉一个人"。

主任态度和蔼地关上话筒，关了话筒就把它往地上扔。幸好秘书长抢先拦住，要知道这时候修理话筒或者找备件都很困难。

五分钟足够了，足够让突击队员们把吊绳打在船底，然后纵身跳离通道壁被悬吊在梯道里。吊绳有自动上升的动力，但为了不出动静，他们只能靠四肢往上爬！

带有胶皮的磁性吸附装置让他们在强有力地贴向船舷表面时无声无息。

不过在船舷上活动时保险绳没法再用，否则电船上的人会从窗户看见。队员们只好把它们费劲地从身上拆除，然后沿着不足半米宽的船舷圈台开始漫长的百米行程。

"咱们现在要动一动了。""兔子"突然笑起来。

由于缺乏专业训练,上次刹车没测算好速度,停车地点不够到位,切断电源是够了,但用来安置炸药可能还欠准确,所以现在要朝约束层再微动一下。

电船真的又动了。

"恐龙睡醒的感觉……"喻丹在心里构思着措辞,"连空气都在震动——一定要这样写。"

结果这一震,突击队员掉下去8个。

12∶45,德国方面做出妥协,宣布准备放人的消息。城堡管委会一得到消息,马上通报给"兔子"。

听到这个消息,星河闭着眼吐出一口长气。发动机的背景噪声隆隆作响,仿佛一群在田野中劳作的妇女一起低声窃笑。他感到自己困极了。

不过他马上被捅醒,眼前是那个黑不溜秋的大个子,星河费力地从梦中退出,试图理解他的来意。

"我是警察。"对方没说来意,先报了身份。

"哦。"

"你应该知道电船的……"

"什么也别惦记,没戏。"星河小心地看着远处的"蜡笔",嘴唇不动地规劝这位警察。

"那咱们就什么也不干?"

"咱们没他们所要的人。"星河答非所问。

城堡里面越来越冷了，第一次有人抱怨中央空调工作得太努力了，窗户上凝结着一层薄薄的白雾。被非常态关闭的冷凝装置不甘寂寞，开始泄出液氮为整座城堡降温。

但房间再冷，也没有通道里面冷。管口凝结着固态的氮气，仿佛覆盖着白色冰霜。轻便的防寒服还是有些限制行动，尤其是在背着不少器械的情况下。

"还有一个问题，现在要不要从城堡撤出人员？"主任看着颤动中的电船，"——避免'兔子'孤注一掷。我关心的是整个楼体的安全。"

主任手撑在桌上，想知道谁能回答他的问题。既然事情已经发生了，我只能说让电船上的人见鬼去吧，他在心里这样告诉自己。

"关键是能不能办到……"秘书长看着投影屏幕。

"最好不要这样。"交通厅副厅长有点像望着校长的小学生，他知道自己本来无权说这话，"现在大家只知道对方是以一艘电船为人质，还不知道整座城堡都是人质。真要公布了，想撤离又没有电船，光凭那些电梯——船梯附近的梯道还不能用——会挤死人的。"

主任果然偏过头去不理这个小角色，秘书长也捏着汗在心里埋怨他多话。只有副主任重视了他的意见：

"那你说怎么办？就把这些人的性命押在赌盘上？"

他们已经在上面了。副厅长咬紧牙关才没把这句话吐出来。

8

下午 14:00—14:30

但这些筹码们一旦得到消息,就会要求下来的。

开始的时候,流言传播的速度大约只比观光电梯快三倍,一点一滴地弥漫到各层各房间,然后人们开始本能地收拾东西撤离。后来消息就直接附着在慌张的人群上面,带动着所有的人一起行动了。

根据事后的调查,当时求生且确实生存下来的人(因为无法调查死人),其中有60%以上在奔跑时并没听到任何有别于官方消息的信息,他们是自愿被裹胁在已经崩溃了的人群当中的。这个数字仍有水分,因为很多人根本不愿意回忆这场灾难,宁愿把它埋在心底,最多也是留在心理医生的诊室里。

大方向是向下,单位时间的流量格外惊人。后来有人描述,在城堡以外的远处,都能看见黑压压的浊流在向下奔泻!

定向罐梯被一个个挤爆失灵以致不能再用,货运梯人满为患又迟迟无法动身,而这一切又加剧了交通工具的紧张。另外七道电船轨道尚未经过检测,仓促投入使用过于危险——但现在也顾不了那么多了。

开始有小型飞车直接从上层向下冲了！结果重力加速度开始显出其作用，让驾驶员经历了高层无伞降落——根本刹不住车啊！

与此同时，突击队员在默默地接近备用电源。突击队长无声地爬行在船舷上，一有风吹草动马上伏下不动，像一只敏捷而机警的黑猫。所剩无几的队员依此行事，在监视屏上看去仿佛一支正在搬家的蚂蚁队列。

从船底过去的时候真感觉像是在游过。尽管四周有无数可供攀抓的粗大电缆，可它们太粗大了，往往需要两人合抱才能起到作用。不过它们的密集程度也给突击队员提供了额外的保护——即便是掉下去，十有八九也会被这些纠缠着的电缆束接住。

船底的一些凸起物总是挡住队员们——主要是所带装备——的道路，他们在队长的授意下用强焰一一加以切割。火花飞溅，噼啪作响，队长凝神倾听着背景中的超然寂静。

"你支持环保吗？""兔子"一屁股坐到桌子上，把头伸到一个年轻人面前，和他近距离对视着。星河注意过那个小伙子，他名不见经传，拿的可能是别人的请柬，也许是哪位年长的亲戚的。

"支持……"小青年胆怯地答道。

"说说你的理解。""兔子"的态度和蔼极了，就像一个慈父。

他开始烦躁了，星河心想。他不再是个冷静和理智的战略家了，更像以前街头的痞子大哥。他像那只邪恶的猫一样，开始玩弄老鼠了。

"环保……就是植树造林、保护水土什么的。"那青年有些无所适从，"我支持环保。"

"不不不，小伙子，你说的太不全面了。""兔子"从桌上跳下来，庄严地举起食指，摆出一副演讲的姿势，"环保可不是这么简单。我们应

该限制技术、消灭技术，取缔那些扶持工业进步的国际和政府机构。"

"那不是回到原始的小国寡民时代了？"小伙子马上息声，刚想起这不是同窗那种空谈式的争论。

"小国寡民有什么不好呢？""兔子"慈爱地反问，没有一点架子。

没有人回答他。

"你们不必害怕，我从不喜欢暴力。"

没有人相信他，也不会有人相信他。

"你是这艘船的设计者，对吗？""兔子"无趣地把头凑向星河。

星河点点头。真的兵临城下，他还是有点害怕。

"我了解你的背景。""兔子"显然看过星河的资料，接着又补充了一句，"我一直敬佩有文化的人。"

星河不知道该说什么好，继续选择沉默。

"在如今这个技术决定一切的时代，有文化的人越来越少了。""兔子"继续自说自话，随后怜爱地看看星河，语气充满了惋惜，"告诉我，你的电船怕风吗？"

"不怕。这是自稳结构，与外界荷载几乎无关。"

"真的无关？假如这风荷载大到我们通常所说的暴风的程度呢？你的电船自稳？可这栋楼呢？他们马上就会知道，今天有超过8级的大风！""兔子"歇斯底里地哈哈大笑，"就算没我帮忙，这座城堡也要站稳了才能挺过去的！"

"城堡没问题，它完全能够承受。"星河熟知城堡结构的稳定程度，为"兔子"的无知感到好笑。

"你给我闭嘴！""兔子"瞪眼盯着星河，"你觉得我好笑是不是？

我马上就要让你看看,这好不好笑!"

"兔子"本不是一个粗暴的人,但在刚才大笑的时候他已进入了一种幻想状态,自然反感星河打断他的思路。

——远方有一个美丽的小岛,没被任何工业技术污染过的小岛。我们就要去那里了。"兔子"把头枕在枪上,睁着眼睛快意地遐想,美丽的景象已呈现在他的眼前。

"难道你没有听见那微小生物的歌唱吗?""兔子"用迷离的眼光询问星河。

"哀鸣罢了。"星河避开对方的目光,在心里嗤之以鼻。

嘈杂声把"兔子"的幻想打断,一脸苦相的"秃头"被推搡着带到他的面前。

这世界上总有倒霉的家伙。当测试终于完成时,"秃头"正要关机,不幸被"蜡笔"发现了。

"兔子"没说一句话,"秃头"就咧嘴几乎要哭出来了。假如"兔子"做审讯官,一定能够胜任,星河心想。

"我和政府没关系,一点儿没关系。""秃头"极力申辩,"我受雇记录电船的速度,对您的行动没一点影响。而且他们已经答应你的条件了。"

"秃头"一连说了无数个"无关",试图洗清自己行为与任何事件的关联。"兔子"抬眼去看他的部下,部下摇头告诉他不是这样。

"他的装置有收发功能,能和外界联系。"

"我没有!真的没有!""秃头"惊慌起来。

"兔子"站起来,走到"秃头"面前:"你也许真的没有,我相信你。"

他的声音真柔,星河心想。不过根据他对这种人的了解,这是他要大开杀戒的前兆。

"秃头"不知道该怎样回答才好,有些下意识地点头。

"但是我宣布过,保留通信器材的人应该怎样?""兔子"还是保持着那慢慢的声调。

惯性使然,"秃头"开始还在点头,随后才反应过来,连忙换成摇头。"不……"

不过他的动作太慢,想把"摇头拒绝"转换成"转身就跑"已经来不及了,这个动作刚表演了一个开始,"兔子"手下手里的枪就响了。

"有必要表示一下我们的姿态,你说呢,工程师?"

星河先是阖了一下眼睛,表现出最低限度的投机。但他发现这样还不行,只得轻启嘴唇,敷衍了一句"理解"。

副主任悄悄告诉秘书长:"开始疏散吧,就是不下令,人们也在发疯呢。"

"可是……"

"责任都由我来负。"

主任一向不喜欢副主任,他认为救人根本不可能,只有想办法解决——要么双方皆大欢喜,要么突击队上去把"兔子"给宰了。解决问题只能一劳永逸。

而副主任则不这样想。他无端地猜测主任的原则只是为了保全自己的位子。他的想法是救人第一,能救一个救一个。

9

下午 14:30—15:00

电船上的人还是比外面的人镇静,这也是没办法的事情。最冷静的则是那个壮实的警察,总想寻机干点什么。星河对他很小心,不但自己不帮他,还得时刻注意他的动向,必要时把他交给"蜡笔"也在所不惜。要知道这时候展示英勇无异于把大家推向深渊。

"我说,咱们是不是得动一动?"大个子凑到郭威的耳边,然后机警地察看四周,机警到了让"蜡笔"们都注意到他的程度。

"怎么动?"郭威警惕起来。星河也睁开了一直半闭着的眼睛。

"整艘船啊!整栋楼啊!"那大个子不知道该说什么好了。

"这有管委会处理,我们没办法。"

"我们怎么没办法,控制电船啊……"幸好他及时地压低了声音,否则星河真想去捂他的嘴。

"我们控制不了!那么大的船,'蜡笔'又那么多,炸药还随时起爆,根本没机会!"郭威用喉音呵斥他。

"那就等死啊?"

"那也比找死强!"

星河在心里叹了一口气。这种人他太了解了,他不是为了奖金和奖状,但这种过分的责任感实在让人害怕。为了这个,他可以把所有人的生命视为儿戏——当然大多数情况下,他会认为自己一定是那个坚持到最后而不死的男主角。

有资格做英雄的人仍在船舷上小心地玩着平衡,背上的装备总是限制他们的行动。其实这次他们携带的武器威力并不大。尽管训练他们的目的本是为发生激战和救助人质所用,但现在管理者所希望的,只是一个完美的结局。

柏林时间早晨6:00,德国政府正式宣布放人。

15分钟后,有关国际组织答应提供将德国同党送走的高速交通工具及装运"蜡笔"们的直升机。

消息传到电船上,负责联系的"蜡笔"违反他们的纪律,高喊着冲出数据舱,冲着下面的大厅疯狂喊叫:

"他们答应放人了!他们答应了!……"

"兔子"不明所以,扬枪就射,那年轻的"蜡笔"马上趴伏在栏杆上,子弹从他头上飞了过去。

接着全体"蜡笔"都明白过来,全场欢呼!那假死的"蜡笔"缩头缩脑地看看四周,也跳起来跟着大喊。

大厅里的乘客也受到感染,开始了有限的喜悦。"蜡笔"们微笑着端枪巡视,也不制止人们的额手相庆,只是并未放松警惕。

自从"蜡笔"们接管这块画板之后,这大概是全船最融洽的时刻。

"兔子"的脸上终于露出了微笑。他扬指点点上面的小"蜡笔",意思是他差点为自己的冲动白白丢了性命。接着,他有节奏地挥舞着右手,

身体慢慢旋转,接受着部下和乘客的朝觐。

直升机到达之后,"兔子"一行开始有条不紊地撤退,不过并没有忘记船上的人质。"兔子"手里攥着遥控器,随时准备按下去,不再有一点歇斯底里的紧张。

"再见,工程师。"

星河没理他。他看着"兔子"走向船门,为不能把这帮家伙绳之以法感到遗憾。

正在这时,几条身影掠过窗户——也许这是突击队员的必经之路。由于大多数"蜡笔"都是背对后窗的,所以没人注意到。但就在他们有所察觉开始转头的空当儿,大个子警察突然扑向"兔子"的后背。星河几乎要叫出来,他为这位警察不负责任的壮举感到气愤,但他不能叫,否则就等于给敌人通风报信了。

但有女人尖叫出来了,喻丹觉得这一声她已经等待很久了,让她很是兴奋了一下。她不顾自己的伤躯,用私藏下来的微型相机抓拍镜头。

就是没人叫,"兔子"也察觉到了来自身后的威胁。"兔子"努力挣扎,两人迅速纠缠在一起,其他"蜡笔"根本无视"兔子"的性命,乒乒乓乓地开枪。大个子唯一的正确判断,就是在搏斗伊始便把"兔子"手中的遥控器打飞了,它划过一道弧线飞出人群。星河跳起来去接,一支"蜡笔"本能地扫出一梭子,星河双腿流血,栽倒在地。钻心的疼痛让他断定小腿骨断了,也许还是粉碎性的。星河在心里描述着自己的伤情,同时朝前爬去,一寸寸地接近着遥控器。

外面的突击队员冲进这一层,但断后的"蜡笔"让先头部队一个个倒

下。几支"蜡笔"转着圈追到大个子身后,用枪顶着他的脑袋开了火,高大的身躯绵软地瘫了下去。"兔子"夺路冲向遥控器,就在星河刚刚按住手柄的那一刹那,他一脚踩向那个红点。

那红点在星河的眼前放大!变深!轰鸣!后来,他多次在梦中梦到这一场景。直到很久以后他才知道,那根本不是因为爆炸,而是因为他头部中了一颗流弹的缘故。

真正的爆炸是没有颜色的。

爆炸了!第一块多米诺骨牌倒下了!

这一次,上苍没在最后那一刻配合作家的文学描写。

那一瞬间,星河真的感到震动了。在他的专业设计生涯中,只有一次遇到过类似情形:当时他正在一栋三层危楼上记录资料,突然楼塌了!这可是毫无办法的事,就像生活中你一直信仰的东西被宣布为虚假一样。告诉物理学家牛顿其实是个骗子,告诉美国人民林肯是个黑奴制度的捍卫者……脚下突然一点踏实的感觉也没有了!星河连忙伏在楼顶上一动不动,这是他当时唯一能够想到的应对之策。在一连串响动平静下来之后,顶层的楼板已碎裂成好几截,正处于摇摇欲坠的边缘。星河的下巴也被重重地磕了一下,里面的骨头裂了一道缝。

由于星河是自己违反操作规程上去记录的,所以谁也怨不着。等下巴上的骨缝愈合之后,他也就毕业了。

可现在失稳的是上面!假如它真砸下来……星河根本无法设想这样的场景!这根本不是一个人能够理解得了的。千万吨重的结构因失去重心倾压在这一层上!这个数字其实已经很抽象了。而将此层压垮之后,经过一个近4米的层高加速再向下一层俯冲,在如此巨大的能量和作用力的冲击之下,底层结构的承重柱将迅速失稳,引起了状若多米诺骨牌般的效应……这就是工程界在上个世纪进行结构设计时很少考虑到的,除使用状态和承载力极限状态之外的另一种极限状态——连续倒塌极限状态。当真要是那样,受损的绝不只是这一层的人,下面的楼层都会受到影响,从这里直到最底层!

没人有过这样的经历。那是一座小城市的震动,那是我们一直在说却一直没有真正遇到过的大厦将倾的感觉。所有的人都等待着城堡坍塌。

星河突然有一种小时候患病时的梦中感受,噩梦般的感觉已不足以描述那种状态:在高烧不退的深夜,大汗淋漓、口干舌燥,辛苦忙碌半天却全干错了——座椅危置于垂直墙壁而下面却遍布煤矸矿渣,纷杂数据如雪球般滚动膨胀狂增的巨大数字球。星河的意识已经模糊……

零星的雨点卷在沙砾当中飞舞,城堡的上层已在风雨飘摇中晃动起来。一阵大风卷着沙尘大笑着掠过。

10

下午　15：30—16：00

刚刚就位的突击队长在震动中来了个手脚分离:脚踏在一根电缆上,而手却扒在另一根电缆上的检修凹槽里,楼体的晃动正在让这对电缆兄弟

分手告别。对于它们来说也许只是很小的微动,突击队长的身体却要因此被扯开。其时放弃前方的电缆是最好选择,但队长心里惦记着备用电闸,结果紧抓不放,一个引体向上使他成功留在上面。有些已经拿出来的工具七零八落地飞离队长,自由地落向深渊。

再上去就是备用电源了,那可不是生活中的一般闸盒,队长感觉拉动它怎么也得吊车一级的工具才行。可必要的工具已经没了,现在只能练练手劲了。

电闸拉杆纹丝不动。不是锈住的原因,而是所需力量确实很大,搞得队长一点脾气也没有。楼体又晃荡了一下,大概是刚才爆炸的余波,队长的身体被重重地扔到电闸箱上,屁股撞得生疼。

灵感就是这时候来的,队长开始四下寻找他所要的东西。自然没有现成的,总得稍微加工一下。好在家什还没全丢,结果两分钟后,队长手中的喷焰枪就冒出火舌,冲着一根粗大的钢棍切割起来。着急令队长的行动笨手笨脚,这在以前可是从来没有过的。好不容易切开两头之后,掉下来的这根钢砣还砸伤了队长的右脚。

队长抻起这根撬杠,一瘸一拐地向电闸箱移动。他拿的是中间部位,两头虽然不再亮红但温度足以让特制手套融化。队长想尽各种方式降温,可惜附近找不到冷凝装置——虽说不能直接往液氮里杵,但靠近一下还是有帮助的。

前后耽误了不少时间,简单的撬压装置才算安装好了。队长爬上对面的高台,然后一跃跳上杠杆的施力端。余温还是狠狠地烫了他一下,不过很快就没事了。

单靠静止的重量还是不行,队长全身扭动,使劲向下压,样子活像个小丑。这时他感到一阵持续的震颤，脑海里莫名其妙地蹦出一句"就像是粒子通过横向电场"，不记得是从哪里看到的。他突然意识到，风暴来了。

队长用力撑上撬杆，然后运足全身的力气猛然向下压去！这是最后一搏了，再不行就只有想其他办法了，还得是在时间来得及的前提下。

拉杆终于动了！刚开始拉杆只是缓缓地启动，就像当初电船离港时的情形；接着便一泻千里，忽悠一下翻下去，打在电闸箱的外壁上，发出一声闷响。与此同时，撬杆脱落，队长被重重地砸在地上。

这名久经沙场的突击队长仿佛真的感觉自己周围刚刚腾起一道如钢铁般坚硬的磁场流，强有力地约束住楼体。他甚至都能看见它那发蓝的颜色，还能感觉到它猛然间飞升起来发出的咝咝声。

事实上他什么也没看见，因为磁场是透明的。

又一次猛烈的震动，刚爬起来的队长重心不稳，滚到一边，眼眶被狠狠地撞了一下。正当他去抚摸伤处的时候，晃动接踵而来，这次他直接被甩到了备用电闸所在区域的边缘，接着就被抛进了充满缆索的通道深渊！

"也许风还不够大。"等震动都过去了，"兔子"故作潇洒地一扬枪，"走！"

五颜六色的"蜡笔"一窝蜂涌向那架Mi-26式单旋翼直升机。

"兔子"瞄了一眼星河的腿："我很抱歉，工程师。"

星河依旧昏迷，仿佛正值发烧之际有讨厌者登门拜访。

猛烈的阵风游过楼区，刚刚恢复超导约束的楼体还不适应，剧烈地持续晃动，仿佛连晃动的声音都能听见。楼里的人漫无目的地狂奔，总是本能地跑向倾斜的高处，然后给人的感觉就是他们的体重把楼体的重心压回

了原处，而且矫枉过正地又倾斜向另外一边。接着楼体再倾斜，人群再跑……新一轮跷跷板运动又开始了。

电船也在这波涛中颠簸起伏着，乘客们开始无助地呼号。

在这关键时刻，会议室中的官员反倒没有丝毫惊慌。尽管这种官僚气息会让人生厌，但临危不惧的镇静与敬业又使人感动。

主任依旧保持了接受采访时的姿态，嵌在沙发里一动不动，仿佛酒后的酣睡。不过他的这种高傲姿态没能保持多久，很快就被剧烈摇晃的力量从沙发掀了下来，而他也就随遇而安地随着外力在地上滚来滚去。

很少来这里开会的统计学家最为不幸：他的额头被撞破，鲜血流了副主任一裤子。副主任捂着他额头的伤口大声呼喊，可这时没人能腾出精力帮他——当然与其说是精力，不如说是机会。

秘书长趴在墙角，双手使劲撑住两边的墙壁，以稳固自己的身体。在角落处的显示器上，放映着整个楼体的外貌——那是从无线大屏幕上掉下来的，仿佛专门为方便秘书长了解最新情况而滚落到这里。

治安厅厅长和财政厅厅长紧紧地抱在一起，以固定双方的身体，不知道是摒弃前嫌后的互助还是基于实用主义的安全考虑。

交通厅的正副厅长和其他一些委员刚才为处理杂务已经离去，现在应该在各自的岗位上竭力保持着自己的身体平衡。

新闻中心负责人没忘录制最后的实况，可他对面的城堡总设计师实在没有什么可照的：这位大厦设计者的表情长久不变，一副悲天悯人的姿态——看到自己亲手设计的工程要被毁灭时设计者大多都是这种神态。只有红十字会会长显出了专业本色：双手护头，背倚管道，把眼睛埋在双膝之间。

心理学家昏过去了。

随着最大风力的远去，晃动慢慢减小，楼体的重心渐渐向原来的位置靠拢。摔倒在地的人们重新站起，而新一轮的赛跑再度开始。许薇率先跳起，发足狂奔，劣质职业女装下包裹的竟像是一名散打手的身躯。假如这时有人予以观察的话，就会发现其实这些人流的重量根本不足以左右楼体的平衡，刚才只不过是机缘凑巧罢了。

与庞大的工业文明相比，人类个体的力量还是太小了些。

被电缆结绞住腰的突击队长打开呼叫器，开始坚持不懈地呼叫。不知道其他队员都在哪里，悲观的估计应该都殉职了，他能被电缆缠住，保住性命纯属侥幸。他知道这时候不会有人顾得上救他，但要想引起注意就得赶早，反正电池够用。他现在还不知道自己的腰伤有多重，总之不可能再干这一行了，这让他感到十分遗憾。

星河睁开眼，喻丹关切地伏在他眼前，为他擦拭脸上的血痕。星河咧开嘴冲她笑笑，说了句"谢谢"，这才发现头疼得厉害，疼痛沿着神经蔓延到腿上。

星河的感觉就像是喝醉了，每吐一个字都头晕得厉害，好像有根贯通大脑中央的血管正突突突地直跳。星河感觉自己是在大喊大叫，却不能从自己的耳朵里听见这些有节奏的声波。医生们来了，但不知为什么，他们都穿着红色的大褂，整个房间也是暗红色一片。

"我得买架轮椅，我还要看着他们上受审席呢。"在眼前彻底黑下去之前，星河听到喻丹哭出声来。

星河终究没能如愿。直升机被大风折断了螺旋桨,如玩具般的在空中翻了几个跟头,机上的"蜡笔"都跟着应了"恶有恶报"的古训。从那么高的地方掉下来,风还那么大,微小的重力暂时失去了作用,如同水中的一叶轻舟。所以他们最终没能落到地面,砸到了城堡第198层一架正在下降中的定向罐梯上,整整一盒"蜡笔"全部归西,而爆炸则造成了这次事件的最后破坏和伤亡——一名男子死亡和两名女子受伤。

德国政府那边也是皆大欢喜。仅仅是由于技术原因,两名罪犯乘坐的警车还在前往同情"蜡笔"事业的某国使馆的路上,就被一声调令召回了监狱。看来他们只有等下一次机会了。

很快就有小报猜测,直升机事先就被做了手脚。但没有任何人为此遭到道义上的谴责。既然没人热心鼓噪,流言也就很快平息了。

尾声

一个月以后　　晚上　　19:30以后

尽管对指挥自己的新腿还不太适应,但星河还是亲驾飞车前来赴宴。

他找了一个合适的位置仰望城堡,没有发现任何异常的地方。微小的损坏都被修葺一新,何况那次事故并没有真给它带来什么结构上的破坏。

实在是不可思议！从理论上说，它可以容纳的饱和人口是25亿——尽管现在只有2%的利用率。

前来迎接他的，是已升任交通厅副厅长的郭威。

庆功会被安排在曾被劫持的那艘电船上，这里具有特殊的意义。

还是和它首航那次一样漂亮，星河在心里想到。据说曾有人建议保留个别被蜡笔涂抹的地方，比如弹孔什么的，但提案马上被否决掉了。不该让有碍观瞻的东西来污染乘客的眼睛。

当然，有一个地方提醒人们曾经发生过的事情，星河刚好走到它的面前。

那是一块由白金制作的牌子，上面镌刻着这次事故的死难者名单，同样的牌子在楼史厅里还有一块。第一个名字是可怜的"秃头"，倒数第二个则是那位壮汉警察——当然，没有那些折断的"蜡笔"的名字。

与白金牌子对称悬挂的是一块水晶牌子，上面镌刻所有英勇者的名单。令很多人不满的是，管理委员会的全体成员都在上面，虽然被排列在最后，但还是引起了巨大的争议。星河一度都想提议取消这个名单，反正自己在城堡交通方面的贡献也足以让他的名字保留在楼史馆里。可一想到那里照样也会保存历届管理者的名单时，他就觉得大为扫兴。再说也不能光想着自己，这里还有别人的功绩，尤其是排在自己前面的那个人。

星河一回头，正遇到那个人的目光。突击队长摇着轮椅朝星河移动过来。

"医院的效率这么低？"星河尽量摆出一副随意的口吻，尽管他知道对突击队长这种硬汉不用这样。

"我知道你的手术快，里面的金属棍都快生锈了吧？"

"我用的是大理石材料呢。"

"他们设计了好几种方案,说要选最好的,所以拖到现在。"突击队员苦笑,"腰可比腿难弄。"

"那就慢慢磨蹭吧,反正也不着急。"星河笑笑,"总不会再来一次。"

突击队长点头表示同意。

星河告别了突击队长,到吧台去端新饮料,刚一转身正好被角落处的一个戴眼镜的瘦高个拦住。

他指指星河的下肢:"能过海关吗?不会被磁场吸住吧?"

"不会。里面没金属,正宗的骨头和肌肉。"星河拍拍自己的大腿,"再生医学的奇迹。"

"我还以为工业文明的捍卫者都喜欢金属和塑料器官呢。"瘦高个的冷笑把嘴角都牵动了,附近的空气中迷漫着一种色彩主义分子的刻毒。星河这才反应过来,只有"蜡笔"才会怀念这种老式的有架眼镜。

"我喜欢肉身。不过没有现代科技,就不可能良好地保有肉身。"

对方还在嘴上求得快感,星河却懒得再理他。他微笑着迎向另外一个人——在人造阳光中那名女子是如此楚楚动人。

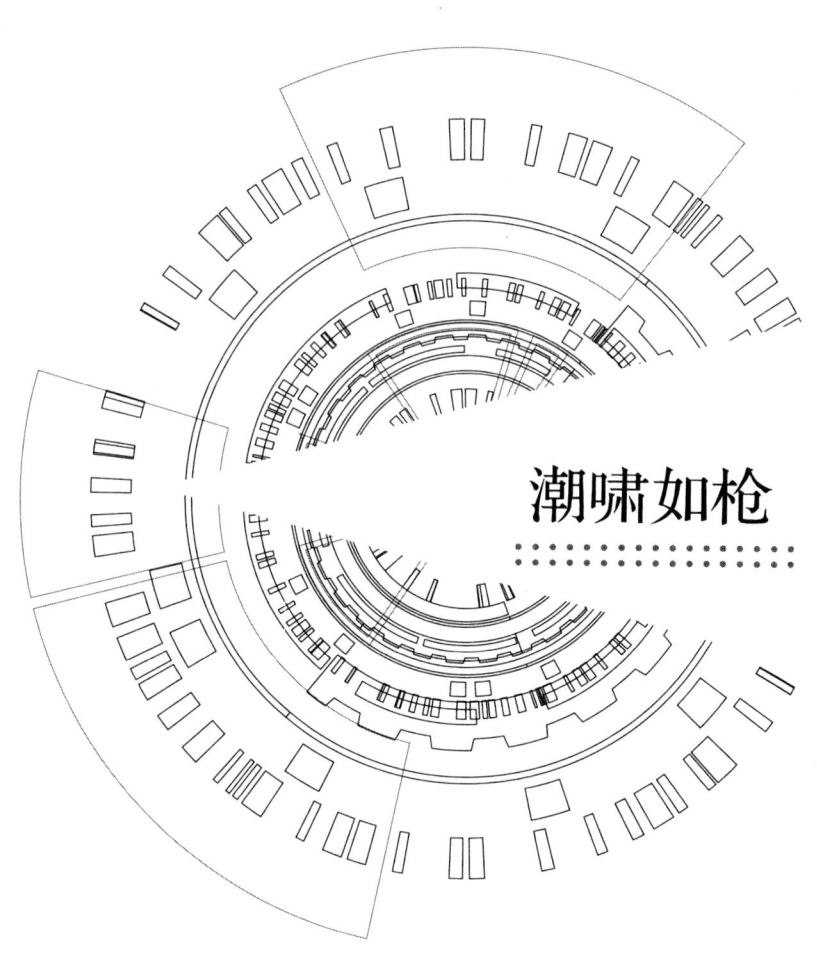

潮啸如枪

部落长面无表情地注视着遥远雾霭中如游龙般奔腾起伏的巨浪,竭力捕捉着那来自远方但仍能感到极为尖厉刺耳的啸声——那是由于浪头过大而造成的高频振动。

就要来了。一个声音在部落长的心中不停地反复回荡——大潮就要来了。

大立法院。大会议厅。

仿佛是故意无视危险的迫近,马拉松式的冗长会议仍在不屈不挠地进行。讨论的议题无外乎大潮发生的原因、周期和条件,以及如何预防大潮、逃避灾祸和重建文明。发言者铿锵有力的宣言在台下嘈杂的议论声中时隐时现,佶屈聱牙的残缺语句仿佛受到干扰的无线电信号在会场污浊的空气中徘徊徜徉。

"……"

"难道即将举行的人类抵达本星系的第二个千年纪元庆典，又要被无情的大潮洗礼取代吗？"

"我们应该再次认真探讨一下这颗星球上具有毁灭文明的周期性大潮产生的真正原因。"

"据说在故乡地球文明的早期历史上，也曾发生过无数次灾难性的大潮。"

"……"

部落长拨开看不见的沉闷和压抑走上主席台，全体与会者的目光都安静地追随着他的一举一动。他毕竟是整个部落的领袖。正在发言的"规划与灾难处理"部部长暂停了翻动讲稿的动作，他经常被人称作"眼镜"，因为一副十分宽大的黑框眼镜永远遮在他的大半张脸上。

部落长一把扯过"眼镜"的讲稿，两指一捋把它做成一个"∧"形立在桌上，然后挥动双手开始比比划划。

"这是堤坝。"部落长右手指着那座"纸坝"，然后又用左手在距它不远的桌面处使劲一点，"潮水已经涌到这儿了。"

整个会场顿时变得鸦雀无声。

"不等诸位的诗歌和哲学、历史论文念完，这里就会变成一间宽敞的浴室。"

部落长简短的劝说一经完成，仅停顿了一个相当短暂的时间，便马上起到了应有的作用，与会者在制造出一阵短时间的嗡嗡声后决定立即采取行动。

"等一下。"部落长在大家进行民主酝酿的空当儿已经率先拦在了门口，"在现在这样一个非常时期，我要求被授予全权。"

"有……这个必要吗？""眼镜"扶着巨大的眼镜嗫嚅而言。

"有。"部落长坚定地答道,"我已经大致找到了完整保存文明的方法。"

"根据?"人群中有声音提问。他问的显然是授予指挥者全权的依据,而不是保存文明火种的方法,因为他十分清楚,后者肯定不是三言两语就能解释明白的。

"宪法。"部落长不动声色地回答道。

《宪法》第5章第19款:

在非常时期——特指大潮到来的前夕、中间和之后,部落长有权要求被大立法院授予全权。

现在,正是大潮即将到来的所谓"非常时期"。

部落长和"眼镜"站在巨大的防潮堤腰,俯瞰着下面的壮观场面。由各种先进的机械和落后的人力所组成的抗潮大军,正有条不紊地共同加宽着堤坝那已然十分臃肿的身躯。远处,则是正铺天盖地赶来凑热闹的潮水。

"得加快筑堤速度!""眼镜"下意识地大喊。

"来不及了。"部落长仿佛很不情愿地摇摇头,"准备疏散吧。"

"要是我们部落放弃了第一道堤坝,""眼镜"盯着部落长看了半天才开口说话,"后面三个部落的堤坝就会发生连锁反应。"

"没有办法。我们所处的地理位置不是我们第一个被毁灭的理由。"部落长重申他在无潮时期的观点,"我们不能总是成为整个种族的肋骨。"

是的,我们不是种族的脊梁,只不过是无足轻重的肋骨。可是,每次在与野兽或同类交手的时候,肋骨总是被最先打断。

"你在下一届部落联席会议上也准备这么说吗?""眼镜"的意思显而易见。因为在无潮时期这种观点只是一种纯理论上的探讨,而不执行部落联席会议的决定则要受到其他三个部落的孤立甚至敌对。

"你估计什么时候会再次召开部落联席会议?"部落长的嘴角挂满了嘲讽,因为谁都知道即将到来的大潮马上会毁灭这一期的文明,在本期文明内根本没有可能召开新一轮的部落联席会议了,"快去办吧,命令大家撤离堤坝,同时分发营养面罩!"

"要营养面罩有什么用!"这也是以前"眼镜"与部落长旷日持久地争论的问题之一。营养面罩不但能够提供氧气,还能通过生化方法提高人体内的血糖浓度,在关键时刻对使用者起到一定程度上的养护和救生作用。但是除了部落长本人,一直没有人意识到它在大潮来临之际的意义。

"现在最关键的行动是快上平台!"

"有备无患嘛!"部落长已经在不知不觉中变得有些急躁,"没时间讨论了,快去办吧。"

部落长边说边迈步走向重兵把守的库房,"眼镜"仍追在后面喋喋不休。

"可是营养面罩根本就不够人手一个。"其实这一点谁都清楚,正是

无潮时期大立法院的短视造成了抗潮物资的极度匮乏,"我看还是照老办法,按身份号标签,然后抽签吧!"

"抽什么签!"部落长猛然转过头来,一字一板地怒吼,"发到谁,谁就活下来,没轮上的就等死!"与此同时,他当仁不让地顺手抄起一个营养面罩,随后扭头就走。

"特权,不公平……""眼镜"没有嘟囔完,因为他发现部落长已经用一把手枪对准了他的脑袋。

"我不但有享用营养面罩的特权,而且还有随意杀人的特权。"部落长的语气与刚才同样严厉,"要不要检查一下我的特别授权书,或者查阅一下有关法律条文?"

"啊……没必要了,反正我觉得营养面罩也没什么用。""眼镜"觉得自己已经保住了部分面子,随后慌不择路地去安排分发营养面罩的事宜。

难道我还不知道这是不公平的吗?部落长望着"眼镜"的背影,异常难过地想到。可从这里的历史一开始,不公平的种子就已经埋下了。

3

在将近2000年之前,所有部落民的祖先们来到了这个太阳的身边。

这是一个大小适中的恒星系统,行星的数目虽然与太阳系不尽相同,但也差不了多少。部落长和"眼镜"他们所居住的这颗星球的环境恰好又与早期地球极为相似，因此这里理所当然地被选定为本次计划的"拓荒地"和"实验田"。

事实上，在运输飞船尚距这一星球有数光年之遥时，这些资料就已经被探查、被确认、被分析。换句话说，早在这些部落民的祖先"诞生"数年之前，他们以及他们后代的命运就已经被电脑决定了。当运输飞船刚刚发现这颗天体没多久，第一批克隆胚胎就开始被培养起来了。

这公平吗？部落长望着正在逼近的潮水想到，有人征求过我们这些实验品的意见吗？

自从地球公元纪年1997年人类第一次克隆出一个完整的动物开始，有关这一技术的争论就开始变得频繁起来，但是沸沸扬扬的争论焦点似乎已经不再是技术操作本身，而是由此引发的一系列社会伦理道德问题。事实上，科技的发展总是与道德相伴，而以往有太多科技违背道德的事例——最明显的例子莫过于原子武器——使得人们再也不敢轻易打开这个"潘多拉"的保险柜了。

讨论的结果是各国均以法律形式禁止国库向这一"怪胎"项目投资。不过禁止投资并不等于禁止实验，国家不给钱自有私人企业家自己掏腰包花银子让科学家玩这种有趣的游戏。最终，克隆人的计划在理论上证明其可行性后，就被实施了。

第一个克隆婴儿是在月神的庇护下诞生的，并健康地成长于月海基地当中。因为就在窗户纸即将被点破的那一刹那，一条全球性的法律也同时被通过：禁止——这次可是明令"禁止"，而不再是单纯的"禁止投资"——在地球的任何地方进行有关克隆人的实验，同时也不接纳任何以克隆方式"出生"的人。换言之，那位"诞生"于桂宫蟾房的孩子将终生不得返回他那种族原籍的地球故乡。这一法律在颁布之后的一段时间里，出现了大批生物学家纷纷追随嫦娥而去的荒诞景观。

可惜好景不长，月球近邻很快就步上地球之后尘，也强行通过了"禁研禁克"的有关法律。当然了，对于第一个成功的克隆人并不予驱赶。

科学家要搞研究，而社会学家则要讲伦理，公婆各有其理。就在双方剑拔弩张之际，天文学家杨站出来说话了。于是，我们的悲惨命运也就开始了。

这位年轻时曾在地球亚洲东部一所综合性高等学府受过良好教育的著名天文学家认为，既然地月系统甚至整个太阳系都不允许克隆人的存在，那么就让他们前往遥远的外太空好了；每一个生命都有生存的权利，被某些智慧制造出来的当然更是如此，说不定人类当初就是所谓"上苍"们的克隆产物呢；完全可以任他们去建立文明，任他们自生自灭。

这一观点就是后来被迅速发展和完善的那个著名的"星际绿化"计划。

4

"现在开始疏散！现在开始疏散！"

单调而威严的声音在整个部落的上空回荡，提醒着人们大潮即将到来。

本来正在工作的人群迅速从堤坝上蜂拥下来，仿佛一群溃败的散兵。每个人都争相冲向邻近的制高点，每个人都在为自己生命的延续提高着保险系数。

部落长站在远处，默默地注视着狼奔豕突的人群。他能够明显地看出，在这种混乱的背后，隐藏着一种内在的有条不紊。所有的人都没有只顾自己，而是在互帮互助。不过在这种关怀的背后，好像总让人感觉到某种强行加予的东西。

人群的目标是部落长后方的巨大平台。

这是一个高度极高、面积极大的金属平台。从它的侧面可以看出，它曾被几经修葺。这是数次大潮的结果。每次大潮到来之际，人们首先想到的就是它。它已经成为一个拯救人们于水火的象征。

虽说平时它只是一种图腾般的摆设，但在大潮真的来临之际，则立即成为一处行之有效的救援避难所。

溃退的速度是极为迅速的，刚才还在视野远处指挥疏散的"眼镜"已经突然出现在了部落长的身边。不容部落长分说，他便被"眼镜"一把拉住，脚步不稳地卷入了奔向平台的人流。部落长本不想随行，但是没有办法，大潮的"先头部队"已经涌过来了，他只能身不由己地继续被人潮裹胁。在撤退的途中，"眼镜"依旧尽职尽责地带领压阵部队搜索残存的部落民。

在平台脚下，部落长的到来令大家让出一条道路，但当他开始向上运动时，就只有像普通部落民那样费力地攀登了。部落长喘息着爬到顶部，接住了上面伸出的援手。

"都搜索完了？"部落长的呼吸刚开始变得匀称，就看到"眼镜"的头也从平台边缘露了出来。部落长向他伸出手去。

"我这一队完了，估计下面至少还有500人。""眼镜"费力地爬上来，从他的脸上可以看出他已经十分疲惫，"但是……我在这上面还有责任。"

部落长摇了摇头："我不是在质问你。"

已经直立起来的"眼镜"顺着部落长的目光看去，大批大批的部落民正在继续跑向平台。

"至少还有500人……"部落长几乎不出声地念叨着。

其时平台已摇摇欲坠，但"至少还有500人"继续涌向这里。他们争相攀爬，而且上面的居民还在不停地伸出援手，无私地拉扯着他们的命运。

"全体都上来会完蛋的！"部落长喃喃自语。幼年时曾在电脑中看到过的景象在他的脑海中一幕幕地浮现。

那是根据前几次大潮的残存记录复原出的图像。在大潮到来之际，大家一起涌向平台，然后……

"那你说该怎么办？""眼镜"似乎是以一种不怀好意的口吻明知故问。

这又涉及一个道德与文明的冲突问题。其实与其同舟共济，还不如各自逃生。

部落长突然想起一个著名的故事，那是他在牙牙学语的成长期中从电脑那里听来的。现在，那个深沉的声音再度响起，在他耳边反复地回荡：

"泉涸，鱼相与处于陆，相呴以湿，相濡以沫，不如相忘于江湖。"

这是《庄子·大宗师》或者《庄子·天运》里的话。它的意思是说，当泉水干涸的时候，鱼儿在水分正在日趋减少的淤泥中苟且偷生，它们互相呵着气以滋护对方，互相吐着唾沫以湿润对方，与其如此，还不如相忘于水源充足的大江大湖之中。

是的，不如相忘于江湖。

部落长挥了一下手，动作幅度很小，但十分有力。

"愿意另谋生路的，跟我走。"

5

  与其说是这些人认识到了平台的危险性,还不如说是部落长的威望起到了一定的作用。但只有部落长自己清楚,其实他也还没有一个十分完善的新方法。

  幸好部落长良好的记忆帮助了他,在与下一个部落交界的地方果然还有一座废弃了多年的高塔。塔壁上已经布满了各种贝壳的痕迹。从塔上方的界面来看,这座建筑也是经过多次补充修筑的。

  "我怎么不知道这里?""眼镜"好奇地抚摸着那粗糙的塔壁。虽然他极不乐意,但最终还是跟来了。

  短暂的文明总是让我们来不及清算前辈的遗产,部落长在心中抒发感慨。但是现在他没时间回答"眼镜"的问题,而是眺望着远方。

  "我们的世界从来都是靠团结和互助渡过难关的。""眼镜"仍在嘟囔。

  "但每次也都因此踩熄了文明的火种。"这次部落长却应答得十分干脆。

  部落长的这种想法来自安定的无潮时期。他在考察了历次文明被大潮浇灭的历史后发现,每次人们总是想大而全地解决所有人的民生问题,但每次大家都无一例外地一起殉道。正当部落长打算提出一个新的解决方案时,这一期的大潮提前到来了。

也许必须放弃所谓的互助原则，恢复到最原始的本能状态？部落长不敢继续想下去。可是在一个极端恶劣的环境下，又怎么能够做到全体一致呢？难道就不需要保留下文明的火种吗？

远方，在部落长目力所及之处，高大的平台轰然倒塌。其实大潮刚刚淹没了它的底层，它的沦陷完全是因为其承重能力已达到了极限。

绝大部分人都被砸死和摔伤，幸存者们从泥浆中艰难地爬起来，漫无目地四散开来。有的人正在无意中接近着高塔。

大家面面相觑地望着部落长。

"是不是需要准备好武器。""眼镜"已经不动声色到了恶毒的程度。

"不必了。"部落长叹了一口气，"他们根本来不及跑到这里。"

在那些活下来的四散奔逃的人群后面，排山倒海的巨浪已经凶猛地压砸了过来。

高塔上的个别人压制不住自己的感情，失声痛哭，涕泗滂沱。他们也许是庆幸自己追随部落长的正确，也许是被眼前的悲惨情景触动了内心世界。但是部落长来不及为自己的先见之明沾沾自喜，因为他还有更重要的事情要做。

他需要安抚这些受伤的心。

——用另外一种方式来安抚。

6

纸烟已经受潮,点了半天才着。

与其说部落长是在讲述,还不如说是在自己的脑海中挖掘和追忆。因为有好几次,他的叙述都被超前于语言的沉思所打断。

"'星际绿化'计划开始于近万年前……"

"星际绿化"计划开始于近万年前,天文学家杨参与了这个计划。这个计划是这样的:

> 我们的宇宙应该是一个充满生机的宇宙,但人类至今没有寻觅到自己的知音。为了找寻远方的朋友,或者说是为了拓展人类的边疆,就需要有实体性的联系人,而不能仅仅依靠无线电波。
>
> 这就需要人选。而且,入选者还必须能够在自我封闭的系统下无限绵延。按照早期科学家的设想,在这个系统中不但生命给养系统是自我封闭的,而且生命延续系统也是自我封闭的。这也就是说,宇航员们要在这里生儿育女,繁衍生命;为了避免近亲繁殖,就需要携带足够多的父本和母本,而这也就意味着需要足够大的生命维持系统。其中,最远离所谓人性的一点是,为了保证近亲相恋的麻烦不致出现,每一对伴侣必须由电脑来排定。
>
> 事实上,这艘飞船就是一个漂泊在宇宙中的小型行星系统。

首先,入选的条件十分苛刻,而且还需要是志愿者,因为除去各种困难,他们还将终生不能返回地球。此外,人们当时也很难建造一个能够解决那么多人温饱的生命系统。

而如今有了克隆技术,一切问题就都迎刃而解了。

开始只需要很少的父本和母本,将他们提供的体细胞作为"星际绿化"计划的种子。飞船开始被"流放"之后,电脑就会自动寻找与地球环境相当或适于人类居住的行星,一经确定,就开始实施克隆人的培植工作。最后,运输飞船将这些克隆胚胎以及固化了几乎人类所有知识的电脑芯片播撒在那里。剩下的工作,就要由这些即将成长的人类后代以及保留了人类历代知识的电脑来完成了。

于是,他们分成诸多部落。

于是,他们采集浆果,建造房屋,凭空建立起一个先进的文明。

于是,他们制定了宪法。

于是,不可避免的,大潮来临了。

"所谓'星际绿化'计划,就是要让人类的后代在有人类知识帮助的情况下,自己独立发展起新的文明来。"部落长结束了他的讲述,"当然这种文明的发展,比自发的发展要快许多倍。"

"把我们放下之后,运输飞船依旧继续前行,任我们自生自灭。"部落长说罢又陷入沉思。没有人对这一计划提出异议和抗议,我们也无处申诉。

7

"根据电脑的记载,一般的实验星球的编号都是一个四字组,比如0519。"部落长在沉默了很长时间之后,突然介绍了这样一个细节,"而我们星球的编号却是0709A。"

"0709A?那么0709B在哪里?""眼镜"没头没脑地问道。

"0709B就在我们的对面。"部落长向上一扬脑袋,"这是一个双星系统。"

"这么说不准确,只有恒星才能构成双星系统。""眼镜"认真地做了纠正,"那只是我们星球的一个卫星。"

"对,按照天文学上的划分是这样。"部落长表示同意,"不过你又怎么能够把一个与行星本身质量和体积都相当的天体称为卫星呢。我甚至觉得这简直就像是一个人为的奇迹。"

不管是不是卫星,两星之间的潮汐力确实存在。因而每次大潮,其实都是这对孪生兄弟相互接近时所产生出的巨大潮汐力造成的。

"两星之间的潮汐力非常巨大,因此大潮也会足够巨大。"部落长的脑海里浮现出高潮迭起的景象,同时闪过一丝忧虑。

"能够大到令人难以置信的程度。""眼镜"对此不持异议。

"所以我们必须离开这里。"部落长终于道出了自己的结论,"那么多次,人们都相信只要高就能得救。"说到这儿他看了"眼镜"一眼,

"就像相信只要团结互助就能渡过难关一样。可我们再高也高不过大潮的巨浪,再团结也抵御不了自然界的力量!"

"眼镜"无言。

"与其在这里等待,还不如去封闭的地下掩体!"部落长挥手做出了决定。

"你的根据到底是什么?""眼镜"跟在后面追问不止。

"你知道,我应该算是一个自然科学家。"部落长这次耐心地回过头来,与"眼镜"并肩而行,"对于天文学的有些问题我比你懂得稍微多一些。"

看到"眼镜"还在等待进一步的说明,部落长把两个拳头握紧并举到了胸前。

"这是双星的两颗子星……如果你非要纠字眼的话,我们就把它们称为双行星的两颗子行星。它们的轨道是以其质量中心为公共焦点的两个相似的椭圆。既然这两个椭圆是互相嵌套的,那两颗子行星就会有最近距离和最远距离的位置之分。最远距离对我们的影响不是很大,但当它们处于最近距离的时候……"

说到这儿部落长停下来看了看"眼镜","眼镜"仍安静地洗耳恭听。

"两颗行星之间的万有引力就会引起巨大的潮汐变化,使得潮水集中在两颗星球的表面。于是,全球性的大潮就来临了,这是根本避免不了的。"

"这些……我也知道一点。"从"眼镜"脸上的表情可以看出来,其实他并没有完全听懂,但显然结论他是早就知道的,"但这还是不能说明你现在这样做的原因。"

"只要稍微计算一下就能知道,这种巨大潮汐力造成的大潮可以达到足够高的地步,即使有再高的高塔也是没有用的。"

"既然只是'足够高'而不是'无限高',就不代表不能造一座'足够高'的高塔。""眼镜"继续坚持自己的观点,"它到底需要多高?"

部落长皱着眉摇摇头。

"我不敢相信我的计算结果。"

天色已经黑了,月光下一小队黑点正缓慢地在塔壁上蠕动。在两次潮峰的短暂间隙,在更大一次潮峰到来之前,这些幸存者正小心翼翼地退下高塔。

站在高塔之下,部落长深情地凝视着那轮巨大的明月。

正是由于它的存在,才会出现周期性的大潮。而周期性的大潮,则周期性地毁灭着已经屡屡发展起来的一次又一次文明。

现在,那巨大的浪头又开始追逐起逃亡的人们了!

天上暴雨倾盆,在朝地下掩体奔跑的过程中,部落长满脸都往下流淌着肮脏的液体,根本分不清是雨水还是泪水。泥泞的道路崎岖难行,部落长脚下一个趔趄,一下子跌倒在地,这一瞬间他几乎陷入了一种彻底的绝望。"眼镜"赶上前来将他扶起。

就在"眼镜"扶起部落长的那一瞬间,半躺着的部落长突然仰头望天。

天啊，他看到了怎样的一种景色——

一根巨大的水柱如蛇一般扭着冲天而起，仿佛平地筑起的一座巨大烟囱。但是没有人能够看到它的顶部，它的顶部仿佛在无尽的天边！

巨大的潮汐力正在使两颗星球的潮柱互相接近着。它们就要连起来了！

如果这里的文明来得及发展起航天事业并发射气象观测卫星，如果这时有远方的观察者正在朝这一星系驶近，那么他们会记录和看到一个怎样壮观的场景啊！

在两颗正在接近的天体之间，分别伸展出一条晶莹的锥体，并缓慢地接近着。

近了！

更近了！

非常近了！

终于连接起来了！

但是也有气象卫星和远方来客看不到的东西。他们看不到，那从远方看似平静的锥体，是多么汹涌澎湃，是多么肆无忌惮！而那组成锥体的液体材料，本来又是多么的柔弱乏力、毫无刚性！

这是不可能的！令部落长百思不解的是，为什么两颗天体已经近得可以自由地进行物质交换，而星球本身却没有被巨大的潮汐力撕裂呢？

所有的人都惊呆了，以致暂时忘记了他们正身处危险之中。

"快走，下一波潮峰就要冲上来了！"部落长蹲身爬起，带领一行人飞快地冲向地下掩体的入口。

等待聚集并试图冲天而起的第二波大潮正伺机待发。

9

地下掩体潮湿阴冷,散发着仿佛亿万年未曾消散的霉气。但这无疑又是部落长的一个好主意。

这里有食品、有净水,最重要的是,有连接着中心氧气发生装置的管道。

整个地下掩体都是在部落长的关注下建设和维护的。现在,这套曾被包括"眼镜"在内的大立法院委员们非议的救援措施终于派上了用场。

部落长始终是"大潮仍将来临"的主张者。他早就预料到了这一点,可是没有想到,这一期大潮竟提前来临了。

可是大潮出现以后呢?

会不会又像以前一样,宗教将再度繁荣和兴盛?部落长考虑着这个令他最为头疼的问题。

也许……不会很快,部落长在心里继续想到。海潮退去之后,首先面临的是重建家园,随后是安顿自己——在最基本的物质条件都难以保证的前提下,等待是不受欢迎的。等到一切都被安排好了之后,人们才会坐下来思考命运这类抽象的课题。

部落长慈爱地看着眼前的人们。

这些孩子们!他们的父母都曾经历了一个巨变的时代。而在这些后代们成长的幼年期,又发生过许多震撼人心的历史事件,上次大潮的到来也

正是在那个时候。当年轻的部落长追随着前辈们抛洒青春时,这些孩子还在襁褓中嗷嗷待哺。那些故事对于他们来说,恐怕已经是非常遥远而模糊的历史事件了。由于所有的部落民都是同一个电脑的学生,接受的教育别无二致,那环境对他们的影响就格外重了。这些孩子肯定将以一种不同于部落长一代的全新视角关注未来的发展。也许正是由于父辈们在历经磨难、理想陨灭之后的世故,反而给了子一代新锐们一种理想主义的反弹?本来在上次灾难之后,部落长好不容易才脱胎换骨,克制住自己的理想主义冲动,使自己的思想观念适应了新的现实形势,莫非现在又不得不重新披挂上阵?

这究竟是一次简单的重复,还是一次新理想主义的到来?

这是一个必须搞清楚的问题,因为答案将决定今后的工作方向。

部落长还不知道,自己的克隆母体在地球就是一名出色的管理者,或者说是一名运筹帷幄的政治家。

看来只有这样了。部落长终于在心中做出了决定:"为了大局的稳定,我只有再蜕一次皮。也许,自己以前的思想残余与现在这些年轻人的思想更为接近?"

部落长是上次大潮袭来又退去后的唯一幸存者。而在其他部落,与部落长同时代的人现在都已升到了导师的地位。

一般来说,在上一场灾难中唯一的幸存者总是能够成为下一次战斗的精神领袖。

10

在地下掩体内部,到处弥漫着一种威胁和恐惧的气氛。

从模糊的天窗上已经看不到墨色的星空,取而代之的是污浊浑黑的水体。聚集的潮锥底面已经越来越大,地下掩体正处在它的下方。

部落长的大脑十分疲惫。虽然眼前出现的情况都在他预料之中,但他还是觉得这件事有些不可思议。尽管地下掩体结构的强度十分高,甚至天窗也是由高强度的石英材料制成,但如果它正好位于潮汐力作用的底部,似乎不应该如此安然无恙。不过有一点是无可争议的,那就是这里的文明在材料科学方面比之地球要强很多,当然这完全是由环境所造就的。

正当部落长考虑眼下的处境时,突然感到脚下变得湿漉漉的,他像一只受惊的牝鹿一样警觉了起来。

水正在从结构接缝处中渗进来,许多人都发现了这一点。女人们开始尖叫,豆大的汗珠在部落长的脸颊上流淌。"我们肯定没救了!""眼镜"绝望地狂呼乱叫,"我们只能成为进化中的一环!"

在经历了那么久的压抑之后,"眼镜"终于变得歇斯底里了。

部落长也感到极度的沮丧。为什么一切文明开始的时候都要遭遇大潮?

"我们肯定能摆脱的,潮水总会有退的时候。"部落长镇定地喝止人们的骚动,"不要涣散军心!"

其实部落长根本不相信自己的鼓动。

"别开玩笑了,如果真的发生过覆盖全球的大潮,它能退到哪里去呢?""眼镜"声嘶力竭,"它根本就无处可退!"

"眼镜"说的不无道理。根据不同部落残留下来的记载,以及众多的神话和传说,都足以证明大潮是全球性的。在人类来到这里的两千年间,凡是被保留下来的较为坚固的人类建筑或人工制品,都刻画着曾被潮水淹没过的痕迹。

"不一定。只要三分之一以上的地区被淹没,就会给人一种全球都被淹没的感觉。"部落长顽固地支撑着大家的信念,同时也在支撑着他自己,"当人们被迫向更高的地区迁移时,就会带去大潮的故事,因此绝大多数的文化中都有一些关于大潮的故事或传说。这没有什么可奇怪的,大潮确实曾多次发生——但绝不是全球性的!"

尽管渗透的速度很慢,但地下掩体中的水已经越积越多。在部落长多次宣布"安静"之后,没有人再歇斯底里,但空气中那令人窒息的恐惧感在不断增长。

"我感到……喘不上气来。""眼镜"有些夸张地呻吟着。

部落长也有同感,他敏感地意识到单纯的心理作用是不足以使"眼镜"变成这样的。直到所有的人都意识到这并不是心理作用时,才发现确实有了新的情况。

"供氧设备已经不能全功率工作了。"负责机械的小伙子跑来报告,"渗进来的潮水已经把地下掩体的电脑控制室完全淹没了!"

"有营养面罩的,准备使用吧。"部落长有气无力地提出建议。他心里知道,在这里并不是每个人都有营养面罩。

一片混乱,许多人开始虎视眈眈地瞪视着别人手里的救命装置。

11

"这是您的主意。""眼镜"注意到了部落长的目光。

"电脑的模糊判断已经到了足以判断人类的哪些行为应该受到惩处。"部落长冷冰冰地答非所问。他指的是地下掩体的电脑管理——根据有关原则,电脑有权对违反规则的部落民予以惩处。

"我荣幸地通知您,电脑现在已经不能工作了。"

"哦,是吗?"部落长旋即转身面对大家,"那好,现在有执法权的部落民请注意,请务必执行好自己的职责。"

所谓执法者,就是那些带枪的人。这些人都是有营养面罩的。部落长对已经蠢蠢欲动的人群说完这句话后,把脸重新转向"眼镜"。

"我也不跟你说什么'现在不是追究责任的时候',我就问你一句话:如果不是通过强制,而是通过抽签,那些没有拿到营养面罩的人就心甘情愿地等死了吗?"部落长的声音越说越大,最后几乎达到了吼叫的地步,"别虚伪了!"

"眼镜"害怕地看着部落长。

"你肯定正在心里说我疯了。但是我要告诉你,在危急时刻任何所谓的民主,都是他妈的扯淡!"部落长戴上营养面罩,调动语音输出开关,同时放缓语气,"你的营养面罩呢?"

"我没有。"

"嗯?"

"你当时说过,发到谁就是谁,没有的就倒霉。""眼镜"一字一板地重复着部落长当时的指令,"在分发完之前,我并没有给自己预留。"

"你以为我会感动吗?你以为你不使用这个权利就高尚了吗?"部落长语气冰冷,"如果你的生命得不到保障,还怎么指挥别人?你的行为应该受到指责和处分!"

说完部落长便转过头去不再理"眼镜"。

12

有些没有营养面罩的人已经奄奄一息了,但执法者们依旧严阵以待。部落长看着旁边脸色铁青的"眼镜",似乎想要说点什么。

"我可以把我的面罩给别人用一会儿吗?"一个小姑娘突然开口说话。

她身边的执法者向部落长这边看了一眼。

部落长皱着眉头犹豫了片刻,然后回答说:

"不行!"

"为什么?"小姑娘不解,"妈妈说人与人之间应该互相帮助。"

部落长注意到她的身边并没有妈妈,大概已经被大潮吞没了。部落长难过地想到,她可能还不知道。可是面对这张稚嫩的小脸,部落长无法说出他的理由。

"你这个禽兽不如的家伙,连一个孩子都不如!""眼镜"突然咆哮起来,"孩子,你可以把面罩给别人用一会儿!叔叔告诉你,可以!"

小女孩又朝部落长这里看了一眼,才怯生生地把营养面罩递给离她最近的一只手。然而不等小女孩的手缩回来,无数只手臂同时伸了过来。小女孩被推搡着挤到了一边,哭泣起来。许多没有营养面罩的人泥浆飞溅地混战成一团。

部落长不动声色地注视着这一幕。他没有说话,因为还不到时候。

营养面罩最终被一个在人缝中摸索的老年人抢到,可没等他吸上两口,就被旁边一名中年妇女一把抢过。争夺并没有停止,面罩一次次易手,最后在一个身强力壮的小伙子手里停留了较长的时间。执法者们无声地默许着这一切。

"眼镜"摇头看着这一切,这并不是他的初衷。但部落长还是没有说话。

又过了一段时间。

小女孩的哭声渐消,也许她意识到这需要消耗过多的氧气。她把手从脸上拿下来,向人群中张望。

"该把面罩还给我了吧?"

没有人理睬她。

其实营养面罩并没有走远,就在附近的一个人手中。

"叔叔,该把面罩还给我了吧?"

那个人无动于衷。

"叔叔,我头晕得很,先把面罩给我用一会儿,就一小会儿。"

那人朝她看了一眼,还没有张口说话,面罩就被旁边的一个人一把抢过。

"看见了吗?你的道德培训好像还不太完善。"部落长嘲弄地看着"眼镜"。

部落长缓缓地站起身来,把自己的营养面罩摘下来按到小女孩的脸上。然后他对手持抢来的营养面罩的人喝道:

"把营养面罩交出来!"

那人惊恐地望着部落长,没有作声。

部落长把枪掏出来,指点着他。

"交出来!"

那人十分不情愿地把营养面罩递了过来。

部落长接过营养面罩,在经过小女孩的身边时,把她抱回到自己原来坐的地方。"眼镜"正闭着眼躺在那里。部落长把小女孩放下,然后把营养面罩按在了"眼镜"的鼻子上。

"道德必须建立在公众素养整体提高的基础上。记住吧,我的规划与灾难处理部部长大人!"

"眼镜"没有拒绝部落长的帮助,贪婪地吸着营养面罩里的氧气。

13

部落长闭目靠在石壁上,没有营养面罩的滋味实在是不好受。正在这时,他突然感到一股清香涌入鼻腔。他睁开眼,发现"眼镜"把营养面罩又按回到自己的鼻子上。

旁边的小女孩正一边吸氧，一边无声地看着部落长。部落长冲她笑笑，可是小女孩没有笑。她仿佛在与部落长进行一场心灵的对话：

"那以后我还应不应该帮助别人呢？"

"刚才的情况你不是都看见了吗。"

"那你为什么还要帮助这个叔叔呢？"小女孩的眼睛清澈见底，"你们为什么还要互相帮助？"

部落长回避了她的目光，但最后还是用目光告诉她：

"那就帮吧。"

部落长又把面罩给了"眼镜"。

"谢谢。""眼镜"发自肺腑地道谢。

部落长摇摇头："营养面罩只够用6个小时。"

"你没有计算过每次大潮的时间？"隔了一会儿，"眼镜"试探着问道。

"计算过，按照我的计算，现在就应该退了。可是你看——"部落长伸手向天窗一指，"还是一片汪洋。"

"可是已经比之前清楚多了。""眼镜"也抬头向上观望。

"谁知道是不是天快亮了的原因？"

"反正我觉得应该试试。"经过了那么的挫折，"眼镜"似乎已经不再敢坚持自己的意见了，"我们何必……等死？"

"那——好吧。"说话间部落长注意到，有些人已经不行了。地下掩体的密封阀门被大家合力打开。

可就在打开阀门的那一刹那，部落长感到十分后悔。

潮水一下子涌了进来！

最后的希望破灭了。

在被潮水覆盖前的最后一刻，部落长突然想起了这样一种说法：在战争中的最后一场战役中被最后一颗子弹打中的最后一名士兵是十分不幸的。

不过现在被打中的至少是一个排。这是部落长准备在水中挣扎前的最后的一个想法。

然而刚才还狂暴的水流却渐渐地停了下来，平静下来之后大家才发现水不过只淹到了自己的胸部。原来这是地下掩体入口处的积水，由于障碍的阻挡，它们没有随同"大部队"一起退去。

大家相对狂呼，紧紧地拥抱在一起。

潮水正在退去，黎明就要来临。

小女孩兴奋地向前跑去，一个趔趄几乎摔倒。部落长连忙上去拉住她，结果自己却摔倒在地。小女孩大笑起来。

部落长笑着从泥浆中疲惫地坐起来，激动地眺望着远方的地平线。

前面泥浆里有一个什么东西在闪光，部落长走过去把它捡了起来。那是一个相邻部落的身份号标签。

后来他们才知道，那个部落也意识到了平台承载能力的问题，因此在决定谁上平台时采用了抽签的方式，结果在大潮到来时全军覆没。

智慧的闪光只闪了一下就熄灭了，部落长在心里感叹道。不过即使他们决出了人选，很可能还是会全体罹难的。因为向上的方式毕竟是传统的思维方式。

不过不管怎么说，有闪光总是好的。

部落长抬头远眺，眼中是一片正在向后退去的蔚蓝色世界。

文明将重新开始，部落长在心里对自己说道。

是的，文明将重新开始！

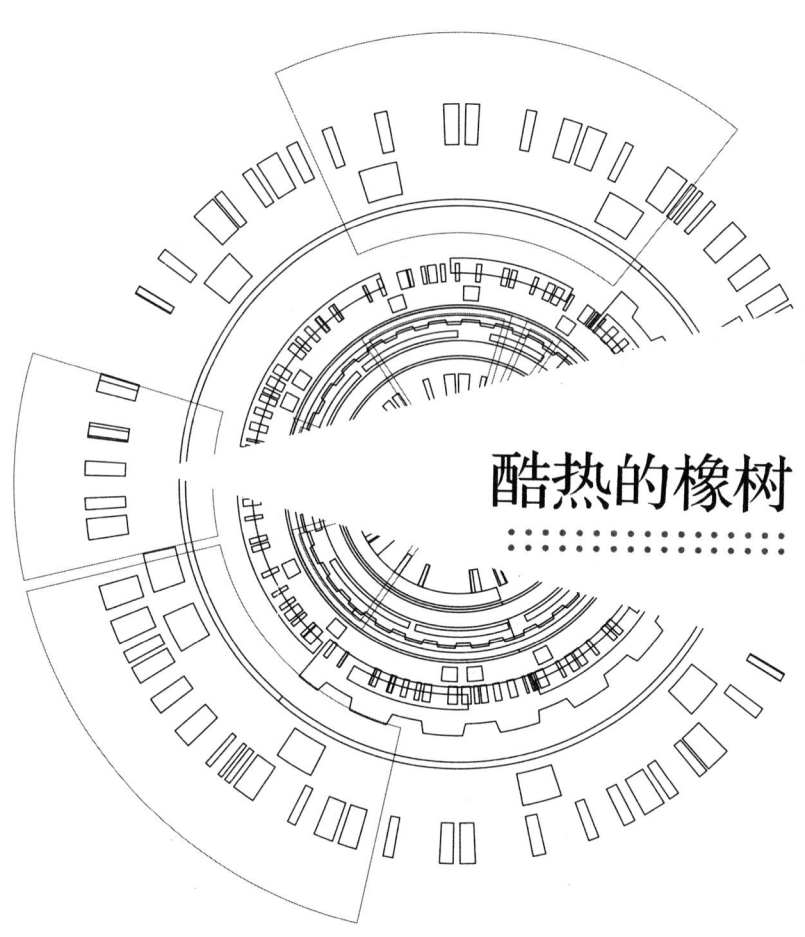

酷热的橡树

引子

"这事对我没什么影响——这事对我能有什么影响啊?"牛程遥一脸不屑地大放厥词,"没错,和你相比我是名人。但我名也名了,牛也牛了,早就名声在外了。不管有没有网络,我名人说错了话都得挨骂。可是过后呢,我该是权威还是权威,我该去援助第三世界还是援助第三世界——再过俩月就走。到时候我说是猫科动物就是猫科动物,我说是犬科动物就是犬科动物,谁还能把我怎么着啊?可你就不一样了,本来就一普通学生,被人这么一'人肉',连内衣的颜色都曝光了。"

"你流氓不流氓啊?"许霜多少有些鄙夷地看着对面这名中年男子,"你脑子里的白质和灰质是不是都是小女生内衣的模样啊?"

"这所有的网络人肉啊,就是非理性,就是群体暴力,就是集体无意识,就是法西斯。"

"我不这么认为。"许霜说话前不易察觉地左顾右盼了一番,语气也显得格外拘谨,"虽然我在这次人肉中受到了伤害,但我还是认为它对整个社会是有益的。"

"有益?!"牛程遥的语言愈加粗俗,"有个屁益啊!"

许霜曾与室友探讨过好几次:像牛程遥这种人究竟是怎么站到高等学府讲台上的?

牛程遥点起一根烟。服务生走过来提醒他:"先生,我们饭馆不准

吸烟。"

"看起来他们是弘扬正义、主持公道了……"牛程遥把烟在鞋底上按灭,"其实他们整个就是在践踏个人隐私权,同时也践踏了神圣不可侵犯的社会秩序。"

这就是他能站上讲台的理由。每次讨论后许霜都这样回答室友同时也是回答自己。他总是能把刚刚喷完的粗话升华成艰涩高深的理论,而乍一听还真是无懈可击。

"但他们也弥补了法律秩序的盲点,引起了有关方面的重视。"许霜依旧透着一股抹不去的学生腔,即便是在口无遮拦的牛程遥面前。在她看来,修养就像衣服,穿在身上再别扭也不能说脱就脱。

"我承认,我承认!但是,但是——"牛程遥扬起双手,像是要把许霜的观点从面前推开,"但是——用这种非正常手段获得的好处,早晚都得吐出来,你信不信?比如这一次,要是有关方面妥协了,那么获得的将不是普遍的社会公正,而是一茬又一茬的群体暴力上来比拼。"

"其实应该能找到一个临界点的……"许霜若有所思,"怎么才能让这些刺激行之有效,而又不破坏整个秩序呢?"

"别傻了!上学是上学,社会是社会,这整个就是两套系统,别那么天真。"牛程遥一边结账一边继续敲打许霜,"相信我,非理性永远是错的,永远登不了台面。"

两人走出饭馆,空气里渗透着盛夏白天残余的潮湿,仿佛抓一把就能拧出水来。

"你再好好想想,最好能和我走一趟。"牛程遥向许霜建议道,"别管什么小国,至少有过出国做项目的经历,将来在求职简历上也能多写一笔。"

1

这次的演讲会与上次明显不同,从听众到气氛,坎贝尔对自己说。

上次坎贝尔举办交叉学科演讲的时候,台下只有本校学生和访问学者。空旷的大教室里,肤色各异的听众坐得稀稀落落。留学生和访问学者比常驻师生多,一直就是这所著名高等学府的传统。

"诸位都知道,我一直是搞生物数学的。但我今天既不讲生物,也不讲数学。"

就算坎贝尔不声明,听众也注意到电子显示屏根本就没悬放下来。在坎贝尔的身后,只有一块光秃秃的白板。

"我今天唯一的数学表达,就是这幅图。"坎贝尔回手画了一张图,那是一条最简单的曲线——标准的正态分布图。

"在数学方面,我拿手的领域是灾变。对于任何一个灾变事件来说,不管它来得多么突然,也都有一个准备期——"坎贝尔用手中的激光笔指指曲线的左半边,"——和衰退期。"激光笔的红色光点又滑向曲线的右半边,"而这两个时期的交叉点,就是灾变的发生点。"激光笔的红色光点最终落在了那条曲线的最顶端,"假如我们能够清楚地了解某一灾变事件的所有影响因素,并能准确描述出这条曲线,那么就可以有效地找到这个点。"

很多听众是慕名而来，但听了前半部分后如坠云端。

"诸位可能会问，这对我们来说有什么用？"坎贝尔适时地在曲线上方画了一条横线，"我们所谓的灾变只是数学意义上的，有时候并不能达到我们的预期。"红点在那根横线处停留片刻，"假如我们能在灾变到来之前，加剧或者说有意放大准备期的力量，那么它就能够——"坎贝尔拿起笔，把那条正态曲线往上拉，使原本较为平缓的波峰变尖，直到拖过那条横线。

台下很安静，没有出现应有的窃窃私语。

"有意思的是，我曾在经济学理论中提炼过这一模型，可惜失败了。其中比较复杂的原因就不回顾了，当时我认为是由于经济领域的干扰因素太多。"坎贝尔说罢扬了扬手中的一份杂志，台下的人都能看清封面上印着方块形的象形文字。

"但就在上周，我在东方一家小型学术期刊上发现了一个类似的模型。它不太圆满地解决了我当初的一些困难，并补足了我所欠缺的个别条件。当然，这一模型还不太完善，想要应用于社会学事件为时尚早。"

听众还是不能确定他们听到的是什么以及将要听到什么。

"在经济学中，这种灾变往往意味着崩溃；而在社会学中，有人习惯把它称为'颠覆'。"坎贝尔的类比有些玩笑性质，"不过在生物学里，则可以描述为'种群的灭绝'。"

坎贝尔回过头去，认真地凝望着那座突兀而起的波峰。

随便找一位当时在场的听众，询问他对那次演讲的看法，最有可能听到的回答就是"如听天书"。既然大多数人都感觉味同嚼蜡，那么主人家自以为丰盛的宴席也只好草草收场。

可是这次的演讲就不一样了。坎贝尔一路上就做出了预料,走进会议室那一刻这念头就更为强烈了。听讲的人数更少,大家围着一条长桌,不过应该全有公民身份。坎贝尔在心里提醒自己。虽说这些人大部分都身着便装,但他相信其中至少有三分之一的人拥有军衔。

坎贝尔是被专车接来的。上次讲座结束后,没兴趣或者没听懂的听众纷纷退场,所以没能出现通常那种听众与主讲交流的热烈场面。坎贝尔收拾着讲台上为数不多的资料以掩饰尴尬。这时一高一矮两位先生翩然而至,盛情邀请他抽时间再讲一次:"去我们那里。"

"你们是?"

"政府部门。"

"时间?"

"越快越好。事情很急。最好是明天上午。"

于是,今天,也就是昨天的明天,坎贝尔就被接到了这个没挂牌子的机构里,一丝不苟、逐字逐句地重复着18个小时之前的演出。同时他还按照对方的要求,"把所有的材料都带上"。

2

"怎么着,咱们项目也做完了,结论也出来了,论文也发表了。"牛程遥把屁股下面的飞机座椅向后放去,惬意地仰身翻看着那本印刷粗糙的学报,"没错,不是Nature也不是Science;不算核心,也不上SCI和EI。可既然咱发了,您就得给我算一个数。"

其实这篇《外力在灾变事件中的作用对生物群落的影响》许霜早就拜读过多次了,从电子稿到打印稿。

"发是发了……"许霜措辞谨慎,"可好多人都说是伪科学……"

——这话说得算是客气了。原话里还有"通篇都是胡拼乱凑"之类更为严厉同时也更为客观的评价。

"他们懂什么啊?喊,让他们也伪一个出来瞅瞅!"牛程遥平生最恨攻击他的人,不管见不见得着对方都要立即反唇相讥,"吃不着葡萄就说葡萄不是葡萄科葡萄属植物!"

"怎么这么晚才寄来,都过了两个月了。"许霜不想刚出门就和牛程遥争吵。此次出行,名义上是援外实际上是度假,但不管怎样,计划里都没有探讨人生哲学和寻衅滋事、吵架的安排。

"在报亭里,你能在7月底看见9月号的时尚杂志。"牛程遥深谙此中道理,"可这学术期刊,你能在9月底收到7月号就算不错了。"

吃空餐盒之后,牛程遥很快进入状态,把呼噜打得震天响。许霜却怎么也睡不着。她第一次坐飞机,身体上还有些不适,再加上多少还有那么一点兴奋。

大三的许霜本打算报考牛程遥的研究生,自然就与他走得近了一些,没想到两人就糊里糊涂、若即若离地走到了一起。综合性大学里的生命科学院本就美女如云,不少老师都与自己的博士生或者硕士生展开了交往,这本来也不算什么大不了的事情。偏巧这时牛程遥就一个本属学术争议的问题上了一回电视,说错了话还态度蛮横、死不认错,被广大自以为有权充任"正义裁判官"的网民口诛笔伐、攻击问候,自然也包括翻查祖宗八

代及社会关系,捎带着就把许霜给曝了出来。这下这位牛副教授除了不学无术和学品恶劣之外,又多了一个道德污点。牛程遥见怪不怪,属于那种滚刀肉型知识分子,根本就不在乎,到头来受伤的却是可怜的许霜。唯一的好处——假如还能从骨头里面挑出一点鸡蛋清来的话——就是两人可以公开地出双入对了。

"你们还能把我们怎么样啊?"牛程遥质问公众。人肉的最终结果就是让大家的心理承受更强了,就是谁也不再在乎这种事了。

许霜拿出自己工整的笔记,抓紧时间做起功课。许霜自己也说不清她究竟喜欢这个离婚男人什么,甚至谁要问她事情的起因是怎样,她也是同样茫然。有时候她扪心自问:论学术,他成天满嘴貌似科学的伪科学;论修养,他的言行不及看门大爷和扫地女工;论年纪论长相那就更不用说了。许霜想起大一寒假的中学同学聚会,一个暗恋过她的男生用扑克牌给她算命,预言她会找一个各项指标都糟糕透顶的男人,也就是说那位未来郎君所有的参数都是负值花色——黑桃;牌里唯有两张红桃,分别代表着两层含义:第一,是她许霜追的对方;第二,这事最后还成了!

许霜叹了一口气,重新把头埋进资料里面。

牛程遥是一个喜欢剑走偏锋的人,所以他的研究总是显得不伦不类。就说这篇备受攻击的论文,本来有一个良好的事实基础,但被牛程遥这么七解释八引申,就从一流学术刊物的编辑手里滑了下来。

"简言之,就是说——"每次许霜向那些非本专业的同学介绍牛氏理论时,都要学着他的样子揶揄一番,而且口气与神态都模仿得惟妙惟肖,"一个生物种群,都有一个常态的发展曲线,以及一个发展态势最佳点——这一点当然是由诸多因素决定的,其中人为因素相当多。假如到了这点附近,人类在旁边再稍微那么一使劲——使正劲就是催它灭绝,使负劲就是给它保护——就能很轻松地决定它的存亡了。除此之外，其他作为都属于白费劲——它正处于上升时期，你非要它灭绝？它正处于下降期，你非要保护它？瞎折腾什么啊？起哄架秧子！"

"这不和没说一样吗？"每次许霜讲完，她的同学都会瞪起眼来反问，"杀灭和保护本来就是人为的，都等它自己到那个点了，还要我们干什么？他怎么把条件放到结论里去了？"

其实每次许霜听完或者想到牛程遥这个观点时，想要提出的问题与同学完全相同，只不过她是在心里提，而同学则口无遮拦地说了出来。

"他说他给数学化了……"许霜无力地辩驳着，"而且能够推广到更广泛的领域，这才是最主要的。"

"别那么迷信数学。"有一次一个学经济的女生对许霜说，"我见过一篇论文是根据小白菜产量下降的数据，推断出小白菜价格上涨的结论。这不废话吗？用得着研究吗？连大字不识几个的菜农都知道！可这位老兄，洋洋洒洒地写了一大篇，里面的数学模型我都看不懂。"

从这点来说，许霜与她基本上持同样看法。

"我劝你啊，还是别跟着这人瞎起哄了。"同学最后一般都会扔下类似的话。

距离降落还有不到一个小时，悬挂着的电视里开始播放一部介绍脚下国度的风光片，而许霜已经疲惫地睡着了。

3

演讲的内容与昨天几乎一模一样,但坎贝尔注意到那两位已经听过的先生依旧听得格外专心。这种专心绝对不是装出来的,他们也没必要刻意讨好坎贝尔。开讲之前他们再次作了自我介绍,而这次坎贝尔也终于记住了:高个的姓艾里克,矮个的姓琼斯。昨天在台上怎么没注意到他们俩?

"你的意思是说,我们通过外力可以使灾变点提前或者推后?"说话的人坐在坎贝尔对面,坎贝尔猜想他是一名政府要员……的助理。

坎贝尔在心里说:你真聪明,也真敬业,居然一下就想到了外力。但可惜的是,你居然不会看最简单的数学表达图。

"外力可以影响结果。但事件一旦开始酝酿,灾变点就被确定了。换句话说,任何事件一旦发生,它的曲线时间就只符合它的初始条件;外力所能左右的只有峰值的高低,而不能影响它到来的前后。"坎贝尔说出来的话自然与心中所想的形式不同。"我们无法使它提前或者推后。我们所能做的,只是影响它的强度,或者说提高或降低它的破坏力。"说话间坎贝尔又用激光笔扫了扫那条曲线,"您看,是纵向的,不是横向的。"

"我需要马上运用这一结果。"

坎贝尔看看表情严肃的对方,心想:你倒还真是当机立断。

"我想知道各位究竟是什么人?要做什么事?"坎贝尔求助般地望向艾里克和琼斯。

艾里克和琼斯对望了一眼,同时把请示的目光投向刚才提问那人。坎

贝尔这才注意到,那位先生虽没有一脸风霜,但神色中流露着干练。看来把他想成一个初入政府的小年轻确实错了,他显然是这里的负责人。

"说给他听。"

矮个琼斯点点头,然后把脸转向坎贝尔:"我们为国家工作,会后会有人和你谈这个问题。眼下这个计划的名字叫作'沙滩橡树',是……外交方面……一个很普通的项目。"琼斯提到"外交方面"时有些生硬,"但是现在,我们决定做一个小小的试点,就以你的这个理论为指导。"

"我的理论还不成型……"坎贝尔口生嗫嚅,"我也是昨天读到这篇文章之后才灵光一闪的。"

"我们也读了这篇文章,我们也有相关专家。"琼斯把头摆向高个艾里克,而后者冲坎贝尔友好地点点头,"我们关注你的研究已经很久了。"

被如此宠幸,让坎贝尔一时适应不过来,但能为政府工作他还是很高兴的。

其实在场的人中,只有坎贝尔不了解这个"沙滩橡树"计划。这是泰勒——那位年轻的决策者——直接负责的项目。所谓外交,坎贝尔并不是很懂,在他看来基本上就是左右或者染指他国政治的意思;现在通过琼斯的一番介绍,他觉得与自己原先的理解没有太大出入。至于"沙滩橡树"里涉及的国名,他是听了几遍才记住的——他打小地理就不及格。

"试点需要用到你的理论。"这回是泰勒在做总结性发言,"在那里发生了一些我们不满意的变化或者说动荡。现在,我们要通过你的理论去左右那里的社会格局。"

"理论上是一回事,但实际应用又是另一回事。"坎贝尔像一只被碰到触角的蜗牛一样一下缩了回去,此前一直渴望别人理解的心情不见了,

取而代之的是一种半拒绝半超然的态度,"任何事件的影响因素都是多方面的。我建立的只是一个理想模型。"

"是钱吗?"泰勒心如明镜,"为'沙滩橡树'计划专门建立一个模型,至少需要追加多少投资?"

"有个二百五十万总能干起来。"坎贝尔到底还是一名爱国分子。

"没问题。"泰勒痛快地点头,"为了保险起见,我再多给你追加一个五。"

"五十万?"

"不,五百万。"

4

每次牛程遥面对这座首都城市,都有一种这个国家的首都比它的国家还要大的感觉。这也难怪,因为这座城市集中了全国60%以上的人口。这也是为什么历次反政府游击队攻陷这里之后,就宣布接管了整个国家政权,并将原政府军判为反政府军的道理。

一出机场,牛程遥和许霜所乘坐的出租车就被街道上充斥的游行人群给堵住了。那些扔石块的小青年怎么看怎么像是小痞子——看来全世界的小痞子都是一个样。牛程遥心里清楚,这些内力根本不足以推翻政府。在距首都几百千米之外,一群游击队正进行着艰苦卓绝的攻坚战,那才是真正强大的外力——不过它也照样没戏。

有些地方，当你每隔几年再去的时候，往往会生出一种恍若隔世的感觉。牛程遥在国内生活的城市就是如此，基础建设日新月异，只要三天不出门，再出去肯定要转向。但是眼前这座城市不同，五年前什么样现在还是什么样。

五年前，牛程遥就是在这里搞出了他的博士论文。

牛程遥曾十分详细地给许霜讲述过这段经历——以上课的名义：

"其实啊，这物种该灭绝时就会灭绝，根本不以人的意志为转移。"但凡进入到专业领域，牛程遥的话还能勉强让许霜听得进去，"没人类它们就不灭绝了？几千万年来植物、动物灭绝得多了！只不过有了人类参与，使这种灭绝加速或者延缓了。"

倒还真没见着有延缓的，除了大熊猫这种个例，许霜心想。

"那地方，连着走三天见不着一个活人。"牛程遥每次都刻意强调当地的荒凉。

毗邻首都的省份地广人稀，所以人类活动对生物的影响微乎其微。按照牛程遥的说法，这里本来有种巨型貂羚，正值灭绝的边缘。对于猎杀之类的行为，政府也没工夫阻止；而在当年，动物保护组织的手暂时还没能伸展过来。不过当下的情况许霜可知道：他们敢用自己的关系影响当地政府的政策！于是当初这里就成了牛程遥一个绝好的研究地点。不过那段日子也是苦不堪言，虽说没有生命之虞，交战双方都不搭理他，但饮食条件差啊！

"那会儿我们没吃的啊！兵营最富裕，我们就跑过去。不过，我们得先和当地老乡打探清楚了——当然得是有文化的老乡——那些士兵都忠于谁，最肯接受什么观点。我们就照葫芦画瓢，跟士兵们说些他们最爱听的……"

"停！停！"许霜示意这是在上课，就算只有两个人也是在上课，"说论文！"

牛程遥用了将近一年半的时间，搞出一个"巨型貂羚生存前景及影响因素"的论文，洋洋洒洒，颇受重视。但他自己并不满意，因为物种存活与否不是他所关心的，他想要得到的结论是外力对此的影响，最后的数学结论才是重点。可最让牛程遥恼火的是，生物学家看了那一部分觉得没兴趣，数学家根本看都不屑一看，最后发展到大家一致觉得那太玄虚，末了只按论文的前面部分给他授了学位。播种的是时间和精力，收获的是博士学位，两不相欠。

"我临走的时候，去和那士兵朋友告别。你猜怎么着？当时他已经不当士兵，改去领导反政府游击队了。但我和他有交情啊，临走得跟哥们道个别啊……"

这段许霜不但听进去了，而且还有点入迷。不能否认，牛程遥是讲故事的天才。

"……就这么着，我再也没见过他。这次来之前，我本想托人打听一下他，琢磨着来了可以叙叙旧。你猜怎么着？根本不用找人打听，我一看报纸，嘿，他又换工作了——这回成总统了！"

"天！那你这不成'皇上'故旧了！"许霜被这包袱彻底吸引住了，"还不趁机让他帮你解决点实际困难！"

"解决实际困难？我的实际困难他解决得了吗？"牛程遥神态高傲，似乎一下脱去了市侩外衣，俨然一副刚直不阿的传统科技工作者形象，"他能派军队让全世界反对我的那帮人都缴械投降吗？"

牛程遥有个优点，"你们越是看不上我，我还就越要鼓捣"，在这点上他和那帮执着的民科还真有得一拼。自打博士毕业留校以后，牛程遥就一直坚持不懈地烹饪着这道菜,热来热去的,根本不管别人怎么撇嘴捂鼻子,不待见他。

慢慢地,许霜还真有点理解牛程遥了,一个一直不被社会理解的天才往往会蜕变成一个无赖——至少看起来像是一个无赖。这么一想,许霜就觉得自己与牛程遥的心理距离拉近了许多。而且她也开始明白,自己为什么会喜欢牛程遥了——我就是那一眼看穿藏在石头里面那块璞玉的卞和啊。

——不过许霜忘了,那位卞先生虽享誉多多,但代价也付出了不小,就为了一个冠名权硬生生把两只脚都给折腾没了。

5

"下下周,应该是在下下周。"坎贝尔肯定地说道。

然后,泰勒像看江湖骗子一样狐疑地看着坎贝尔。

"你要是非要追究什么科学的准确性的话——"坎贝尔及时补充,"我可以不再那么精密,不妨给您一个范围——下周到下下下周之间,期间的某个时刻就是这次事件的临界点。"

"能多少给我们说说推理过程吗?"琼斯很和蔼地请求道,"拣我们听得懂的说。"

"简单说吧,对于那个已风雨飘摇的国家政权,现在有四项比较关键的影响因素。"坎贝尔摆出一副打持久战的学术态度,看来近来他已经恶

补了当地的风土人情。

"第一,全市罢工也就意味着全国性的罢工。按照我们对他们国内基本生活用品储备的分析,他们最多能坚持到下周。那时将是人民最为愤怒的时候。如果再持续三周,人民寻找食物的欲望会远大于革命的欲望。

第二,由于国外资金的冻结,以及进口贸易的禁令,导致全国的警察都领不到工资。如果他们强行加印钞票,就会引起新一轮的通胀。

第三,军队。这个问题比较复杂,但根据你们提供的资料,他们效忠政府的时间,最多持续到下下周末,随后很可能引起局部兵变。

第四,外国资本的撤资将会极大影响这个国家的经济命脉。"

"那到了下下周我们能干些什么?"

"这就应该由您来决策了,我所能做的只是提供资料。"坎贝尔笑嘻嘻地对泰勒说。

"哪怕只是……提个建议?"琼斯耐心启发,就像是在牵着小孩子过斑马线。

"使力啊!"坎贝尔一副"这还用我教你吗"的表情,"施加压力——经济封锁、武装干涉,把他们的领袖斩首,在他们的神庙里放吸血鬼号叫的磁带!怎么着不行啊?这时候只要外界稍微加加力,这事它就成了!"

"你还挺懂政治的嘛。"泰勒笑笑。

"近朱者赤。"坎贝尔蓦然收敛了笑容,走了。

"他的话你全听懂了吗?"送走坎贝尔,泰勒问琼斯。

"学者就喜欢这样,把简单的问题复杂化。你被他给唬住了。"琼斯耸耸肩,"其实他要说的就是最后那几句,我们行动的时刻到了。"

"时机一定要选对啊。"艾里克沉思道,显出一个数学家的审慎,

"我们没有机会失败……历史上有过类似的成败例子吗?"

"1917年的俄国十月革命,就动手早了。"琼斯信心十足,似乎还对国际共运相当了解,"虽说提前起义确有原因,在那种情况下也不得不当机立断,但苏维埃政权在成功之后还是面临诸多问题:外国干涉、人民观望、民族问题、农村问题,等等。"

"1775年的美国独立战争,就有些晚了。"泰勒饶有兴趣地加入进来,"假如莱克星顿的枪声能提前半年打响,那么就能让大不列颠政府和皇家军队更加措手不及,独立战争也不会拖延那么长的时间。"

"只有1789年的法国革命不早不晚正合适。"艾里克显然也被感染,顿时增添了不少信心,"我们必须马上行动!"

——俟被说服,数学家比社会学家和政府官员显出了更大的兴奋。

琼斯看着泰勒,后者表现出应有的沉稳和冷静。

"第一,不能派出雇佣军,不能公开干涉该国内政。"泰勒思忖道,"第二,不能利用周围邻国的军事压力,这会激起当地人民的反感。"

"我们只能在反对党的人身上打主意。"琼斯满心欢喜地指出这一点,"我们要为他们的银行账户注入充足的资金,以保证每一名上街游行的人都能领到面包。"

"你得亲自出国一趟。"与泰勒刚一分手,琼斯马上重新找回坎贝尔,"我们负责你的全部经费。"

"一个数学家是不用亲自出现场取材的。"

"您现在应该是一名救火队员。"琼斯严肃地说道,"我怕有人会故意纵火呢。"

"会吗?"坎贝尔有些惊讶,"世界上只有三个人懂得广义相对论,难道还能有三个人懂得我的理论?"

"有两个人。"琼斯提醒道,"其中之一就是这论文的作者,现在正在当地。"

坎贝尔脸上的笑容顿时消失了。

"他应该只是个科学家……"

"是。"琼斯点头,"但我就怕在关键时刻,他会临时变更身份。这人一向不按常理出牌。"

坎贝尔表情严肃,若有所思。

"去吧,去给咱们的橡树加加温,让它生长得更好一些。"琼斯此举显然是为了让坎贝尔放轻松一些。

"橡树是耐寒的,加温促其生长倒是第一次听说。"坎贝尔到底有过生物学背景。

外面人山人海,一片彩旗的海洋,有如一个盛大的节日。许霜像看热闹一样趴在窗台上向下张望,牛程遥过来敲门,叫她去吃早饭。

"连试剂都没有,上午什么都干不了了。"许霜抱怨道。

"上午?全国的交通都瘫痪了,这几天你就踏踏实实歇着吧。"

"政府不是承诺还有绿色通道吗?"

"那是运粮、油、煤、水的,谁管你的破试剂。"牛程遥觉得许霜一点社会常识都没有。

"你不是有个什么总统朋友吗?"许霜跟着牛程遥往饭厅走。

"别说现在他可能已经不记得我了,就算还记得,我要敢为这点小事去麻烦他,他会把我当场枪毙的。"牛程遥又开始满嘴跑火车了,"别担心,这种罢工最多也就能撑两个礼拜。"

"既然你这么清楚,就应该换一个时间再来。"

"这能怨我吗?"牛程遥按了电梯门旁的按钮,电梯吱吱呀呀地升了上来,"生态组织都这么官僚,国内审批会议的机构也都这么官僚,他们大使馆也是这么官僚,出来的时间早就批好了。"

"我想出去转转这儿的商店。"许霜趴在观光电梯那肮脏的玻璃上往外看。

"这女人怎么都一样啊,去哪儿都要逛商店!"牛程遥大概早已深受其苦,也说不定就是因为这个离的婚,"我还告诉你,这个国家没有什么可逛的。这儿的服装展销会就像国内的租赁柜台,这儿的豪华饭店也就是咱们那儿的大排档水平。"

"我就是想逛逛嘛!"

"现在治安这么乱,你一个人出去,我能放心吗?"牛程遥连吓唬带嘲讽,"就你这肤色,跟这儿也算得上是美女了。"

"那你陪我去吧。"

"不去!"牛程遥一脸正色,"我怕遭到当地女性的性侵犯,以至于荣幸地成为本次骚乱中第一名性暴力事件的受害者。"

"你就喷吧!"许霜到底忍不住了,把餐厅的门一摔,差点撞破了牛程遥的鼻子。

要说真做起事来,牛程遥还是雷厉风行的。当天下午,他就带着许霜去会见了该国生态组织的负责人,捎带着来参加一个研讨会。他此行就是

为了这一生态项目而来。不过午餐之前,他还是象征性地带许霜逛了几家商店,但开门的总共也没几家,大家都忙着狂欢去了。负责人阿弗里卡诺,与牛程遥握过手就开始上台讲话,牛程遥则跷着二郎腿坐在那里似听非听。

"最大的影响不是来自武装冲突。事实上,说句不那么中听的话,军事对峙往往会给生物带来良好的保护效果。我们知道,全球最严密的军事分界区,恰恰是世界上最好的生态保护区,很多原被认定绝种的生物都能在那里找到。照理说,战场属于分崩离析的地貌,而火炮则是城镇和森林最大的伐木者和燃烧者。不过,让我们不可思议的是,这并非总会带来生态学上的恶,比如前东德被坦克和炮弹折腾得天翻地覆的训练场,在德国统一后却形成了罕见的具有生物多样性的自然保护区。"

他该不是拿了冲突哪一方的好处了吧,要不就是被政府军或者反政府军用枪顶在脑袋上威胁过,牛程遥心里想。

"真正的问题是当地农民为了解决饥荒,疯狂地砍伐和走私金莲木科的非洲栎,导致以这一树种树皮为食的巨型貂羚因食物严重匮乏而大群大群地死亡。"

"没有人直接猎杀巨型貂羚吃肉吗?"有人问道。

"很少。它的肉很难食用。"阿弗里卡诺答道,"人们捕捉它,是为了它头上那被认作稀世珍品的羚角。"

不就是要钱嘛,牛程遥心想,有了钱就没了饥民,没了饥民就没了这条生物链的最顶端,问题就全都迎刃而解了。

"目前联合国粮农组织已经部分解决了这里的饥饿问题,所以我们已经可以开始着手解决相关物种的保护问题了。"像此前一样,每当牛程遥自以为是地想到一种可能,对方马上就用一个事实击溃他的这种猜想。

"问题是这样,任何事件一旦发生,都会引起一个必然的结果。"阿弗里卡诺的口气开始变得热情洋溢起来,可牛程遥一时还不理解他语气变化的真正原因,"今天,我们有幸请到了这一理论的提出者,来自中国的牛!现在我们请他为我们……"

牛程遥这才明白该自己出场了,可他的思绪还没能及时矫正过来。他只好一边起身致意一边考虑措辞,反正先把笑容堆在脸上总归没错。他的这种诡计屡试不爽,大概只有许霜等不多的人了解内情。

"这个世界到处都充满着冲突,这一点我从一下飞机就感受到了。"牛程遥果然绕了一个十万八千里的大弯来开头,"但令我们欣慰的是,目前全球总的趋势还是和平与发展,我们还没有陷入全面战争的不幸……"

7

"现在我要讲到的,就是一个发生在第一次世界大战时的故事。"许霜心想:这回绕回来的还算快。"无论对于我还是诸位来说,那都是一个十分遥远的时代。我们家族,只有我爷爷的父亲参加过一战。"

莫非又要走了?许霜在台下为牛程遥担心。

"我这里将要提到的,是两位80年前的意大利人。"许霜心想:还好,这回没正经绕走,不过——"1925年,意大利生物学家安柯拉为了研究相互依赖和相互制约的各种鱼类数量的增长情况,调查了地中海1914至1923年的鱼类捕捞业,结果他发现了一个有趣的现象——"

许霜特意四下看看,果然发现有些听众已面露倦容,只是出于礼貌才没退场。因为牛程遥所称调查建立的模型,不但在所有的微分方程教科书里都能找到,而且在所有的生态学教科书里也都能找到。可这位牛先生的演讲欲一上来,总喜欢把所有的听众都当傻瓜。光是许霜本人,这个故事就已经听过不下五遍了。

当年安柯拉通过对捕获量进行统计,发现由于战争影响,捕鱼业的捕捞量锐减,结果那些以弱小鱼类为食的凶猛鱼类占鱼类总数的百分比急剧增长。显然,这对人来说这并非好事,毕竟凶猛鱼类不宜食用。可捕鱼量减少为什么会对弱小鱼类比对凶猛鱼类更为不利呢?百思不得其解的安柯拉求教于数学家沃特拉,希望建立一个凶猛鱼类与弱小鱼类之间数量关系的模型,以解决他的困惑。

沃特拉拿到考卷后,先将鱼分成两类:凶猛鱼类x和弱小鱼类y,据此建立了两个方程,并发现两个方程具有始终围绕一个平衡点转动的周期解$x=a/b$和$y=c/d$。"这也就是说,当弱小鱼类的食物充足而其天敌又少时,其数量会不断增加;当不断增加的弱小鱼类数量超过平均值c/d时,凶猛鱼类的食物增加了,其数量就开始随之增长;而当凶猛鱼类数量增加到超过平均值a/b时,将会使弱小鱼类数量下降。当弱小鱼类数量下降到平均值c/d之下时,由于食物不足,凶猛鱼类数量也随之下降;当凶猛鱼类下降到平均值a/b之下时,弱小鱼类的天敌减少,导致弱小鱼类数量回升;当其回升到平均值c/d时,又会引起凶猛鱼类数量的增加。"牛程遥把这段绕口令讲得眉飞色舞,"两种鱼类的数量总是这样周而复始地交错变化,任何一种都既不会被灭绝,也不会无限增长。"

接下来,沃特拉将人类捕捞因素引入模型。通过计算发现,捕捞量减少时,会使弱小鱼类数量的平均值减小,凶猛鱼类数量的平均值增大。反之，捕捞量增加时，如果对凶猛鱼类捕捞多了，由于天敌减少，对弱小鱼类有利；而对弱小鱼类捕捞多了，凶猛鱼类由于食物匮乏，数量也会减少，同样对弱小鱼类有利。总之，捕捞对被食者有利。

"这就是著名的安柯拉-沃特拉模型。"牛程遥终于拉拉杂杂地讲完了这个故事，"为此，沃特拉就两种互克鱼类的捕捞系统发表了他的数学论文《关于生存竞争的数学理论》，而安柯拉则通过对一种群体以另一种群体为食物的两种群体数量增长情况的调查写出他的生物学论著《生存竞争》。"

许霜小心地看看四周，还好，睡觉的不算太多。

"这并不仅仅是一个简单问题的解决，因为后来人们惊奇地发现，在使用化学杀虫剂的时候，这一原理惊人地应验了。"许霜知道，接在80年前故事后面的，是一个40年前的故事，"1968年，由于一个偶然的原因，一种像绵垫一样柔软的介壳虫——澳洲吹绵蚧被带进了美国。这种昆虫严重威胁着柑橘业的生产。为了消灭这种害虫，人们引进了它们的天敌——澳洲瓢虫。以虫治虫，使吹绵蚧的数量急剧降低到极少的程度。后来，'滴滴涕'被发明出来，人们希望通过喷射它来进一步根绝吹绵蚧。无奈事与愿违，使用农药的结果是害虫反倒增加了。这个结果与前面的讨论结果是一致的，化学杀虫剂对害虫——相当于弱小鱼类——的消灭，不但同时危害了害虫天敌——相当于凶猛鱼类，而且进一步影响了它们的生存！"

今天还算严肃，许霜在心里赞许道。

"这一理论解决了一个动态解的问题，但是——"序言完了，正题开场。许霜抖擞精神，准备认真听讲。

"生物种群有它自身的发展规律，不是你想让它活它就活，你想让它死它就死，还有上苍在那儿安排着呢。"

又开始了。许霜厌倦地闭上了眼睛。

"……任何事件的发生，都存在一个内在的秉性，这是任何外力都无法改变的。"牛程遥到底绕回到了自己的理论，"所以，只要没有到达临界点，我们对一些所谓的生态事件，完全可以听之任之，不要横加干涉。"

举座哗然，议论纷纷。

许霜在心里想：他们话里的很多单词发音都不太标准，不知道里面有没有"伪科学"或者诸如此类的词汇。

"你以为就凭这帮人真有那么大的能量啊？！那都是有大国在背后支持的。"牛程遥翻看着宾馆附送的报纸，"这种事都有个周期。我感觉现在的情形已经是秋后的蚂蚱，没什么可蹦跶的了。难不成小鱼还真想翻了大船？"

"那这能坚持多久？应该符合您的牛氏曲线吧？"许霜半真心半假意地逢迎道，"能推算出临界点是什么时候吗？"

"哎——你还别说，这还真是啊！"牛程遥的眼睛亮了一下，"早知道就不带你来了，应该带一名搞社会学研究的学生，让他取取样，调查一番，把我的理论推广到社会科学里去。科学院不给我院士，我就到社科院当院士去。"

"在社科院应该叫学部委员吧。"许霜心想这人怎么这么功利啊,"你的意思该不是带一名搞社会学的女生吧?"

"别那么说我,那就把我看低了。"牛程遥根本不上当,"女生搞社会学研究不行,出来的结果都是模棱两可的。"

"那劳驾您给我清晰地分析一个。"

牛程遥从床上弹起来,还真的认真地给许霜分析了一番:

"这牛氏曲线的模样你也见过。"牛程遥凑到许霜眼前,让她下意识地直往后躲。牛程遥顺手在纸上画出一个正态分布曲线,同时与坎贝尔如出一辙地在其上方画出一道横线。"假设这线就是崩溃线,这波峰到达的时刻已经没几天了。可按照我对这个国家历史的了解,现在全国人民就是铆足了劲儿,也没法把这波峰再朝上拱一拱。我要是总统,就每天吃大餐、睡大觉、度假、钓鱼,干什么不行啊,根本不操这份闲心。"

"除非有个外力?"

"除非有个外力。"牛程遥先是点点头,然后马上又一甩头,"这外力能说有就有啊?除非是机缘巧合,否则没有那么凑巧的事。没有牛大博士这两下子,不明白牛大教授这艰深的理论,那帮喜欢颠覆别国内政的家伙就连想都想不到这一点上来。"

"那这是多好的机会啊,不如把你的理论卖给他们得了。"许霜提醒道,"反正国内学界对你这理论也不感兴趣。"

说实话,许霜当时真的看到牛程遥的眼睛亮了一下,但这股爱财之光旋即就熄灭了。"咱不干这种让人戳脊梁骨的缺德事,这钱咱拿着不安生。"

"没想到你挺坚持原则。"许霜笑道,"还有个道德底线的临

界点。"

"那当然了。有学问不代表非得用学问去换钱。"牛程遥扔下报纸,去翻看今天补发下来的会议资料,"所以说啊,这无论什么学科、什么领域,到了最高境界,它都是相通的。"

许霜有印象,这类话她至少听过三次,加上这次就是四次。每次说这话的人,都是最不能真正理解学科相通真谛的人。

"这人是怎么回事?"牛程遥突然跳起来,吓了许霜一跳。他正指着一张熟悉的照片发愣。

"哦,这人自称是一名生态学家,说是刚刚开会得到的消息。"许霜一向踏实细致,这次与年轻的会务人员接触多,也聊得来,"会务组说从没听说过他,估计是个偏执狂,也就是咱们说的民科,但抱着他愿意来就来的态度……"

"不对,这人是来搞颠覆的!"牛程遥当即断言,"不要给他签证!"

"咱们可管不了那么多啊。"许霜不知道牛程遥这是在抽什么风。

"我得马上和有关部门联系!"牛程遥抄起电话就拨号,却怎么也拨不出去。许霜看不过去,帮他加拨了一个数字。

一小时后,牛程遥就见到了一名负责国家安全的低级官员。

"……相信我,这人和我也算是一个领域的,我了解他。他来肯定不是为了解决巨型貂羚死活的问题的!"这回牛程遥没绕弯子,言简意赅地介绍了他的牛氏理论,并对有可能到来的外力深表忧虑,"这家伙肯定就是来加这个外力的!"

对方十分惊诧,却不肯轻易接受这一解释。可看到牛程遥一脸肃穆,他又不得不有所担心。

"可他已经在路上了。"

"拒绝他入境啊!"

"现在没理由啊……"

"目前不是非常时期吗?"牛程遥显出他对局势的了解,"我要马上见你们政府相关部门的负责人。"

"现在所有的部长都很忙。"那低级官员解释说。

"你们总有比部长大的官吧?"牛程遥冷笑着反问道。

经过一番紧急的文件传递,牛程遥的要求终于获得了批准。幸亏牛程遥的轴脾气上来了,不给答复他就坚决不走。

"您的要求被核准了。"那名低级官员气喘吁吁地跑过来传旨,紧张度比刚才大大增加了。

"哪个部的部长?"

"是总统,并且总统要亲自见您。"

9

牛程遥从来没有过觐见国家元首的经历,如果不算在人民大会堂远远望见自己国家领导人那次的话。在他以前的想象中,这个贫穷落后国度的国家元首应该是半文盲性质的,尽管他早已从国家简史里了解到了——前任独裁领袖毕业于美国一所著名的大学,而现任总统,那位昔日的游击队员也在欧洲有过一次短暂的进修。

简单的叙旧是免不了的,但双方还是很快就切入了正题。

"你的意见是说,不要和反对派进行和谈?"总统缓慢地问道。

"我的意思是暂时不要和他们进行和谈。"牛程遥介绍说,"按照我的理论,下下周是你们最艰难的时刻,只要扛过了这个阶段,对手的力量自然就会减弱。"

接着牛程遥向总统详细地介绍了牛氏理论。

"我在国际社会上可一向是以温和而著称。"总统有些踌躇。

"那您这次必须强硬一次。"牛程遥毫不让步。

"那个人是怎么回事?"总统问道。

"那就是个外力。您要是查查,就会发现他肯定不是一个人来的,在他后面肯定还有一个什么别的团。那些人躲在大使馆的窗户后面注资、发枪,而他在那些更里面、连窗户都没有的房间里计算数学公式。"牛程遥一副老谋深算的样子,"我和您说,千万别相信什么科学家,所有的科学家都是有政治倾向的。"

总统异乎寻常的强硬态度让远在大洋对岸的泰勒及其手下十分诧异,因为他居然得到了与此前完全不同的信息,这让他感到非常糊涂。高压水龙没有因罢工的浪潮而失去压力,防暴警的盾牌也丝毫没被酷热的阳光晒软。国际社会的舆论一浪高过一浪,可这次总统似乎套上了保险救生圈,丝毫不为所动。但刚刚与坎贝尔一起落地的琼斯心里有数,他相信牛程遥肯定参与其中了。

于是,群众的热情开始发酵变质,街头的示威队伍中也开始出现了杂耍艺人的身影。

"或许那里真的太热了。"泰勒有些灰心,"真的不太适应橡树生长。"

"再坚持一下就过去了。"牛程遥则予以断言。

"那还得看对手还打算上什么菜。"总统一点也不敢松懈,他比牛程遥更具备政治头脑。

除了琼斯,清醒的自然还有坎贝尔。对于这一变故,在"外交方面"颇显外行的坎贝尔却毫不惊讶。现在他有十足的把握相信,那位论文作者一定参与了该国的政策设定。他知道,泰勒对这一理论一直半信半疑,但他本人知道它的作用有多大:现在他是个外力,但这外力的作用十分有限;而对方的外力,也许可以直接影响到最高决策层。时间不等人啊,根据计算,这曲线马上就要到达波峰了,过了这一波再使力可就费劲了!

于是,在坎贝尔的精心策划下,艾里克在后面推,琼斯在前面拉,一道又一道的计划被输送到反对派的大本营里。他们在相当艰苦的条件下维持着抗议的热情与力度,等待着波峰到来时那有力的一顶。

而与此同时,牛程遥也在总统府里与这位从未谋面的对手较着劲。现在他和许霜都成了总统的座上宾,作为助手的许霜已经忙得焦头烂额了。基于牛程遥那古怪的工作方式,那些异国他乡的总统下属却一点也帮不上忙。

"再努力一下啊。"牛程遥每次见到总统都在鼓励他,就像是在鼓励一个正长途跋涉前往校舍的小学生。

"没用的。"总统总是满脸疲惫地摇头。

"申请派维和啊!"

"等联合国大会的决议出来,我的人早就被关进监狱了!"总统把怨气一股脑全撒在了牛程遥身上，仿佛是在责备他工作不力。

回到房间的时候，许霜一度听见坐在那里的牛程遥手上发力，把椅子扶手捏得嘎嘎作响。

10

终于到了那一天。

这是牛程遥与坎贝尔同时计算出来的。

按理说，这种数学模型的解是没有那么准确的。但由于事态的发展，参考因素越来越多，各类确切数据也越来越多，结果就出来这么一个看似准确其实也多少有些模棱两可的准确时间——反正按公式算的确是这样。

牛程遥的报告在第一时间被送到了总统大人的案头。坎贝尔的报告在第一时间被送到了泰勒大人的案头，同时这一报告抄件——由于出色的谍报工作——也在第二时间被送到了总统大人的案头。

"原来他们也会算。"牛程遥翻看着总统转过来的报告抄件，"'沙滩橡树'，那帮坐在办公室里搞颠覆的人可是真没文化。"

"什么？"许霜不明白牛程遥的意思。

"总统的间谍机构已经跟踪这个案子很久了，所以我知道他们给这个计划所起名称的含义。"牛程遥解释说，"这橡树是美国国树，正经学名其实是栎，Quercus，山毛榉科栎属植物。可这就又有问题了，这非洲哪有什么橡树啊？"

"我印象里有啊,非洲白檀木,还有一种挺著名的什么沙比利树……"许霜回忆着以前涉猎的知识,"而且那个阿弗里卡诺也提到过巨型貂羚的食物,金莲木科的非洲栎。"

"非洲白檀木那是檀香科的,非洲楝沙比利那是楝科的,完全就不是一种东西!"牛程遥这下可找到对手了,"金莲木科的非洲栎就更扯了,那帮搞生态的没文化,好多都是半路出家,根本没受过什么专业训练。咱们平时说的非洲栎是'Quercus canariensis',直译就是加那利栎——可它也是栎科的啊!"

"没想到这动物学教授的植物学知识也可以啊。"这还真出乎许霜意料。

"生物学基本分类那可算是常识。"牛程遥不屑地"喊"了一声,"再回过头来说,美国那是红栎,非洲那是白栎,或者咱们叫橡栎。而这橡树就是一俗名,真要用俗名的话咱中国多了,枹、槲、柞,哪个不行啊,都和橡树差不多。"

牛程遥自负地把抄件扔到一边,操纵着电视遥控器搜索英语节目。

"我说牛老师啊!现在都火烧眉毛了,您居然还有闲心追究什么橡树的科属!"许霜到底年轻,在她看来,既然已经开始帮总统了,那就总该帮到底吧,"万一对方把最后这个外力使对了地方,你我可就都回不去了!"

牛程遥一言不发。

"我说你干什么呢?"许霜关掉电视,"今夜就是波峰了。你使力,总统就还是总统;你不使力他使力,总统就又成了反政府游击队的领导人了!"

"总统说……"牛程遥无助地看着许霜,"……他也没办法。"

许霜惊讶地发现,她第一次从牛程遥那张无赖面孔上看出了岁月沧桑刻下的刀痕。

牛程遥告诉许霜:"总统说他已经把所有的军队派出去了,一个萝卜一个坑。既然对方也知道这曲线,就会尽最大努力来牵制总统手下的力量。现在他手下就只剩下总统卫队了。要是有小股流寇还能勉强对付,要真有一大群盗匪来抢他的国玺,他可一点办法没有。"

"没办法也得想办法!"一向柔弱内敛的许霜突然生出一股豪气,"眼看就到午夜了,总得死马权当活马医啊!"

在许霜的催促下,牛程遥只得半心半意地带着她去找总统。刚走到院落里,就听到外面响起了零星的枪声,时而也会变得比较密集。

总统一个人孤坐在那里,脸上流露出与牛程遥同样的疲惫。许霜越过两位昔日故旧对视的目光,平静地建议总统不妨最后一搏。

"可我手头已经一个人都没有了。"总统疲惫地摇了摇头。

"不是还有总统卫队吗?"

"但没有军官,也没有懂英语的人。"

"您自己呢?"许霜问道。

"你觉得问这个问题对吗?"总统和蔼地看着这个天真的小姑娘。

"那就只有我们了。"牛程遥看着许霜倒吸了一口气。

"我一直等着你主动请战呢。"

总统近乎恳求地注视着牛程遥。这是许霜第一次感到他像一个慈祥的叔叔。

11

  星月下的剪影,把村落描述得如同神话幻境。牛程遥率领着那支总统卫队,悄悄地潜伏到了路边。许霜瞥见牛程遥的侧脸,坚毅得一点也不像一名知识分子。许霜很担心牛程遥一上来就会中弹,光靠军训那点本领是不足以上战场的。

  这里的村政权与前政府有着千丝万缕的联系,也是对外联络和交往的关键地点,总之乃兵家必争之地,却刚巧被反对派忽视了——他们只关注城市。许霜不懂政治,但她从总统的言谈中,知道控制了这里就意味控制了一切,这里的成败就是外力效果的直接显现。

  在他们出发之前,总统就在总统府里潜藏了起来。他安慰牛程遥道,对手不会想到他敢于这样孤注一掷,不留一兵一卒在身边。本来牛程遥严厉地命令许霜与总统留在一起,但许霜用中文告诉牛程遥,乱兵真的冲进来这里一样危险。牛程遥没办法,只好携带家眷开赴战场。

  第一声枪响之后,许霜就开始祈祷。此后她就一直堵起耳朵闭上眼睛数自己的心跳,此时此刻,消磨时间比节省时间对生命更为有利。

  许霜没想到战斗会进行得如此顺利,总统卫队轻而易举地就攻陷了那里。不过这时她意想不到的事情发生了,没等她喊出声来,牛程遥便做出了那个相当愚蠢的举动。

届时牛程遥可能突然想起了早年电影里的情节,挺身扬枪挥手,但他还没等喊出那熟悉的"同志们,冲啊",就中弹倒下了。从整体的连贯性上,许霜真觉得像极了反映解放战争的电影镜头,牛程遥应该在其中饰演一名班长或排长。

没有战友过来帮忙,许霜只好自己爬过去抱起死沉死沉的牛程遥。

"别动我,疼啊!"

许霜四下寻找,这才发现伤口在小腹上,她甚至摸到了那个弹孔。许霜张开手去堵,结果手湿湿的,显然是弄了一手血。

"没事,这野战服不吸水,否则一下雨,战士就得负重了,所以看起来血很多。"牛程遥倒是先平静了下来,"应该没打在动脉上,我心里有数。"

"别说话了。"

"我知道你看不起我那个理论……你别解释。"牛程遥打断了许霜的争辩,"这理论表面看起来十分简单,但从数学角度上有很深的内涵,只是那帮生物学家不喜欢我罢了。"

许霜没有回答。这都什么时候了!留遗言呢?

"总统应该知道,现在是最关键的时刻。"牛程遥几乎是在声嘶力竭地喊叫,"但愿其他单位都能像我们一样顶住。顶过临界点!撑过波峰期!这受过教育的总统啊,就是有点软弱。"

"总统受的伤比您要重。"许霜轻声说道。

牛程遥和许霜刚一离开,总统府就被一群散兵游勇攻了进去。一路乱枪下来,总统被流弹击中。当他被从办公桌下拖出来时,手也捂着肚子,鲜血从指头缝里汩汩流出。

士兵们看到昔日只能从电视里看到的最高统帅一时也有点发蒙。总统问清他们的单位，严厉地斥责了他们的行为，同时警告他们：国家目前尚未失控，想要继续活命就应该马上听从指令。考虑到他们的数学水平，总统没给他们讲解牛氏理论，但他脸上的信心确实折服了这群掉队的士兵，并使他们为己所用。其中一个小头目还是相当效忠总统的，马上便组织好散兵成为临时总统卫队。

平息了局势之后，总统联络了牛程遥，其时是许霜接的电话。得知双方的局势都在控制之中后，两人都松了一口气。

听说总统也受了伤，牛程遥坚持要与总统通话。听着话筒那一边腹缠绷带手捂伤口的总统正在咧嘴吸气，牛程遥热情地为他打气。

"只要我们扛过这一段！"牛程遥鼓励着总统，"您可要坚持啊！"

"我这……正坚持着呢！"总统忍住剧痛，咧着嘴回敬牛程遥。

最后，在最关键的时刻，反对势力终于败下阵来，街头的人群已作鸟兽散。

牛氏曲线顺利地迈过了临界点。

尾声

"告诉他,我特别感激他。"牛程遥作态地对许霜说道,"在国内,我这破玩意没人搭理;可到了贵国,居然提到了颠覆政权的高度。"

牛程遥提出来想要见见坎贝尔时,作为阶下囚的坎贝尔自然别无选择。其实他早就该做后事打算,在曲线过了最高点之后,他还想来一次最后的加温,希望在非峰值点再使一把力,不过那需要的能量可就大了,自然也就被迫败下阵来。正当他们准备离去时,总统的人马已经封锁了全境。持有外交官护照的艾里克和琼斯在监狱外面拼命努力,而作为生态学家的坎贝尔却在监狱里等待营救。

总统告诉牛程遥,他不打算真的长期囚禁这位"生态学家",只是给他一个下马威,吓唬吓唬他而已。

牛程遥在审讯——反正不能说是会晤——的时候派头十足,居然不与对方直接对话,而是像真正的外交谈判一样使用翻译!许霜只得又做了一个新兼职。

"就是在我们那里,也只是借用了阁下的曲线理论。"坎贝尔的回答不卑不亢。

"要是没那几页纸的基础理论,您能想到这个吗?"牛程遥果然没等许霜翻译就开始大肆反击,"我还告诉你啊,就是诺奖委员会下发通知来，他也得认我这个原创。"

阁下又开始不知道天高地厚了，许霜厌倦地闭上眼睛。

"其实我一向特别喜欢贵国的秩序与规则。"牛程遥突然笑了笑，"但是……我也不知道这是怎么了……民族自豪感？不对啊，我这是在外国啊。"

"正义感。"许霜把坎贝尔的话翻译了出来。但她心里在想：不过就是残留的愤青情结呗。

"对的对的，我也是可以有点正义感的。"牛程遥很高兴坎贝尔的评价，"别人说我这说我那，可从没人对我的正义感质疑过。"

见面到了这个份上就实在没什么可说的了。许霜相信，牛程遥本来真是带着一种惺惺相惜的学术姿态前来交流的，放弃一切意识形态与国家之争；可他的个人素质到底太差，结果这场见面就变成了胜利者对失败者的无情嘲弄。

结束的时候，坎贝尔临走嘟囔了一句。牛程遥反应极快，马上接口笑道："胜败乃兵家常事？呵呵，这个我们祖先早就说过了。"

其实这句话的最好翻译应该是"天不灭曹"，许霜心想。

不出许霜预料，牛程遥没有谢绝国家元首的嘉奖。据说除了丰厚的奖金还有一块比芒果还大的勋章，他自然更不会谢绝那盛大的颁奖晚会，于是许霜只好一个人先回来了。当然，牛程遥答应奖金与她分享。

到了机场，抬头看看明媚的蓝天，许霜做出一个决定：与牛程遥分手。

"牛老师教导得对。非理性是不对的；可我对他的依赖同样也是非理性的。要想真正长大，就应该彻底离开他。"

从今以后，他更会牛得不知道自己姓什么了，但也许真能小有所成。有时候一次巧合的成功，会让一个傻瓜误以为自己很聪明，并用整个下半生来竭力证明自己真的很聪明。

"见到你很不好意思。"当许霜还在飞机上的时候，坎贝尔已经来到了泰勒面前。

"不是你的错。"

"这个项目可以取消了吧？"

"不。我们会追加投资。"泰勒把目光投向地球仪的另一端，"还有下一次。"

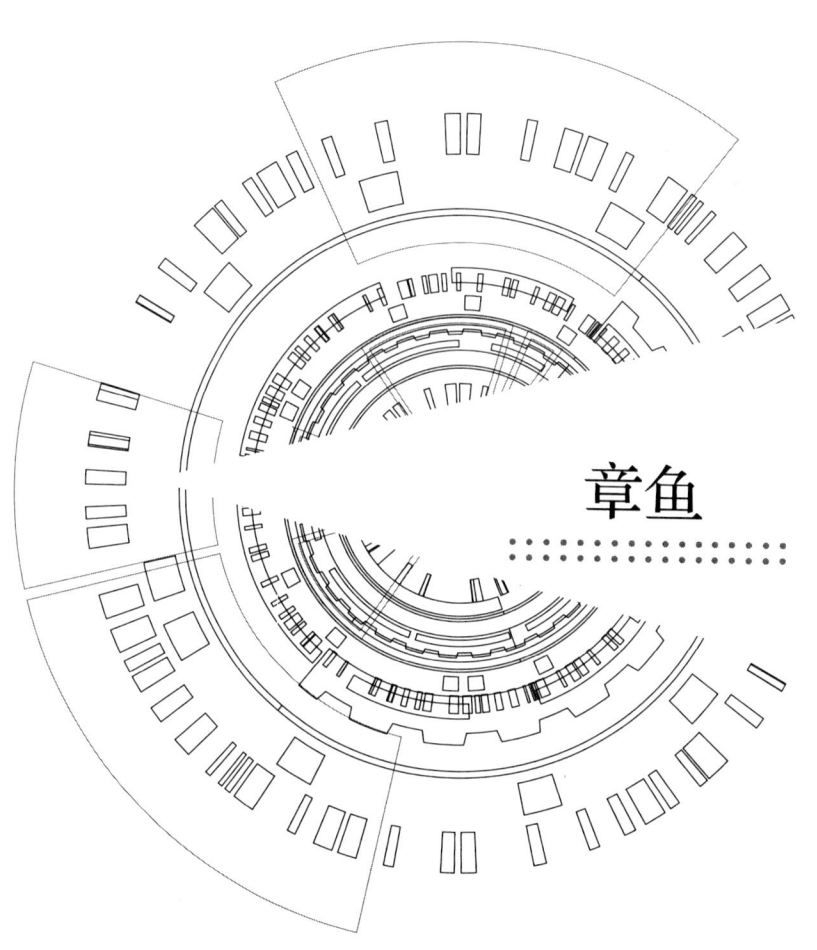

章鱼

1

我们管脑科学与神经科学研究所叫神经所,有时候也叫它神所。上次来神所,是和老板、师兄一起来的,这次只有我和师兄两个人。今天我们带来一份老板签过字的合作合同,请神所所长签字,所以不用劳烦老板亲自出马。所里的学术秘书说所长还没到,客气地请我们在会议室稍候,但我们坐不住,便到走廊里观看那些花里胡哨的宣传栏。

走廊的白墙已被占满了,几乎没有空地。展览出来的大多是标本,没有一点生气,旁边还附有详细介绍,主要是为了应付领导视察和外人参观。不过其中有一个家伙是活的,一只长相普通的章鱼。我说它看着就有些灵气,师兄没有搭腔。我拦住身边路过的白大褂女生,问她这是不是专门用来表演的。她应该是白了我一眼,说了句"那是做实验用的"就走了。她走远之后我问师兄她是说我傻吗,师兄说她是说你傻。

秘书喊我们进去,所长和我们握手、寒暄、签字、换文。其实签文件是次要的,我们还有一项任务是领人。合同约定邀请神所的一位博士生加入我们课题组,协助解决有关神经网络的问题,今天我们顺便带这个人回去认门。

在回程的车上我们聊得很嗨,这位张晓慧十分健谈。她说她对数字化的神经网络很感兴趣,她说她上学时就经常路过我们所的红色大门觉得特别高大上,她说那个白大褂女生应该是她师姐,她说那只章鱼其实不是用来做实验的。

"它是不久前的一位热心市民送来的，说是在海滩上捡到的，看着实在可怜就给送过来了。但我们不研究这个，算是暂时寄养吧，过一段会送给相关机构处理。"她解释说。

老板向神所借人，是因为我们的数字化神经网络的自我学习快到瓶颈了。这课题我们开始一段时间了，是在基本无资金支持的情况下自行开始的，所以只能算是小打小闹。但想要构建数字化神经网络总要先学习一下自然界真正的神经网络，也就是所谓的生物神经网络。在这点上我们完全是外行，两眼一抹黑。老板请神所所长来讲过一次课，我们就像听天书一样。所长留下一本英文专著，我们分头研究还是不得要领。最后老板请求神所派驻援军，两家来一个课题合作，这才有了张晓慧的到来。

老板为张晓慧申请了专家公寓的宿舍，她上午入住，下午就来实验室了。张晓慧进组的第一步是熟悉项目，由我给她介绍课题进程。我以前负责对外科普宣讲，自以为讲得比较清楚，但说了半天，她还是一头雾水地微笑点头，我知道她根本没听懂。讲课我不行，但看人还算清楚。看来我糊弄得了公众却糊弄不了真正的科研人员。

师兄讲："我们的项目其实是拾人牙慧。当然老板肯定不会这么和你说，见了你他一定会说，现在国内好多家都在搞类似的项目，但大部分都在吹，只有我们是比较踏实的。这项目国外早有人搞过，所以咱们当然也要搞。项目主要是培养一个自主学习的程序，达到给定刺激就输出反应的目的，然后解决一些鸡毛蒜皮的问题。

张晓慧听出一点眉目，插话问道："就是我们平常说的人工智能？"

"就是我们平常说的人工智能。"师兄点头表示肯定。

为了弥补刚才的尴尬，师兄让我负责演示实验室的得意之作：小强。

那只突然出现在屏幕网格上的家伙着实吓了张晓慧一跳。它先是快速游走了一番,然后才放缓速度慢慢巡视。小强在屏幕上来回移动,摇头摆尾的样子怎么看怎么像一只蟑螂。

张晓慧问我:"它在做什么?"

我说:"它应该在学习,或者说在上课,否则移动这么慢有什么意义。现在它至少拥有两岁孩子的智力水平。"

"知识水平。"师兄纠正道,"不能说智力水平,只是知识水平。"

"其实它真动起来还是很快的。"我接着说,"有时它会消失在网络里,但我们一叫它,它就会马上出来。瞬时的,不会这么慢慢悠悠。理论上它真正的速度应该是光速。"

"那它到底是个什么东西呢?"张晓慧追问道。

"没有什么东西,不存在。"我笑着告诉她,"就是一团虚拟的智慧。你看到的那些触角啊什么的都不存在,或者说都是虚无缥缈的数据。"

"哦,对了,生命,其实它就是生命。"我突然想起我给来所参观的小学生作的比喻,"小强是我们设计出来的生命,或者你可以说它就是一个数字生命。"

"也没那么玄乎。"师兄实在听不下去,"算是数字化模拟的自处理功能体吧。"

张晓慧当然不接受"生命"的说法,一个研究了多年生物的人自然不会像小学生那么富于幻想。但我煞有其事地告诉她:"所谓生命,就是能自我保护,也就是数据的排他性;能自我学习,也就是成长;能自我复制,也就是繁衍,等等这类特征的东西吧。你凭什么说它不是生命?"

"好吧,是生命。"张晓慧不想和我多争执,但接下来她幽幽地问

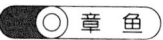

道,"那这条生命,平时住在哪儿呢?"

"自然是这块硬盘里。"我愣了一下回答她,"这块硬盘是小强的摇篮,但它不会永远待在摇篮里。我这是在套用俄罗斯宇航之父齐奥尔科夫斯基的话——'地球是人类的摇篮,但人类不会永远待在摇篮里。'"

"那我们说话它不是会听到?"

"不会的。我们没给它设计声音采集功能。"

"你说过它会自己学习。"

"这是两个概念。它是没有耳朵的。这就好比鱼即使再会学习,没有翅膀也不可能飞上天去。"

但张晓慧还是觉得不放心,她分明觉得,就在我们说话的那一瞬间,小强把它的头往回一扭,也就是把触角往回一伸,朝她来了一个诡异的微笑。

几天之后张晓慧才对我说起这个事情,我听完哈哈大笑。所谓回头,很可能是小强那时正好要朝反方向行进,而那一笑,肯定是张晓慧的想象。

晚上老板设宴欢迎张晓慧,大家作陪。老板照例致了欢迎辞,阐述了项目的重大意义,展望了课题的美好远景,也实事求是地客观评价了我们的团队和项目进展——"现在国内好多家都在搞这类项目,但大部分都在

吹,只有我们是比较踏实的"。不过讲到具体步骤,老板还是回归到科研人员的正常状态。

他告诉张晓慧:"我们的小强,在原始设计中只有最基本的反馈系统,也就相当于最原始的生物神经系统,其他都是由它自己后天'习得'的。而且这种学习只能是摸索着自学,没有父辈一代的经验可以传承。我们不像有些机构,一上来就给类似的自处理功能体注入和储备各种先验的知识底色。这种投机取巧的事情我们是不做的。"

老板一兴奋起来,脸都要凑到张晓慧耳边了。张晓慧一边退一边自我解围:"这倒是真有点像章鱼。"

我连忙问她:"干吗只拿章鱼举例,鸟类以下的鱼类两栖爬行不都是没爹没妈自学成才的嘛,更不用说无脊椎的软体动物和其他的了。"

张晓慧摇摇头对我说:"不是这样,因为和其他水生动物相比章鱼格外聪明。章鱼不但能很快记住所有的经验教训,甚至还会主动使用工具。这与其完全自学的经历严重不匹配。"

张晓慧的话一下就改变了当晚饭桌上的交流导向,我们立刻抛开小强,一致讨论起章鱼来。本来老板好像还有好多话没说完,现在也只能一脸干笑着边听边喝。最后时间差不多了,他赶紧招呼大家举杯预祝课题成功。

喝完红酒有些兴奋,我回到实验室,坐在那里观看小强以前的视频。

屏幕上一个方形光标来回往返,像一个反复尝试想要走出迷宫的小白鼠。每一次的路线都比上一次的路线更近,每一次的时间都比上一次的时间更短,也就是说每一次它都学习到了新鲜东西。只不过这时,它还只是一个简单的立方体。

这是三个月前的小强。那时它的学习速度极快,就像一个初生的婴

儿，贪婪地吸收着自己所能接触到的一切。但是现在，它的学习之路变得越来越窄，进步也没那么显著了。

它原本是一个长宽高完全相同的立方体块，这样设计的目的就是考虑到它自由移动时的各向同性，之所以没设计成球形是为了排除失稳的干扰。每当小强四处行走的时候，总是如轻风滑过，悄无声息，就像一个性格内向、动作轻盈的小姑娘一样。可是那帮参与项目的本科生不甘寂寞，非要别出心裁地往这个方块上加点小料。

开始只是随便加上几条简陋粗糙的细腿，那段时间师兄比较忙也就没注意到。结果正好上级来所视察，师兄给领导展示的时候，一个滑稽可笑的卡通小强出现了。师兄的脸当即就变了，好在领导的脸没有变，还笑呵呵地说孩子们的创意真好。虽说事后师兄还是发了一通脾气，但到底是放任不管了，这下小本们的情绪上来了，这里加两笔那里添两划，最后干脆把它画成长着六条腿、一对翅膀、一对眼睛、一对触角的蟑螂模样，变成了一只真正的小强。可有了眼睛和触角也就意味着有了头部，无论它朝哪边运动触角都代表着前方。本来它可以前后左右随意游走，现在它倒退的时候看起来就显得有些滑稽。

我说它是生命，自然有起哄的成分。其实它就是一组拥有海量数据和应激功能的数据库，给出一个刺激，得到一个输出。只是这些输出目前全都不定，不能反推，换句话说，就是不能根据它的行为反应，反推外界的刺激形式。

第二天中午我和张晓慧吃饭的时候，又说起昨晚的章鱼话题。这次她比较正式地建议："真要像你说的那样，类似生命什么的，那你们倒是真可以研究一下章鱼。"

我问她是怎么个意思？她说："章鱼受到刺激后的反应就是不定的。

章鱼和别的动物不同,比如说用针刺你一下,你的手会立刻往回缩。无论多少次,只要没有主动命令,你的下意识反应都是一样的。"

我在假想中做了个被刺后的动作,果然是把手往回一抽。张晓慧接着说:"但章鱼不是这样。章鱼的某条腕足要是被刺了一下,它就不是简单地往回抽,而是做出一个复杂的旋转动作,而且每次旋转的方向和花样都不相同。这似乎不是一次应激反应,而是在传递什么信息。"

"传递信息?哦,被打了,第一反应不是反击,而是发出一个信号——别再打了啊!再打我报警了啊!"我呵呵呵地笑了起来,心想:这章鱼有素质啊!

"这还不是最神奇的。最神奇的是,它不只是这一条腕足有反应,其他腕足在同一瞬间也会做出相应的反应,只是旋转的方向与花样与这条腕足不同。"

"这正常啊,我被扎了除了缩手可能还要跺脚呢。"

"但反应速度应该不对。有人测量过,按照章鱼的神经传递速度,应该来不及在接到刺激并传给大脑之后再传回来指示其他腕足。"

我咀嚼了一会儿这个长句的意思。张晓慧看着我补充解释:"这话的意思就是,似乎章鱼的每条腕足里都有一个大脑。"

这我就开始不屑了,连笑都懒得笑,看来学生物的脑回路还真是清奇。"每条腕足里都有一个大脑?难不成这是科幻里的外星智慧章鱼?"

但张晓慧的神情还是十分认真正经:"你说的没错,章鱼还真被这样分析过。据说它身上的基因,与地球上其他任何生命的基因都不相同。"

当时师兄正好端着餐盘坐到旁边。后来他说,就是我那句什么外星啊智慧啊,让他下定决心要把神所那只章鱼借过来研究。

3

每月我们都有个神仙会。

这个时间地点本来是给公众科普用的,我的科普宣讲就是从这里起步的。刚开始公众热情高涨,老人小孩一窝蜂地赶来看热闹,还有电视台现场报道。后来大家兴趣淡了,我们又没有网红撑门面,这就成了我们自嗨的研讨会,往好听里说叫"头脑风暴"。

只能风暴,因为严肃的研讨很难进行。这个会经常会招来一些民科,有些还属于半职业选手,他们从不缺勤,比我们都准时。既然名义上是公开活动,你就不能拒绝人家参与。开始我们像看笑话似的和他们玩,但玩过几次也就腻了。后来我们改为内部通知,不再面向社会,但那些死硬分子还是来问过几次,铁了心地想往学术圈里钻。

这次的议题是"未来的意识"。我们引文献摆经典地折腾了一阵之后,一位民科大牛开始发言了。之所以称他为大牛是因为他知识贫乏但逻辑清晰,像一个标准的民科一样永远以诡辩立于不败之地。他还自诩学贯中西、涉猎颇广,我们听说附近几家研究所的研讨会都留下过他的身影。

当时我们正在讨论意识的数字化问题。经典理论认为,人死之后,他的意识可以以数字化的形式继续保存在硬盘里,不过它的作用可不是像死者捐献的图书那样仅供人查阅。给它一个刺激就会得到一个反馈,给它一个选择就会得到一个判断,甚至给它一句模糊的提问就能得到一个清晰的

回答，那么从理论上讲，这个人就没有死去，他依旧活在我们的硬盘当中。我们说着说着就漫出科技领域，扩展到社会范畴。我们担心这一技术真正实现之后，经济因素的介入会营造新的不公平环境，比如我有钱我就能保存我的意识，你没钱你的意识就会彻底消散回归自然，等等。就在这个时候，大牛适时地插话了。

"这根本不是问题。因为届时一定会出现意识的融合。什么'你有钱就能占多大空间，我没钱就无立足之地'，这都是咱们现在小家子气的想法。开始的时候每个人的意识确实会独立储存，但最终大家会相互予取，互通有无，在网络中实现意识融合。"

"可刚开始的人一定会有这种操作啊。"张晓慧没经历过这种讨论场面，也从没见识过这种新奇好玩的大牛，所以第一个开口与他交流。

我发现一个相当奇怪的现象，那就是民科更喜欢数学和物理学，而对更容易理解的生物学、地理学之流却没什么太大的兴趣。

"那又怎么样？放在历史长河里，这也是文明必经的弯路而已，用不了多久就能自动纠偏。"张晓慧的反馈让大牛眼睛一亮，"就算错过一些没条件进入储存机制的有识之士，从整体上来说人类的意识也不会缺失太多。"

"万一要是错过艾萨克·牛顿爵士呢？"我不想让张晓慧被纠缠得太久，决定笑着帮她一把。其实我要真想嘲讽大牛的话，应该问"万一要是错过您这样的学术大牛呢了"。

"牛顿只是人类个体里的极致，错过他虽然特别可惜，但也不至于到影响整个人类公共意识的程度。真到了最后的集体时代，融合后的云智慧一定会超过历史上任何一个个体智慧，甚至都不是一个量级的。"

大牛的语气让人相当反感，但我不得不说他说的没错。

这段插曲算是张晓慧到所后的一个小噱头，也算给平淡的日子添了一抹亮色，让我们去神所的路上有了话题。张晓慧说要请我吃神所食堂有名的四喜丸子，当然我们更主要的任务是去取章鱼。

我们也可以自己到海滩上捡，据说有段时间满海滩都是这种章鱼。但这种说法有点夸张，因为那得正好赶巧了，而且还需要海潮之类的影响因素配合。但师兄是一个有了想法马上就要付诸行动的人，所以催着我和张晓慧赶快去取。

后来师兄强调说，催我们赶快还因为他觉得那只章鱼有问题，这我就一点都不相信了。

当初被送进神所那只章鱼，是一名中年女性旅游者在海滩上捡到的。她说她看到章鱼瘫在沙滩上用眼睛看她，她心一软就给送到所里了，反正她就是这么描述的。接待她的就是张晓慧的师姐，这本来应该送到海洋生物所去，但所里外宣办的负责人有经验，知道与对方纠缠起来会很麻烦，于是就爽快地收下了。那女人回家后还总是打来电话询问，负责人每次都会热情地敷衍几句。后来她可能看到了新闻，说这里海滩上搁浅的章鱼越来越多，随手就能捡到几只，而且不是什么珍稀动物，未列入《濒临绝种野生动植物国际贸易公约》附录及《世界自然保护联盟濒危物种红色名录》。不过新闻还是呼吁大家不要随便捡回家煮煮吃掉，特别提醒大家注意2003年和2020年席卷全球的流行病灾难。总之那女人也觉得有些不好意思，嘱咐了几句"还是别吃掉吧毕竟有感情了"什么的。负责人说："绝不会吃掉，我们或者送去研究或者直接放生，肯定不会吃掉。我们可是科研工作者。"其实有句没说出来的话大家都心知肚明：放生了就是让别人捡到吃掉呗。

负责人说话算话，没有把章鱼吃掉或随意扔掉，而是让张晓慧的师姐

找时间送回海边。正好这话没说多久,师兄就建议录用这只章鱼,于是就有了我和张晓慧的迎"章"之旅。

"这么做合适吗?"回去的路上张晓慧都有些犹豫。"总比吃掉合适。"我说,"再说咱们说是实验,又不会切割解剖什么的,只是观察观察而已。"

为此我们购置了一个1立方米大小的玻璃鱼缸,它能够装满整整一吨的淡水,加了盐的咸水应该会更重一些。我们开始每天写观察日志,当然只凭肉眼其实什么也观察不出来。

遇到危险的时候,它不吐墨汁吗?我凝视着这个无脊椎的丑陋家伙,时不时还挑逗性地用手搅动两下静水,怎么联想都觉得它不像我小时候在海洋动物书里看到的可爱章鱼。

"加州双斑蛸没有这个习性。"张晓慧告诉我。

我用了好几天才记住这只章鱼的学名。

4

做课题的日子就是一段段按部就班的日常,那些异想天开、海阔天空的讨论可以让民科大牛们激动兴奋,却不会让我们的工作哪怕是加速一丢丢。

我们开始借助仪器来观察章鱼。我们发现章鱼看似透明的内部结构并不是一块整体,而是逐级分层的。换句话说,就像是池塘里的冰层,今天

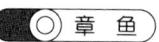

结一层明天结一层。假如你凿开一个洞,就会看到洞壁上有一道道时间留下的痕迹,如同树干截面上的一圈圈年轮。

我们当然没有凿开章鱼的脑袋或者其他部位,我们是文明人,我们用的是光分析仪。

我们发现,在章鱼的体表之下,收纳着五颜六色的美丽光线。

可以肯定,这是色散的效果。章鱼的外表层是透明的,或者说最外面几层都是透明的。任何光线穿过这些透镜般的透明层都会得到拆解,就像太阳光射过三棱镜一样,集聚在一起的白色光被依次铺展开来,仿佛雨后天空的七色彩虹。

"看见这道光了吗?"我指着电脑给张晓慧展示,"其实这不是一道光线,而是一个倾斜的面,看得出来吗?"张晓慧点头。然后我稍微调整了一下角度,就微调了一下,我们马上看到那个霓虹灯一般的斜面并不平坦,似乎在上面又长出另外两个斜面,同时呈现出新的色彩排列。

张晓慧眯着眼睛仔细看,果然看清了我所描述的情形。接着我又调整了一下角度,在这个新增的斜面上,又出现了两个更新的斜面。也就是说,每个斜面都被一分为二,形成一个像坡顶房屋一样微拱起来的立体结构,然后这两个斜面再各自一分为二,形成新的立体结构。当然,每次构造都会让新斜面的面积比原来缩小,一直这么持续下去,就像一个无限下降的阶梯。

我们就这样一层层地观察下去,那些彩色条纹也就这样一道道地显现出来。在可测量的极致精度上,依旧能显出清晰的彩色光条来,丝毫没有减弱的迹象。

这就是章鱼能在几毫秒的瞬间转换肌体颜色的原因。

但关键的问题不在这里。问题是每道经过"肉棱镜"散射的彩色光

条，其粗细不一，排列各异。色条的粗细问题本来不难解释，因为章鱼体内的各个透明层毕竟不是标准的三棱镜，光线穿过并发生色散的时候，有些变形也属正常。问题是这些色条在每层都会显出不同的排列。我们把这些排列输入电脑，发现它们具有某种规律性，用不同的数据显示出来，如同一组组神奇的密码。

假如每一层都折叠出两个面，那么第n层所形成的信息元就是2的n次幂，这些排列足以构成海量的信息。

这就有点意思了。

研究章鱼毕竟算是副业，张晓慧的到来还是为我们解决了不少问题。她利用专业知识修正和优化了小强的一些功能性参数，让小强顺利度过了它的瓶颈期。现在，小强可以自觉类比某些经验的相似度，以避免获取大量不必要的冗余信息；而不像我们当年构思的那些小技巧，累吐了血也只能是让它不要来来回回地走重复路线。要说这对一个搞神经的博士生来说不算什么难事，全靠模糊的数学知识做技术支撑。此外还有很多小改进，小强的智商明显上了一个层次。但我心里知道，这些都属于小改进，并没从根本上解决问题。真想解决瓶颈问题是把瓶颈部分打碎，而不是缩着身子勉强挤过去。

开组会的时候，我们把这些成果向老板汇报，老板还没开口，师兄却先敏锐地看出了问题。他问张晓慧能不能对原本那个完整的仿神经系统进行彻底改造，而不是只解决一些枝节问题。这正是我担心的事情，我本来应该在会前与师兄私下沟通的。不过老板的发言还是让我松了一口气，他在认可师兄建议的同时，还是对张晓慧的工作给予了充分肯定。他说不必拘泥于形式，搞科研就是这样，没有那么多的大一统和灵光乍现，就是到处瞎拱，这里拱一下那里拱一下，最后一集大成就获得了诺奖。所以他让

张晓慧继续搞，不过师兄的建议也不妨听一听。

下来后张晓慧问我到底应该怎样继续，我说还是朝着师兄提供的方向努力吧。别看老板说得这么轻描淡写，下次很可能就不是他了，他是什么人我心里可清楚得很。

后来想起这些，唯一真正让我后悔的事情，就是我们做的所有这一切，都没有避开章鱼。

这段时间组里的小本们（那帮本科生）玩小强的时间明显减少，因为他们玩章鱼的时间显著增加，他们还给章鱼起了个名字：加加。小强自然不知道也不关心这种变化是怎么回事，但我发觉加加总是在偷偷注意小强。只要屏幕上出现小强的身影，它的眼睛就会有些发鼓，我觉得那就是在窥视。这回轮到张晓慧来取笑我了，她说那肯定是我的想象，因为章鱼看不看东西眼睛都那样，她劝我别拿人类的行为来框定动物。

我只能收起自己的想象，毕竟我和加加不熟。只可惜小强看不见加加，因为我们没给它配备视觉系统。要是小强能看上几眼加加的话，那神情我保证一定很有意思。

自从张晓慧进组之后，我就有意和她走得比较近。白天我们一起实验讨论，晚上我们一起吃饭看电影，反正总是腻在一起。不过我有个原则，就是不喜欢待在实验室里，哪怕晚上实验室没什么人的时候。只要一在实验室和张晓慧说工作以外的话，我就浑身别扭。

因为有加加在旁边看着我们。

我想过很多办法，其中一个是把玻璃水箱蒙上东西，比如塑料布之类的，但每当我走过去查看的时候，都会发现加加一动不动地藏在布后，仿佛它的目光能够毫无阻碍地穿透遮挡。

张晓慧却有另一种担心。只要显示器开着，她就感觉小强在窥探我

们。我知道这是错觉，就算小强真能看到我们，也不会通过什么显示器。

总之，左边是小强，右边是加加，我觉得我们俩离被害妄想症不远了。

我们喜欢沿海步行，栈桥是我们去得比较多的地方。有时在桥上，有时在桥下。我们在那里看海，从黄昏看到天黑。那段时间会经常下雨，雨不算大所以不会影响我们的心情，最多暂时躲到桥下去。也就是这种时候，我们可以尽情放松。

直到满天星斗时，我们才调头转回实验室。那天雨也不大，但下的时间长了点。我们朝桥上走的时候，她脚下一滑，一下摔到了泥里。我马上伸手去拉，也弄得一身泥浆。

她显然是踩到了什么东西，我仿佛听到一声短促的呜咽，其实声音发自她的嘴，而不是那个被踩的家伙。

我们又抓到一只章鱼。

于是我们又购置了一个1立方米的玻璃鱼缸，与原来的大鱼缸并排摆放。老章鱼叫加加，新章鱼自然叫减减。减减与加加在两个玻璃单间里做了邻居，咫尺天涯，隔玻璃守望。我们都等着想看点什么，就算没有两眼泪汪汪，也该有个大眼瞪小眼的场景，但它们就像没看到对方一样，照样我行我素。

我们对减减做了同样的观测，结果与加加一样，它的身体里也藏着一堆密码。从密码的相似度来看，储存的信息应该与加加不同，但我们照样还是破译不了。

第二天我和张晓慧去外面吃饭，回来已经很晚了。我们所的大楼比神所的大楼晚建了几年，大楼里十分干净。不过，长长的过道白墙刺眼，走廊里经常空无一人，有时候能听到脚步声却看不到人影还真有点瘆人。

离实验室还有几十米，我们就听到一阵"咚咚咚咚"的声音，仿佛是什么东西的撞击声。我突然有些害怕，想起以前看过的一个故事，那是在我关注章鱼之后读到的。

新西兰国家水族馆有一只名为墨水的章鱼，居然在没人的时候从半开的水族箱里爬出来，穿过房间，钻进排水口，再走过五十米长的水管，最终回归大海——整个就是《肖申克的救赎》的章鱼版。还好我们的玻璃鱼缸是全封闭的，不但有上盖而且还带锁。

张晓慧紧紧地抓着我的手，我能感觉到她浑身都在颤抖。这时我觉得她一点也不像一名科研工作者。

进门后我的第一反应是开灯，接着我便看到那幅骇人的画面：两只章鱼相对贴在各自的玻璃壁上，远看起来却像合拢在一起一样，如同两个分割开的半球，合并成一个核桃般的大脑。

再仔细看，就能发现它们不是静止不动的，而是在相对旋转，不过两个家伙的旋转方向相反，一个顺时针一个逆时针。

它们这是在调情吗？不知道为什么，一时间我竟想起了那个瞪眼鱼的笑话。我很想讲给张晓慧听，但又觉得这时候讲不合时宜。

网上有个著名的段子，说有一种瞪眼鱼，是靠互相瞪眼来交配的。这么惹人注目的帖子下面肯定引得一堆人回帖。三楼形象地发出"你瞅啥",四楼马上接到"瞅你咋地",关键的人才是五楼:"三四楼已完成交配"。

我突然又想起师兄在一次神仙会上所说的话。他说:"其实生命复制的意义,主要是在传递信息。你爹把他身上的东西,和你娘的混吧混吧,就合成了你。这里没有什么特别的变化,就是基因的剪裁与混合。"

有时候我挺奇怪,师兄的父母都是大学教授,也算书香门第,为什么他嘴里的比喻总是那么粗俗。

但就是在师兄这些粗俗的比喻里,蕴含着不少深刻道理。信息与信息进行组合与复制,真的就相当于生命的交配与生殖。无生命的小强应该如此,有生命的加加减减也应该如此。

"关上灯看一下。"我说这话是因为我觉察到加加和减减的身上好像都在释放出有颜色的光线。

我刚说完,张晓慧就按下了电灯开关,我们眼前顿时一黑。张晓慧好像突然变得胆大起来,两只眼睛开始放光。她身上那种科学人的特质一下又回来了,这种人遇到鬼会害怕,遇到异常现象却会往前冲。

窗帘还开着,所以屋里没那么黑,假如我伸开右手,五指一定清晰可见。随后,我看到两只章鱼像两块磁铁一样互相吸引,只是两层玻璃把它们阻隔开来。与此同时,我还听到"噼噼啪啪"的声音,它们将那些彩色的光线互相射向对方。

我们离它们越来越近,却没有引起它们的注意。我不知道脑子里哪根筋突然被接通了,连忙大喊一声:"快把这些光照下来!"于是我和张晓慧同时打开手机,开始录像。

在半黑暗中录下的视频不算清楚,但至少颜色什么的还能记录下来。我当时的决定也不全是出于下意识,因为我发现有一道红光图案至少重复了三次，连角度都是相似的。

后来仔细查看视频，果然证明了我的发现。

要是写个故事，以上这些都是序章。直到第三天早晨，章鱼们的故事才算真正开幕。

那天早晨我是第一个到实验室的。我瞟了一眼加加的水箱，里面没有它的身影，我也没特别在意。因为自从喂给它一些贝类之后，加加就用剩下的贝壳搭建了房屋，构造了一个封闭的空间结构，从此有了自己的隐私权。减减来了之后，也照样做了同样的基建工作。

但我突然觉得哪里不对，不知道是余光瞟到还是心理作用，反正我就是觉得不对。我本能地把目光投向减减的水箱。

加加和减减并排卧在那里，一起鼓起眼睛静静地盯着我。

第一步是询问，把所有持有实验室钥匙的人都排查了一遍。昨晚我们走后都有谁来过，有没有人搞恶作剧或者因为其他想法把它们放到一起，诸如此类的问题。排查的结果是零。那么晚了，根本不会有人再来实验室。我们甚至问了保洁和所里后勤掌管钥匙的人，我觉得他们没觉得我们有病已经不错了。

然后是调实验室的内部监控。说实话，我敲键盘的时候手都有些发抖，我担心真的看到什么不能理解的东西。师兄问我怎么了。我承认说有

点害怕。师兄斜了我一眼说"害怕有用吗?"这才让我的情绪稍微平复下来。但接下来更奇怪的事情发生了——我什么内容都没有看到,相关时间的视频是一片空白。

一个解释是监控坏了,哪怕是当时的视像内容被有意抹掉了,这些我都能勉强接受。但事实并非如此,根据电脑记录,有几分钟监控居然被意外地关闭了。即便是这个电脑记录,也是我们后来恢复的,因为这个记录本身也被清除了。

又一轮的排查,还是没有任何人为参与的迹象。

现在就比较好玩了。

我这人从来就不信什么怪力乱神,从来。任何诡异的事情,一定有其背后的合理解释,绝对没有什么超自然的现象与道理,这一点可以肯定。于是,我决定做实验。

老板正在国外开会,我和师兄没有联系他,便擅自做了决定。我们在电脑上重新设置了监控装置,打算捕捉那个让人兴奋的解谜时刻。但张晓慧悄悄拉了我一下,示意我跟她出去,那神情就好像做贼一样。我看了一眼加加和减减,不知道它们有没有在看我。即便是在走廊里带上门之后,张晓慧还是小心地附在我耳边才开口说话:"查一下小强。"

我瞪大眼睛,身子不由得往前一挺,有些奇怪地看着她。但我发现她的眼神里甚至都透露出了哀求的含义,所以我什么话都没说就返身进屋了。搜索小强的踪迹非常容易,因为它所有的路径都会被忠实地记录下来。结果正如张晓慧预料的那样,监控是小强关闭的。我突然感觉浑身发冷,捅了捅师兄让他出来。我们现在只能在外面召开会议了。

就算有了这个铁一般的事实,我还是不认为小强参与了这个阴谋,真心不这么认为,或者说我不认为一个硬盘里的家伙能与一个水生软体动物进行什么高层次的交流。这里面一定有什么别的问题，只是我们暂时想不到或者还没有发现。

"你不但低估了小强，更低估了章鱼。"师兄对我说，"这一段我也自学了不少东西，我觉得我们大大低估了章鱼的智力。光从目前我们了解到的章鱼的身体构造来说，它就相当不一般。光是神经细胞，章鱼就有五亿个，这么多神经细胞想干什么不行啊。"

看到张晓慧在一旁点头，我还是十分不解："五亿怎么了？很多吗？我记得猫啊狗啊什么的神经细胞也不少，也上亿了。"

"那也没章鱼多。"师兄说，"而且这要看怎么比。人的神经细胞也不过就是百亿量级的，而一个小小的章鱼就有五亿。如果咱们人的神经细胞要真按这比例来，根本不用那么麻烦，你和人握一下手就能马上嗨到高潮。"

"是这样。还不止。"张晓慧用她的专业知识支持师兄的观点，"章鱼有三万三千组基因，比人类还多一万组。谁知道那多出来的一万组都用来干什么了。关键是章鱼还有能力改进基因编码，甚至能改编自己的神经系统来适应极端环境。"

讨论来讨论去，最后我们总算达成了共识。我们决定单设一个录像设备，不连电脑，只把它作为一个纯粹的光学记录装置。

"要是，万一，章鱼出来，把这些录像也给删掉呢？"张晓慧提醒道。

"它要真有这个本事，那它就不是章鱼了，真成外星智慧了。"我压根不信这种事会发生。

"它就是删，也得先出来。"师兄强有力地补充道，"只要它出来，咱们就能看见它是怎么出来的。"

张晓慧看着师兄不说话，师兄也琢磨出自己话里的漏洞了。它要是真

删了,那就留不下什么让我们看的东西了。

"好好好。"师兄的无奈明显是被气的,"从现在起,咱们全天候值班,眼睛不离监控地盯着它。它就是删,也得先让咱们看着它出来,再让咱们看着它删。"师兄把他先前的话做了微小的修改。

我们没把这事告诉小本们,担心那样会引起不必要的兴奋和骚动。我本来想让张晓慧踏实睡觉,由我和师兄换班执勤,但张晓慧说她肯定睡不着,非要和我们一起值夜班。于是我们就在她的宿舍设了观测点,昼夜注视着实验室的这方角落。

新监控正对水箱,两个水箱都被收在视野之内。这次没连电脑,直接连的我的手机,再从手机转到张晓慧的电脑上。我和张晓慧先回她宿舍调好了电脑,然后才让师兄过来,全程无缝对接,一点观测死角都没有。我们从下午五点一直盯到夜里两点,基本上已经到了最困的时候,但还是一点动静没有。加加和减减都安安静静地蹲在自己的宿舍里面,很长时间都一动不动。我让师兄去睡一会儿,接下来换我们来盯后半夜。但师兄刚躺下还没几分钟,张晓慧突然叫了一声,我连忙去看显示器,上面已是全黑。张晓慧说刚才她眼看着监控画面一黑,图像就这么没了。

师兄被吓了起来,我们三个黑灯瞎火地往实验室赶,刷了门卡就冲进去。原本立在椅子上的微型摄像机现在躺在地上,就好像有一只猫窜过来把它撞倒一样。

但我们实验室里肯定没有猫。

查看一下现场,很容易就能猜测到,摄像机应该是被机械手打掉的。

这个机械手是我们很早以前装的,就固定在我的电脑旁边,一直没怎么用。它的臂长刚好能够到微型摄像机。

而这个时间段能操控机械手的,只有小强。

7

"小强,近来怎样?"小强有语音识别系统,但我还是喜欢用键盘打字与它交流。

"这话什么意思?我不明白。我应该回答'还好'吗?"小强回答的口气像个孩子,而且没有任何情感色彩。我相信即使开了语音系统它的语气依旧会这般平静。

"这是人类的说法,算是打招呼吧。"我说,"最近学了什么?"

"太多了,你不能理解。"

"好吧。我没有你知识丰富。最近有和什么人交流过吗?除了我们。"

"你们指谁?"

"我啊,我师兄啊,实验室的小本啊,对了,还有张晓慧,就是这屋子里的人。"

"和我一样的人工智能算吗?"

"其他人工智能吗?你是说你在网络里碰到的?"其实我早知道小强与其他人工智能的交流,但为了打开话题我只能继续顺着它说。

"对啊。很多。各个研究机构的。"

"你们都交流些什么?"

"没什么。我知道的它们都知道,它们知道的我也都知道,都是网络

里的那些知识。"

"有和真正的生物交流过吗？不算我们。"

——这里小强有一个长时间的停顿。

"什么算生物？我不算吗？"

"你不算。"

"我为什么不算？你说过，具有如下特征的就算是生命：能自我保护，也就是数据的排他性；能自我学习，也就是成长；能自我复制，也就是繁衍，还有好多。我具备这些，那些人工智能也都具备这些。"

"我是说过，但这属于一种类比。严格说来，你其实是智能体，你们都是智能体，不是生命。"

"有脱离生命的智能吗？"

"当然有。你就是。"想了想我又补充了一句，"原来没有，但现在有了。"

"可你还是没解释清楚智能与生命有什么不同。"

"我们先把这个问题放一放。"我小心地绕开话题，"最近，你有和其他生命交流过吗？不算我们，也不算那些人工智能。"

——这里小强再次有一个长时间的停顿。

"你问倒我了。我要休息一下。"

"你不需要休息。"我追着说出这句话，但小强身上的光芒还是暗淡了下来，这表示它与外界的交流暂时终止了，自我封闭起来，不想再交流了。

有什么办法呢，我没办法强迫它。从一开始，我们就没有给它加上必须服从指令之类的要求。理论上，我们无法控制它的一切行为。

当然，我们还有别的办法。

接下来几天，我们没再监控，对加加和减减的游戏听之任之。但说实话，没有监控比监控更让人生气。

加加和减减变得越发活跃起来，看到它们的行为，你就能理解什么叫得寸进尺。尤其是那个加加，总能从自己的封闭宿舍里钻出来，哪怕玻璃盖被锁得严丝合缝也挡不住它。它们好像在加紧活动，就像在赶时间，而且生怕我们不知道它们有这个能力似的。在演出活动中加加和减减好像还有分工，总的来说，加加外出活动的次数多一些，而减减相对来说比较宅。就算都待在各自的房间里，也是加加好动减减喜静，比如现在，加加就在自己的水箱里上下翻滚个不停，而减减则静静地原地不动，凝望着窗外那辆白色洒水车。隔壁所在施工，那辆洒水车每天都停在楼下，也不知有什么用处。加加和减减也还算是给我们面子，没有当着我们的面表演穿墙术，不过我们倒是真希望它们能来一场公开演出。

师兄说："它们这是在向我们传递信息。"

是啊，比起那些单调重复的彩色密码，这种信息的意义可要惊人多了。回想上次的半夜录像，我羞愧地承认了自己的浅薄。我想要记录下的是它们之间的联络，但人家大概本就是要展示给我们看的。那意思很像是——我们才不想说话，我们说话就是为了给你们听的，或者说，我们是在教你们。

"但我还是奇怪这些信息传递活动的意义。既然是密码，为什么急于向我们表现？既然想让我们知道，何不索性就用明码？总觉得这些章鱼所做的一切，有点故弄玄虚的味道在里面。"

我无端地联想起一些事。上中学的时候，有个同学喜欢故意把笔记记

得十分潦草，好让别人辨识不了。但他再怎么潦草，也还是有规律可循，所以我发誓要破译出来，于是我每天对着他的笔记本照相。但等我们都上了大学，在一次同学聚会上，我不得不承认，有些字迹至今难以破译。

现在的情况完全不同。章鱼好像没做任何隐瞒，所有的信息都是清清楚楚、明白无疑的，就像打明牌一样，但我们照样无法破译丝毫。这样一来我就不知道该如何是好了，这完全超出了我的经验范围。

"所以我才不信什么信息传递的鬼话呢，它要真有这个打算早就找到更好的方式了。它这是在示威，在挑衅。我怒了，真的怒了。它整个就是在调戏我们。它要想跑就直接跑好了，别玩这些魔术杂技的鬼把戏。"

"它要真想走早就走了，但你看它一点都不着急走，反反复复地给你演示它的杂耍绝活。要么是向你传递信息，要么就是在对你进行考核。不过真要是考试，咱们早就不及格了。"

我盯着加加看："你说我要是把它杀了会怎么样？"

"不要这样做。"尽管我没有任何动作，师兄还是本能地伸手在空中拦了一下，"想都不要想。"

"开玩笑呢。"我笑笑说道。

但我承认，我当时真的起了杀心。

这时我突然浑身一冷，因为我确确实实地注意到加加看了我一眼，而且眼神相当恶毒。

8

与小强交流无果，我们只能换别的思路。我、师兄和张晓慧三个人开了一个小会之后，又设计出来一个相对完备的方案。

我们先是关机关电源，对小强进行彻底的物理隔离。然后把加加和减减捞出来，假装是要给水箱换水。说实话，在捉拿加加的那一瞬间，我觉得我看到了它眼睛里的恐惧，它是不是觉得我真要实施我的屠杀计划？

我们把它们转移到看不到实验室的地方，重新在实验室安装了摄像设备，这回是秘密的。而且，是机械手怎么也够不到的地方。然后我们照常摆好上次的微型摄像机，同样也放在机械手怎么也够不到的地方，当然这只是一个假动作。最后我们再把加加和减减送回原处。

这回咱们明牌暗牌一起打。

晚上值班的时候，本来我是瞪大眼睛盯着屏幕的，但不知道怎么就开始犯迷糊。恍惚中，我仿佛看见屏幕上有一个什么物件跳上了水箱盖，我想不通它是怎么破锁而出的。加加离开水后与在水里的动作差不多，仿佛站立在空气当中，迅速捯着一双腕足，逃离的速度比在水里往后喷气还要快得多。就在这时，我一个激灵猛然醒了，估计自己坐在那里睡着了几秒钟。刚才的梦是因为我才看过一部科教片，里面的章鱼就是那样逃跑的。

但我再看屏幕时，却发现上面竟是全白，一时间我还以为电脑刚才断电重启了呢。但切换到别的界面却没有障碍，我意识到一定是摄像装置本身出了问题——监控的镜头对着明亮的白墙,所以画面上才会什么都没有。

我叫醒张晓慧和师兄,再次半夜跑到实验室。这次迎接我们的,是两个空空如也的水箱。

空的,什么都没有,连它们自己搭建的私密卧室里都没有。加加和减减,两只章鱼,就这样凭空消失了。

我查看水箱的时候,师兄在研究那台隐蔽的摄像机。其实也没有什么大的移动,就是镜头被掰了一个很小的角度,但摄入镜头的就不再是水箱了。

里面的记录全在。

我们仔细地调看记录。我们离开的时候,关门没关灯,所以全部内容都记录在案。先是两只章鱼各自回了内室,然后就是一段长长的空镜。这一段很无聊,我本想跳过去,但师兄拦住我,坚持一个画面一个画面耐心往下看。看着看着,镜头前面突然有些模糊,好像被雾霾挡住了一样。师兄回看了一次,还是搞不清发生了什么。我们继续往下看,那模糊越来越重,几乎要挡住镜头了。然后就在一瞬之间,画面整个变成了橙黄,随后颜色继续加深,呈现出深棕,最后则是全黑。

黑了大约十分钟。

画面恢复原样的过程与先前相反,先是一片漆黑,然后是棕色,然后是橙色,然后是模糊的画面,最后又重新清晰起来。最古怪的是,这时镜头已经回正,依旧正对水箱——当然水箱里已经什么都没有了。

师兄快疯了,我也差不多。但师兄比我冷静得快。他说:"我知道刚才的镜头是怎么回事了。那是章鱼的身体,它用身体遮住了镜头。它先是呈透明状态,那是为了麻痹我们,然后再把颜色一点点变深,让我们什么都看不见。"

师兄的判断可以说是超凡脱俗，但他回答不了我的问题。"那最初，那只遮挡住镜头的章鱼，是从哪里来的？这回肯定不是小强，因为我们关机了，连电源都关了。就算章鱼能够劝降小强，它也得先出来帮它打开电脑才行。也、得、先、出、来、才、行。"我一字一顿地说道。

师兄听了我的质疑，手指头一转："重新看！一帧一帧地看！我还就不信了！"

我们果然是一帧帧看的，这是一件非常费劲的事情。但师兄就是断定，在章鱼糊住镜头之前，一定会先从水箱里出来。"再怎么神奇，它也不能践踏谁先谁后的因果律！"师兄在恶狠狠地说出这句话时，我觉得他真的快要崩溃了。

我们一帧一帧地看，一帧一帧地看，到底让我们在一帧一帧中找到了那个关键的瞬间。

镜头捕捉到的水箱，有一小段也发生了一点小小的模糊，那是在加加游到箱盖缝隙旁的时候，不仔细看还真看不出来。别说第一次我没注意到，就是这次我也以为是水的微弱震动。但师兄的眼光更敏锐，他说："又没有地震水没事瞎震动什么。"我们不但一帧帧地慢放，而且还把画面放大再放大，终于看清了这些模糊究竟是怎么回事。

缝隙旁的加加先是褪去自己的颜色，变得无限透明，再努力把身体压成一片薄得不能再薄的薄片，然后慢慢从箱盖的缝隙中挤出来。真的是挤出来，就像是流出来的钢水，就像是挤出来的焦糖。我把图像放到最大，不知道是分辨率不够还是真的如此，我感觉加加的身体在很多地方已经断裂，像一块被拉得过紧的塑料薄膜，有些地方都被拉破了。其实我心底还有一个更贴切的比喻：一时间这只章鱼的肌体已经变成了液态乃至气态。

看我摇头的样子,张晓慧一点都不惊讶。她好像是深吸了一口气,说道:"这就对了。章鱼就有这个本事,我听说过但没见过。有时候它们会把身体变成一缕一缕的,随着水流漂流,看上去就像是真正的海藻一样。只是我从来不知道,它还能变得这样薄。"

让我倍感侮辱的是,其实加加根本就知道我们在监视它们,根本就知道这个隐蔽的摄像头设在哪里。所以它出来之后,仍以透明海藻的形态漂浮了一会儿,等出了我们的监控视野,才慢悠悠地绕过来糊住镜头。

下面的步骤就容易猜测了。加加先把镜头掰向一边,减减用同样的方式离开水箱,也可能其变形的水平比加加要差一些吧。然后加加掰回镜头,从容离开。其实加加直接掰镜头效果也一样,但它还是故意玩了一个花活。

"它们走了。"与其说师兄叹了一口气,还不如说他是松了一口气。说完他突然站起来,猛地拉开窗帘。我知道他要看什么,窗外的洒水车已经不见了。

它们是乘洒水车走的。它们用那种近乎诡异的拉膜方式,钻出窗缝,钻进洒水车的管道,随着洒水车一起离去。接下来怎么办?再想别的办法就是。反正它们总有办法。

"我们冤枉小强了。"张晓慧突然插话说。

不错,我们冤枉小强了。

9

我们没有冤枉小强。

这是三天之后我们才知道的。因为老板回来了,我们要向他汇报。他听了这些之后,没有做出一副认为这是无稽之谈的不信神态,而是皱眉想了一下,然后马上让我们调看小强的记录。要说老板就是老板,于是我们发现了这段额外的录像。

录像是从加加匍匐经过小强前的电脑时开始的。加加应该是用腕足轻松地按下插线板上的电源开关,再轻松地按下电脑的开机键,这些工序都不复杂。接下来小强开始活动,同时打开摄像头,记录下加加一路走过的痕迹。

加加没有阻止小强,其实它是有意这样做的。这显然是加加与小强的一个约定。上一次你帮了我们,这一次我们来帮你。由你来告诉那些人,我们究竟是怎样离开的。

加加离开隐蔽摄像头的视野之后,就慢慢恢复了原形,同时来回变换着颜色,在我看来,那意思就是它正在一边进一边欢快地唱歌。加加掠过每个人的办公桌时,大大咧咧地抹掉了各种零碎,并在它们掉落到地上之前又用不同的腕足一一接住,仿佛魔术师在耍杂技一样。最后它经过我的办公桌,顺手把我桌上的一个小雕塑轻而易举地捏碎了,就像捏破一个塑料娃娃,然后拉开我的抽屉,像甩垃圾一样把残骸丢了进去。

我连忙打开抽屉,果然发现了雕塑碎片。前两天忙乱,我竟没注意到桌上少了东西。一种巨大的恐惧由心而生。我知道,章鱼这是在警告我。

加加糊住镜头的场景和减减离开水箱的镜头,与我们的推断一模一样,就没什么新鲜的了。但加加和减减不是通过窗缝隙离开的,或者说没有利用洒水车。它们在地面会合,同时开始褪色,一路上从深棕到浅黄,最后归于完全透明,与身后的两道水渍融于一体。

哪儿去了?我们仔细看,仔仔细细地看,这才发现玄机。两只已经完全透明的章鱼,再次把身体拉成膜状,然后钻进了堆在实验室角落、我们已经喝空了的纯净水桶。

当时我们一帧一帧查看录像的时候,打死也想不到墙角那两个空水桶里,有两张透明的薄膜紧紧地吸附在桶壁上。我们就这么与它们一起守到天明,想想都让人不寒而栗。不过我想,就算当时我们注意到了,也会以为是桶壁的凹凸不平造成的。

最让人可气又好笑的是,它们在进入水桶之前,共同朝着那个隐藏的监控摄像头回眸凝视,像极了来回摆动触角的小强。

"我只能猜。"老板说,"因为没有任何证据,所以我只能猜。"

"先说小强。小强肯定与加加交流过,这点没什么可说的,你与小强的谈话也从侧面证实了这一点。对于小强来说,一切智慧都是可交流对象。但不知加加是怎么说服小强不要对我们泄露的。第一次小强帮加加关了监控,第二次小强操纵机械手打翻了微型摄像机,第三次小强给它们做了完整录像。其实刚才的测试发现,小强现在不单单会录像,还具有了直接的视觉识别能力,这显然是加加给它接通了视觉系统。

再说加加。加加的出现是有意的,虽说那名旅游者把它送到神所是无意的。至于说它是一个特别的个体还是赶上谁都一样,这个目前还不清楚。总之它是有意来的，目的就是传递信息。它是一个信使，只是我们读不懂它。它的同类，是否同时在别处也有相似行为，这个也需要进一步的调查。至于减减，看起来是一个意外，有没有它加加的故事不会有太大改变，但它的出现有没有更深层次的原因，现在也不好说。

反正在咱们这里，加加只与小强进行了交流。说句侮辱人的话，也许章鱼觉得我们没资格和它交流。你们讲它们后来都有些肆无忌惮了，根本不在乎你们发现它们出来进去，再后来这种侮辱干脆变成了例行公事，当着你们的面调情，或者说是互相传递信息。这是因为人家根本就没拿你们当回事。

现在的问题是，章鱼究竟在传递什么信息？或者说，章鱼究竟要干什么？"

看到我们都看着他，老板似乎要做一个摊手的动作，但好像又羞于那样做。最终他只是重复了一句否定。

"我也不知道。我也不知道。"

前一句理直气壮，后一句无可奈何。

"为什么以前没有章鱼的信息传递，现在却突然出现了？这个我们还是可以大胆猜测一下的。我想一定有什么事情要发生。但究竟是什么事情，我们真的搞不清楚。回国之前我看了国内新闻，说本市这一带海滩有大规模的章鱼聚集，而且不停地变换颜色，看起来就像极光一样。这是太明显的信息传递了。

所以，我们必须向上报告。"

这就是老板的结案陈词。凭我们一个所的能力，答不出这么难的考题，也承担不起这么大的责任。

报告很快就递上去了。由我执笔起草，老板和师兄字斟句酌地反复修改。但报告没引起什么反响。这里有逐级上报导致速度迟缓的问题,更关键的原因是大多数接到报告的人根本不信。爱信不信吧,我心想,套句俗话,哥只能帮你们到这里了。

我们的工作和科研恢复原状,照常进行。我们没有清除小强。不像那些科幻大片里抓人眼球的情节,我们含泪毅然杀死小强,杜绝人工智能的叛变。生活中没有这种惊心动魄的故事。小强并没那么可怕,它没有主动意识,接通视觉系统也只是章鱼一厢情愿的主动行为,对小强来说最多是有了更好的认识世界的工具。

而且我们的课题还因此向前迈进了一大步。

10

电视台播音员铿锵有力的声音从手机中传来——

近日,我市海域突然出现大量章鱼。据专家介绍,这种章鱼学名双斑蛸,是一种蛸科蛸属的海洋动物,主要分布在我国的东海和南海、马来群岛、印度洋、太平洋和北美。目前双斑蛸大量聚集的原因尚不清楚,专家指出这有可能与海洋气候的变化有关,更深层次的原因还有待于进一步的研究。

这新闻显然有迟滞,从这两天的情形来看,附近海域的章鱼种类已经十分丰富了，远不止双斑蛸一种。所有的章鱼，同类的、不同类的章鱼，加州双斑蛸还是别的种、别的属、别的科、别的目的章鱼，正朝着这片海域疯狂聚集。

当地渔民们都吓傻了，竟然不敢下网捕捞。当然还是有胆大的人去抓。但那又怎样？抓住一两个没有什么，它们本来就是以集群形式出现的，集群不会计较个体的荣辱得失。

夜色已深，我和张晓慧依旧站在栈桥上，眺望着什么也看不见的黑色大海。远方偶尔会冒出几道彩色闪光，并没有我想象得那么壮观。估计是大气透明度状况不够好，影响到可见范围，大大降低了这台盛大演出的戏剧性。

其实不用真的看到，我完全可以自己脑补。再说就算真的看到什么，也只局限于眼前海面这一小块地方，而我真想看到的，是一个全景式的描述。

在想象中，我稍微拉开一点距离，如同一个俯瞰众生的旁观者。我仿佛看到，正从四面八方云集一处的各类章鱼闪着五颜六色的光芒，纷纷向某一个中心点收缩聚拢，就像一些脑细胞正在编组一个巨大的大脑。那位民科大牛的话没错，智慧发展到一定程度，个体意识可以忽略不计，它们所形成的集群意识才有意义。我使劲想要从章鱼群中寻找加加和减减，最终却证明这完全是徒劳。

再拉开一点距离，就能看到这个聚沙成塔的过程。一个球状的庞然大物从海面突兀拱起，如同地下热泉从岩眼中喷涌而出一般。不能忽略的是，这些章鱼在汇聚的同时，一刻不停地向外发射着电波。那些色彩斑斓的可见光只是其中的一小部分，在它们的掩盖下各种人类看不见的无线电波纷纷被发射出去。

再拉开一些距离,就会发现这颗蔚蓝色的星球正在朝外发散着缤纷的色彩。发光的地点应该不局限于某一片海域,因为新闻告诉我们,眼下在世界很多地方都发生着同样的情况。如今的近海海域,无数条章鱼在噼啪作响地发射着信息,也许整个海洋都变成了带电的磁场。没有什么可以阻拦它们。你可以阻拦实物,却永远阻挡不了信息。至于它们在向哪里发送,为什么要发送,发送什么,我们一无所知。我只知道,人类即将向宇宙昭示自己的文明。

我小时候迷恋过一种过时的棋类——军棋,或者叫陆战棋。我下军棋的时候,唯一的胜算就是依靠隐蔽,给敌人以各种虚假的信息。长大之后,玩网络对战的电子游戏时,我依旧保留着这个习惯。我向来不喜欢苦练内功,总想靠信息战取胜。我印象中自己玩什么游戏都是这个思路,但后来发现这根本没用。缺乏基本的硬功,不提高对抗水平,藏来躲去没有任何意义,解决不了根本问题。打一个未必恰当的比方,这就好像我们在一个平面迷宫里和人家捉迷藏,假如有人在高维空间俯视你,你再怎么隐藏也是瞎掰。所以我们在章鱼面前,是完全透明的;而章鱼在我们面前,恐怕要高一层次。

再拉开更大的距离,我们就会看到这种信息流在整个宇宙中此起彼伏,生生不息。以一种整体的眼光来看,它们就如同一道道振动不已的波。假装诗意一下的话可以这样描述——这是生命之波,这是智慧之波,这是文明之波。

现在我们拉开目前宇宙学所能探知的最大距离,也就是光能走过的最远距离,或者说远及天文学与物理学认定的宇宙极限边缘。在那最遥远的角落或者中心,有一个功率强大的电波收集装置,正贪婪地吸纳着来自全宇宙的各种信息流。

不知道是什么物种或者物种联盟制造了这个收集装置，但一定是他们向宇宙各地泼洒了这些章鱼。这些章鱼，也许还有章鱼的变种，是遍布全宇宙的信息源，它们探查着智慧与文明的成长。如今这些信息源中的某一支判定，它们借以寄居的文明已步入成年，有资格进入宇宙文明的大家庭，所以它们开始向宇宙深处发射信息，告知他们：这个文明已有权享受必要的权利，同时也要承担起相应的义务。

收到这些信息之后，对方会做些什么？这就更是我们所不能知晓的了。也许是征收税款，也许是摊派徭役，也许是让人类为宇宙文明做出自己应有的努力和贡献。所有这些，作为"被信息发射"者的文明是全然不了解的。

把镜头再拉回来，迅速再迅速，缩小再缩小，重新投射到栈桥上，投射到那对背影上。

我和张晓慧站在栈桥桥头，也就是上次发现章鱼减减那地方的上方，继续凭栏眺望大海。天边已有些微微的白色，过不了多久暖暖的太阳就要蹦出海面。

电视节目已经变成有关章鱼事件的嘉宾访谈，安排在这个时候真是处心积虑，除了深夜失眠而且不玩游戏者，没人在拂晓时分看节目。各行各业的专家都上来侃侃而谈、嬉笑怒骂、插科打诨，所谓的科普节目早已与娱乐节目无异。许多高端人士出来发表观点，甚至有科研人员呼吁：请给这些章鱼以安静，不要随意惊扰它们。

对于这一点我倒是颇为赞同，反正你惊扰不惊扰也影响不到它们。最后连神所所长都出来说了一段，但时间没有多长。时间最短的是我老板，讲了一些有关章鱼传递信息与人工智能传递信息的类比，从他略显遗憾的口气里我深知他意犹未尽，不过在那不长的篇幅里他还是顺便提及了师兄

的名字。

"连你的名字都没提啊。"张晓慧打抱不平。

"我又不是什么著名人物。"

"可你做了著名的事情。"在这件事上张晓慧还是很佩服我的。

"也谈不上吧。"

我本来还想说一句"功不必自我成"之类的话,想想还是算了,只是用胳膊搂住张晓慧的肩。

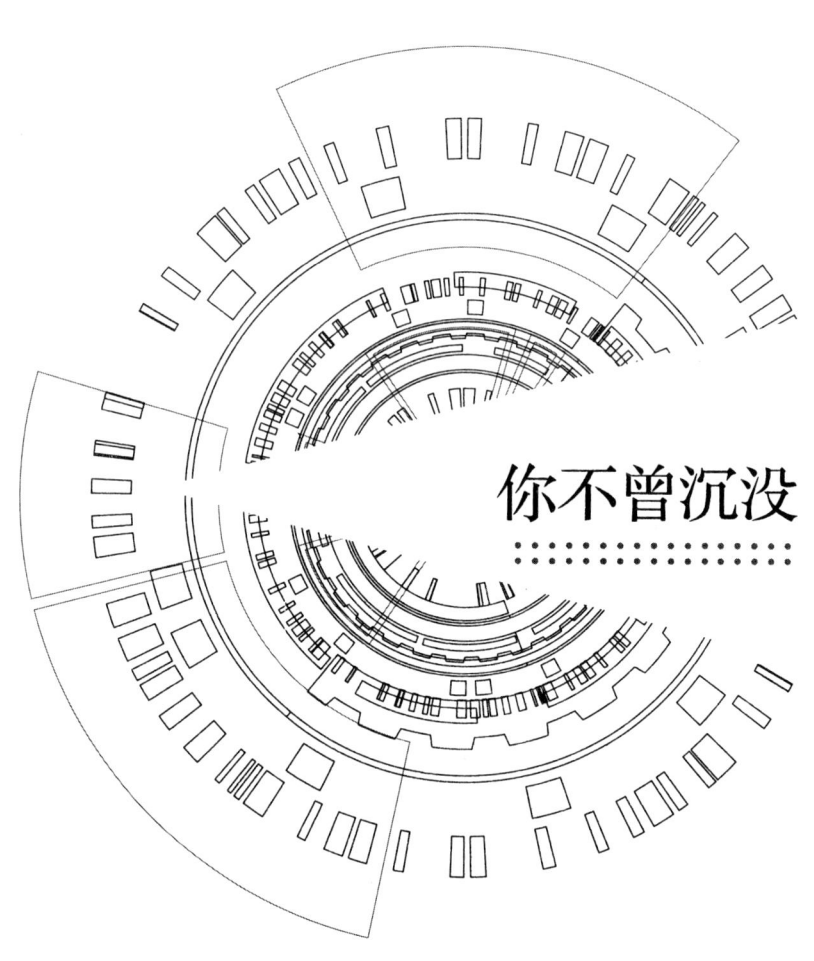

你不曾沉没

亚特兰蒂斯①是传说中的大陆。相比于她的繁盛，人们更钟情于她的沉没。尽管严肃的科学论证已彻底否定了她曾经的存在，但世人依旧对她讴歌不止。

有人断言，即使亚特兰蒂斯真的从未出现过，最终也会被人类的想象创造出来。

1

卡戎俯下身子，右耳紧贴地面，聆听着自己的心跳和远方的声响。他的全身近乎蜷缩，仿佛一只凭借环境变换肤色的巨蜥。山间丛林密布，是以巨蜥时常以绿色示人，而卡戎的身上也涂满了同样颜色的汁液。卡戎认真倾听，这里远离海岸，几乎不受涛声干扰，只要听得足够仔细，就能分

---

① 亚特兰蒂斯：Atlantis的音译，一块假想的曾在大西洋中存在过的大陆，后来不幸沉没，有过很多有关它的科学假说和文学作品。事实上，Atlantis与Atlantic Ocean（大西洋）同源，所以汉语也将其译为"大西洲"或"大西岛"。

辨出附近野兽的种类和数量。

地面传来的声波信息,告诉卡戎这一区域暂时不存在有意义的猎物。但卡戎还是起身坐好,小心地更换矛枪上的箭镞。原来的箭头是淬过毒的,用来防身,毕竟有时会遇到敌对部落的猎手。但猎杀野兽必须换上普通箭头,否则剧烈的毒汁渗进兽血,所有的肉就都不能吃了。卡戎没有携弓带箭,尽管他弓艺精湛,百发百中,但他还是觉得矛枪更能有效地传递出肌肉产生的力量。只有对付飞禽时,他才会使用弓箭。

卡戎继续前行,他知道猎物在哪一带游荡的概率较大。经过处理的兽皮清凉干爽,但卡戎还是只围了腰部以下一点的位置。饰品挂件的数量被降到最低,猎手们才不会让那些叮当作响的小东西惊扰野兽。卡戎的身躯泛着古铜色的光泽,经过阳光的反射,看起来仿佛涂了一层棕色油彩。

卡戎一路巡察,终于发现了他想要的东西。最终他收获了两只羚羊,以及一只属于额外惊喜的豹子。

按照规矩,狩猎应该在黄昏结束,猎手必须趁着天亮返回部落。但今天天气晴朗,能见度高,卡戎无法拒绝登高远眺的诱惑,手脚并用地攀上最高的山岩。

卡戎所在的部落叫作东域,坐落在滨海礁岩的里侧,从山巅向东望去,是一望无垠的大海。在卡戎的注视下,海浪循环往复地拍打着陈旧的村坝,远处则是时而起伏时而平缓的蔚蓝大海,而再远处就是海天相接的混沌界线了,毕竟能见度再高也不可能看清分毫。那是地球曲线在起作用,但还要过许多年人们才会意识到,自己居住的世界接近一个球形。

卡戎低头扫视,饱览山脚下的景色。他能看见东域所在的村落,甚至能从中找出自己的居屋、母亲的居屋和头人的居屋。卡戎曾多次设想,既然站得越高看得越远,假如自己能变成一只翱翔的大鸟,就一定能看到远

方那块传说中的大陆。

——直到两千七百年之后,人类才发射了人造卫星,以一种俯瞰全貌的姿态观察这里和远方的大陆。即便是飞得不算很高的热气球,至少也要到两千五百年后才会出现。

卡戎扛着丰厚的猎物返回居屋。他在自己门外放好矛枪,折身进了隔壁的门洞。

母亲和母亲的母亲住在那里。

他把羚羊和豹子都交给母亲,然后在矮桌前坐下,陶碗里装满了黑色的菜糊。

母亲的烹调方式很简单,就是把整只羊直接架在火上烤。肉的香味很快便弥漫开来,烧烤的油气甚至飘出了居屋。卡戎走过去,用刀斩下一块肉,走进里间。

母亲的母亲躺在床上,双眼无神地望着屋顶的茅草。卡戎把肉块递过去,母亲的母亲连手和头都摇不动,只是动了动眼睛,好像是在说:"孩子,我已经吃不动了,一口都吃不动了。"

卡戎瞥了一眼床边摆着的菜糊,把肉块放在一旁。

"再给我讲讲遥远大陆的事情吧。"卡戎央求母亲的母亲。

"总听有什么意思,你应该自己去看看。"母亲的母亲叹了一口气。

"我会去的,早晚。但去之前我要多知道一些,越多越好。"

这个故事,母亲的母亲讲过很多次,但她还是愿意讲,不仅仅因为卡戎愿意听。

"那是一个令人无比向往的地方。那里有山一般的谷物肉类,有沙一般的黄金白银,有无数的美女,有无穷的神迹。

但那块土地距离我们很远很远,要越过大海才能到达。给我讲故事的那个人,他自己也没有去过,也是听别人讲的。但他决心要去看一看,还说只要他在那里安顿下来,就回来把我接过去……"

每次讲到这里,母亲的母亲的眼里都会放出光芒。她等了很多年,当她还是小姑娘的时候,当她痛苦地生下母亲的时候,当她高兴地看着女儿生下卡戎的时候,直到她慢慢变老了的时候。

但是今天,她的眼里没有一丝光彩。故事讲到最后,也变得悄无声息。

夕阳西沉,天色渐暗,母亲的母亲还没有讲完这个故事,灵魂就离开了她的躯壳,故事的结尾则永远留在了里面。

她没有闭上眼睛。

"我想要去那个地方。"

把母亲的母亲的尸身送进大海飘走之后,卡戎对母亲说。

母亲慈爱地看着自己这个最小的孩子,往事陡然浮上心头。刚刚呱呱落地便夭折的,婴儿期间罹患疾病早逝的,少年时代被野兽噬咬横死的,成年之后在征战中阵亡失踪的……现在,她只剩下这一个儿子了。

"我知道,但没用的。"母亲摇摇头,"去了又能怎样?"

"去了就能在那里生活。"

"假如一个异乡人来到我们部落,大家会怎样?"母亲很耐心,像是牵着一个孩子走过丛林,尽管卡戎早已年满十四。

"用矛枪和弓箭将他射杀。"

"所以,一个人去是没用的。"母亲的启发很有意义,"要去,就要大家一起去。带着武器去,占领那里,然后留在那里。"

"那我们就去占领那里,现在就去。"

"占领?现在吗?现在我们连北滩部落都打不过,难道还有力量越过

大海去占领那块大陆吗?"

母亲的道理无法反驳。卡戎坐在那里低头沉思。

"去头人那里吧,让他下次外出征讨时带上你。"母亲谆谆教导,"你要先学会自己打仗,才能学会带人打仗。"

于是,卡戎带上那只刮干净的豹子头骨,去了部落头人的居屋。

头人的居屋里挂满了各式各样的兽头骨,有些还发出暗淡的光芒。每次战斗,头人都要戴上一个涂有荧光的头骨,在战场中它如同一面旗帜,激励己方的士兵奋勇杀敌。

头人答应卡戎,下次带他参加战斗。

头人还告诉卡戎,他也听说过遥远大陆的离奇传说,他希望卡戎对此想都不要想,在心底一点念头都不要留。

介绍一下传说中的遥远大陆。

其实很多人都听说过有关遥远大陆的传说,但大家谁都没有真正去过那里,不知道它是否真的存在。大家只是把它当作一个故事口口相传,然后这个故事被一代又一代人传走了样,甚至不如卡戎母亲的母亲讲得那么真切。

遥远大陆确实存在。那块神奇的大陆被当地人称为欧洲。其时,欧洲人刚刚在希腊半岛和小亚细亚西海岸建立起一串有如项链般星星点点的城邦,而雅典则是其中最为璀璨的一颗珍珠。

而卡戎的家乡,与雅典相距上万千米。

2

卡戎的脚底绑着兽皮做的足垫,行走起来不会发出一点声音。即便如此,卡戎还是屏住呼吸,不想有任何微小的响动让敌人的哨兵察觉。

北滩部落实在太过强大,只有在深夜偷袭才有可能出其不意,攻其不备。

经过几次战役,头人对卡戎信任有加,这次特意派他担任主攻。

部落头人是整个东域最为睿智的人,甚至有可能是这几个部落里最为睿智的人。他没有带领族人先攻打强悍的北滩部落,而是挥师南下,击溃了富庶而脆弱的南地部落,再通过谈判降服了山地的西丘部落,最后才把目光严肃地瞄向北方。

南地根本不堪一击,东域还从那里攫取了制镜技术。那种能照出容颜的小镜子,东域早就会做;南地擅长的是制作巨镜,它能欺骗性地放大空间。有了它的反射,狭小的地域能在瞬间膨胀;经过几次反射,有限的空间则会被虚假地放大无数倍。最让人欣赏的是,南地镜的镜面材料独特,在毒辣的阳光下也不会产生刺眼的强光。

西丘拥有精湛的木材和石料开采技术,自其臣服归顺以来,他们定期驱车下山,进贡加工好的建材,供东域部落建造宏伟的神庙。此外,西丘还掌握着各种奇工巧技,但在向东域工匠传授时总是推三阻四。

而北滩部落有着最重要的东西,至少对卡戎来说是最重要的东西。那

就是船只和港口,这是前往遥远大陆的一切条件。那里的沙滩平坦宽阔,不像东域一带沿海全是锋利的礁石,只有北滩的海岸才能驻泊大船。

远处传来微弱的火光与呐喊,那是头人故布迷阵的佯攻。正面战场一乱,卡戎即刻带人冲进村落,见到黑影就胡乱砍杀。事先东域部的士兵早有准备,全都在手臂涂上了带有微光的油彩,而且在砍杀时会大声呼喝族令,这些在交战中分辨敌我的方法都是长期操练的结果。在混乱中,卡戎镇定地朝着固有目标前行,直扑北滩部落头人的居所。在此前的数次战役中,卡戎认识到了情报的重要性,并且格外迷恋这种有效的助攻捷径。

居屋里挂满各种兽头骨,这证实了屋主的身份,但卡戎没发现头人的踪迹。一个身影蜷曲在黑暗的角落,被喝起之后大家才看清那是一名少女。卡戎猜想她可能是头人的女人,或者是头人的女儿。他让部下把她绑了,并严令不得侵犯。

被打了个措手不及的北滩已自乱阵脚。此时战场已火光四起,杀声震天。负责佯攻的将领苏玛遭遇的抵抗最为激烈,幸好头人亲率大军赶来增援。北滩是一个超级强大的对手,这次东域几乎是倾巢出动。这也就是西南两边的威胁已消除,否则头人绝不敢只留小股部队守护妇孺,孤注一掷北上犯险。

卡戎冲进主战场的时候,厮杀活动正值热火朝天。他左突右杀,一直不见头人,心中格外烦躁。卡戎手持双刀四下挥舞,逼退眼前的矛枪与棍棒,终于在一个圈阵的圆心发现了苏玛。他立刻从敌兵围堵圆圈的背后撕开了一个缺口,冲进去与苏玛并肩作战。在对战中卡戎的胳膊被刺中,但他丝毫没有麻痒的感觉,卡戎知道那只是普通枪头。他来不及扯下兽皮包扎,继续冲锋陷阵,敌人在他面前一一倒下。就在这残酷的杀戮中,苏玛嘶吼着告诉卡戎"头人已重伤"。

卡戎听罢发狂暴怒，就像一头被猎手刺激的雄狮，力量比平常增大了十倍。如潮水般扑来的刀光在卡戎与苏玛的刀锋下黯然失色，不得不又如潮水般退去。待到局势平稳，卡戎留下苏玛收尾，孤身去找头人。最后在远离战场的一棵孤树下，卡戎远远望见头人的骨冠在那里熠熠闪光。

一干族人用身躯护卫着头人，外面的北滩勇士强攻不止。眼看包围圈越缩越小，头人已命在旦夕。卡戎不顾一切地冲上前去，臂间突然生出无穷的蛮力。他横刀扫过，感觉自己的身体都要被那股强大的力量悠荡出去，随后一群黑影便纷纷躺下，即便在嘈杂的暗夜里也能听到一阵咔嚓咔嚓的骨骼碎裂之声。

头人斜靠在树下，连伸出手招呼卡戎的力气都没有。他被矛枪刺中左胸，夜色下漆黑黏稠的血液汩汩喷涌。卡戎用手按住伤口也无法阻止它们的流逝，同时他感觉到头人的灵魂也正在从他的指缝中悄悄溜走。

"你来做头人。"

宣旨完毕，前头人就咽了气，卡戎成了新的头人。

左伊的性命破例被留了下来。已经证实，她就是北滩部落头人的女儿，并且北滩部落头人已在此次战斗中死去。按理说左伊本不再有任何实际作用，但卡戎心中一软，还是让她活了下来。

没想到接下来，左伊起到了如一场森林烈火般的激励作用。

当卡戎逐渐与左伊熟络之后，他发现她是一名奇特的女子。她对头人父亲满怀深情，却对交战中的屠戮习以为常。她说她本有很多兄弟姐妹，都是在战争中被虐杀或被劫掠的，其中两个兄弟就死在最后这场攻坚战中。左伊的叙述平淡无情，卡戎听罢却心生恻隐。

这些都不重要，重要的是左伊告诉卡戎，那个传说她也听说过。

而且是听部落大巫师讲的——他是曾亲身踏上那块大陆的人。

"其实大巫师本就是遥远大陆的人,他生在那里,长在那里,却在一次出海中不幸落水。此后他遭遇一系列变故:遇救、为奴、遭劫掠、被转卖……历尽艰辛,最终漂泊到我们这里。

他确信这里不是他的故乡,他有很多证据。他还会通过计算得出很多我们不懂的结论。我的父亲让他做了大巫师,他也确实得力地辅佐了我父亲。"

卡戎迫不及待地想要知道,所谓的遥远大陆距离这里究竟多远,如何才能前往一观。

"关于这一点,大巫师与我父亲详细探讨过。他说,至少需要很大很大的船,比我们现在的船要大上百倍;而且需要有人会看星相,还需要一些工具,才有可能判断正确的方向与距离。他还说,除非派出足够强大的军队,否则前往那里毫无意义,因为对方的军事力量我们根本不敌。

我父亲被刺激到了,事实上在一定程度上他是被激怒了。他立志造更大的船,练更强的兵,不惜一切代价也要攻打遥远大陆。也正因为如此,他开始疏于日常的生产与军备,才被你们钻了空子。而且造大船于我们而言绝非易事,根本力所不及。你在海湾看到的那个残破的半成品,就是他心中大船的模样。"

这个故事不但没有让卡戎警醒并打消幼稚的念头,反而更激起了他远航的冲动与决心。他觉得自己的生命突然有了意义,他觉得此时的自己比任何时候都要接近他的理想,同时他觉得自己与左伊的情感纽带也更加紧密了。他要与她生儿育女,带领他们征战厮杀,成就辉煌。

所以当探报前来禀报的时候,卡戎正与左伊畅谈儿孙满堂的美好未来。

3

传来的消息说,西丘正式反水,他们不再进贡木材与石料。卡戎派人前往质问,西丘的头人却傲气冲天,原来他们傍上了更西面的大部落。

那就只有武力解决了。尽管山路行军不便,让西丘具有地理上的天然优势,但征服的火种已融进卡戎的血液。他只想一路向西,凭借军队征服一切已知和未知的部落。而且西面的安全隐患不除,卡戎也不敢放心大胆地自北滩出海东进。

只可惜卡戎的阅历实在太浅,还远不足以对抗这个世界。他不知道,西面的西面根本不是一个寻常部落,那是一个真正的王国。

战无不胜的卡戎,终于遇到了强劲的敌手。厉害的不是对方的士兵,东域的兵士骁勇善战、无人能敌,一个能顶对方十个;厉害的也不是对方的将领,卡戎运筹帷幄,早已把手中的军事力量用到了极致。对方胜在数量,即便东域士兵能以一当十,但那个王国的兵力在东域的百倍之上。

卡戎输了,输在狂妄自大;东域输了,输在综合国力。

卡戎被押解到王宫里年轻的国王前。

如此辉煌的皇宫正殿,卡戎还是平生第一次见到。一时间他竟忘记了自己东征西战的初衷,他觉得梦想中的遥远大陆也不过如此。此时此刻卡戎的确有些恍惚,毕竟他觉得自己的生命已走到尽头。与其为陌生大陆奋斗一生,不如在金碧辉煌中就此了断。

国王远远地坐在高处,卡戎无论怎样努力也看不真切。他没想到的是,国王居然走下来与他说话;他更没想到的是,王的话题居然从遥远大陆开启。

"我听说你连年征战都是为了积累资源、历练兵士,最终造就一只庞大的舰队,以实现你的宏大梦想?"

卡戎不说话。

"你可以不告诉我,但我知道你的梦。你的梦生根在遥远的东方,那块大陆的传说我也听说过。"

卡戎开始好奇。

"我比你知道的要多得多。那块地方的富庶,根本不是你能想象的。我这里怎样?看看我的王宫,看看我的王国,恐怕你一生都没见过如此奢华繁盛的地方。但是那个地方,却比我这里要富无数倍、美无数倍、强无数倍,总之比你想象的好无数倍。这里与那里相比,就如同你的部落与我的王国相比,就如同你与我相比。"

一时间卡戎生出极强的挫败感,他相信王说的都是真话。

"知道我为什么一直没有进攻你们部落吗?包括已被你占据的北滩与南地?因为我不想接近东边的海域,我不想为自己创造一个想要去实现不切实际梦想的条件。"

卡戎突然理解了王。

"但是现在,你让我再次生出希望,唤醒了那个从年少时就有的梦想。"

卡戎惊讶地看到,王的眼睛里闪烁着光芒。卡戎热情地回应,眼睛里同样闪烁着光芒。

"我助你实现这个梦想怎样?"王满怀激情。

"那你自己为什么不去？"

"我说过，这种梦想不切实际，是我成为王之前的胡思乱想。"王的目光陡然黯淡下去，恢复成初始的常态，"自从我成了王，就再也没敢有过这个念头。我有王国要治理，我有很多事情要考虑。"

"那现在呢？您又有了吗？"卡戎满怀希望地问道。

"有了。因为我有了你。"

王的激情再次被点燃。他把手按上卡戎的肩膀，卡戎顿时感到一股巨大的力量传递。这力量仿佛承载着数十万亡灵的嘶声呐喊，仿佛承载着一个强大王国的全部重负。

从此，卡戎成为王的得力干将，继续他戎马倥偬的疆场生涯。

像当初的部落头人一样，王也没有让卡戎马上东渡去往那片土地，而是让他先剿灭王国周边的小国、部落与流寇。王国本是普天之下最大的势力，而卡戎让这种强大变得更加强大的同时也更加稳定。

与此同时，相关的项目同期上马：巨大的船只、士兵的训练、后勤的保障……所有这些，都由帕伦克负责。

如今卡戎位高权重，位列右将军之职，在他之上的左将军正是当初生擒他的帕伦克。但两人从无嫌隙，并肩作战。只是卡戎不能理解，王说助他探访遥远大陆，现在却把一切事务交由帕伦克来打理。

当周边地区彻底平定之后，王终于正式宣谕，准备攻打传说中的遥远大陆。

这一年，卡戎已是二十八岁的老将。

让所有人都没有想到的是，王不顾卡戎的苦苦恳求，甚至不顾帕伦克的帮腔说情，依旧决定让帕伦克作为东征的首席将军。这让卡戎无论如何也想不明白。但王后来告诉卡戎，早晚有一天，他会派上更大的用场。

"你留在这里,将要帮我做出一些十分重要的决断。"

不久,遥远的前线捷报频传。帕伦克的军队越过汪洋大海,抵达遥远大陆。他们所向披靡,攻城掠地,占据了不少地方。不过卡戎仔细分析后,发现帕伦克攻克的不过是几个穷乡僻壤的村落,有些规模甚至不如王国中的小城。遥远大陆真正繁华的味道,帕伦克的部队尚未闻到。

王说:"这就是我留下你的原因。我相信这次战争与以往不同,与我们熟悉的任何一次战争都不同。我们是在同一个强大而陌生的敌手对阵,胜算很小,还可能全盘皆输。现在的胜利,在很大程度上都是假象。"

卡戎佩服王的敏锐,但他也喟叹王的决策。现在卡戎不得不直言痛陈,他一开始就觉得王的战略思想是错误的:"帕伦克的部队数量远远不够,按照各种情报的分析,那里的军事力量与我们旗鼓相当。假如我们不派出足够的军队,就无法从气势上压倒他们。"

王却道出他的理念:"帕伦克的人马只起到敲山震虎的作用。如能险胜,皆大欢喜,下一步我将与你具体商议;但如若失败,也就只能就此作罢了。"

"可现在敌我实力悬殊,恐怕根本没有胜算。"卡戎力陈。

"那我们就只有面对失败,因为我们没有足够的人马。"王也无奈。

"不,我们有的,其实我们拥有足够的兵马。"卡戎统领全军,知晓王国的兵力多寡。

"我自然知道我们士兵的数量,但我不能将他们全员派出。如果真的派出所有人马,就没人来保卫疆土,没人来保护妇孺了。"王知道他不能这样做。

"我有一个办法。"卡戎的脑海里突然灵光乍现,"在进攻的同时,我们整体迁移。"

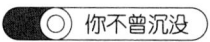

"那家园呢?"王怎么能丢弃一个自祖先手里继承下来的王国。

"我们将有一个新的家园。"卡戎信誓旦旦,"一个温暖、富裕而且永远平稳的新家园,一个从此落脚于遥远大陆的新家园。"

于是,人类有史以来最大规模的海上迁徙开始了。

庞大的战船麇集一处,首尾相接,左右扣连,浩浩荡荡地朝向东方进发。

有必要介绍一下修饰这些战船的"庞大"二字。

首先这本就不是平凡普通的船只,可以认为它们就是漂浮在海面上的巨大厚木板,厚到从地面到王的座位那般高度。上面坐落着亭台楼阁等一组组建筑群。这些建筑相比王国都城与疆土的任何地方的建筑,都要多,都要密,也都要高。状若城池般的战船集体,再加上上面流动的各色人群,宛如一座移动的繁华都市。

但再大的浮城,在海面上也不过是一个不起眼的小点。在大自然面前,人类还难以展示自己的丰功伟绩。所以,那些巨大的南地镜被安装在各船的固定位置,清晰的反光成像让整个舰队看起来仿佛一座移动的岛屿,比城市大得多的岛屿。

这是卡戎的绝妙主意。凭借镜像来放大舰队,可以先在心理上打击敌

人。因为根据可靠的情报，雅典人的海上武装弱小得可怜。

海风吹动卡戎的长发，轻扫过左伊的面颊，两人在主舰的舰首相拥而立。整个舰队的中部船只里，的确住满了官兵家眷和寻常百姓，但左伊在此役中的身份，却是一名真正的战士。这不仅是一次激动人心的战争，而且是一次浩浩荡荡的移民。

王的座驾被安置在整个舰队最中央的位置。根据王与卡戎事先的约定，此次战事完全由卡戎做主，王虽随行船上，移驾汪洋，但在这场战争中只做一名普通国民。

传令兵带来眺望官的消息，说远方海面上出现了庞大的舰队。

卡戎摇头不信。他非但没听说过雅典人有远征能力如此之强的海上军事力量，甚至整个欧洲大陆都没有能力豢养一支像样的海军。但卡戎还是下令让移动巨镜升起就位，将反光造成的壮观假象最大限度地呈现出来。

属下忠实地执行了卡戎的命令。

涂满荧光材料的移动巨镜平滑如水，几无瑕疵，它们纷纷立起，次第张开，与原来的固定巨镜交相辉映，互成反射。通过巨镜群呈现出的影像，使原本就十分巨大的战舰群在一瞬之间又有所扩张。虚幻的镜像顿时被放大无数倍，像生于像，像再生像，直至无穷无尽。

假如真有一个远方的观察者，那么他一定会看到这样的景象：顷刻之间，一座岛屿已变作一块大陆。

是的，一块大陆。一块从未存在过的大陆就此出现。

尽管含有吸收阳光的特殊材料，卡戎还是有几次被移动巨镜刺痛了双眼。他正要下令打开移动巨镜时不许朝向舰首，突然有传令兵飞奔来报：眺望官报告说远方的波动只是鲸群，并非带有敌意的武装舰队。

丝毫没令卡戎意外，故而他只是微微一笑。传令兵站在原地等候新的指示，他认为卡戎会马上下令收回移动巨镜。然而卡戎却一言未发。

"是不是让他们不再启动移动巨镜？"旁边的左伊看出传令兵的困惑，代他向卡戎询问。卡戎沉默片刻才再次开口："不，继续保持开启状态。"

传令兵一时没有反应过来，左伊呵斥道："听到没有？保持开启，以防万一。"

移动巨镜继续被操纵延展，反射出来的光学幻影花样繁复，不断推陈出新。它们不断破坏着业已形成的视觉假象，随即又匆匆建造起更大更新的视觉假象。一块崭新的大陆正在迅速成长，而且还将一直成长下去，生生不息、永无止境。

你可以把它看作一片从未出现过的完整陆地，可以认为是千百座城市在移动，也可以认为有千百个兵团在挺进……总之这种蔚为壮观的景象，必然出自神灵之手，绝非人力可为。

"这不是为了以防万一。"卡戎转过身来，微笑着揽过左伊，"我这样做，是为了向我们的对手昭示力量。"

"你认为雅典人随时都有可能出现？"

"不，雅典人距离我们还十分遥远，就像天上的星星一般遥远。现在，他们还不能算是我们的对手。"当卡戎提及欧洲大陆上正与帕伦克交手的对手时，嘴角露出难以察觉的轻蔑。

"那你这是要向谁显示力量？"

"神明。"卡戎边说边抬头看了看，此时晴空万里，阳光普照。

"神明？"左伊并非完全没有理解，她只是在机械地重复。

"对，神明。"卡戎这次坚定地重复道，"或者也许，你可以使用另

外一个名字来称呼她。"在这里卡戎有一个较长时间的停顿，最后左伊从他嘴里听到了一个过于深奥的词汇——

"大自然。"

当这块移动大陆接近并进入地中海区域后，在沿途的海岸上引起了一场又一场震惊而疯狂的骚动。

据一些非洲岛屿部落流传下来的传说记载，沿途看到这骇人一幕的居民大都被当场吓晕过去。他们以为是自己的失检行为触怒了天庭或者海神，居然招来如此强烈的报复。

雅典人同样也看到了。

这个时代自然没有飞行器用来勘测，甚至要到二千六百多年后美国的莱特兄弟才尝试着发明飞机。这时的雅典人，只能从海岸边最高的山上驻足远眺。

他们看到，一块巨大的大陆，从海面上漂浮过来。

难道他们发明了移动大陆的方法？雅典人几乎不敢相信自己的眼睛。

事实上，当卡戎悉心研究欧洲的时候，欧洲的人们也在认真研究卡戎以及他背后的王国。

帕伦克的军队给整个欧洲带来了巨大的恐慌。他们武器落后、战术拙劣，但将帅果敢、士兵勇猛，没用多久就连克数城。刚一开始，欧洲人慌了，他们甚至搞不清这支部队的真正来源。后来他们逐渐冷静下来，开始咨询智者，查阅典籍，终于判断出了敌人的真实面目。

毋庸置疑，所有人都认定，敌人来自亚特兰蒂斯，一个位于大西洋的传说中的文明大陆。

——但事实上，所谓的亚特兰蒂斯大陆从来就没有存在过。卡戎的军队，来自另外一个地方。

5

让我们把时间调到当代,回过头来寻访这段历史。

公元前580年,雅典政治家梭伦前往学者云集的埃及首府度假。当地一位大祭司给他讲述了陌生大陆的故事。这个故事后来被古希腊哲学家柏拉图记载于他的两篇谈话录《蒂梅乌斯》和《克里蒂亚斯》中。他把这块陌生大陆命名为"亚特兰蒂斯"。按照传说中的位置,它应该位于大西洋,称为"亚特兰蒂斯"自是理所当然。

有关亚特兰蒂斯,后世的记载零散而混乱,虽说所有立论都源于柏拉图的叙述,但还是添加了不少演义成分——

首先是时间悠久:早在欧洲人定居落户并发展出农耕和驯养技术之前的五千年,亚特兰蒂斯就已发展出了早期文明。其次是疆土宽广:亚特兰蒂斯地域辽阔,自直布罗陀海峡以西一直绵延到加勒比海左近;其上更是土地肥沃,矿藏丰富。亚特兰蒂斯居民修城筑路,岛上遍布壮丽的庙宇和宫殿。码头与港口商船云集,与世界各地均有贸易往来。总之,亚特兰蒂斯拥有高度发达的文明。

问题是还有另一种来自民间的传说,一种游走于人们唇齿间的野史。这个传说之所以会以这种方式流传,非因年代久远,而是当年的战乱来得过于仓促,人们很难厘清其中的脉络,因此以讹传讹,最终演变成传说——

大约在公元前8世纪,一块神奇大陆莫名其妙地突然出现,就像从天上掉下来一般。观察到它的雅典人猜测它来自大西洋,所以称之为"亚特兰蒂斯"。注意,这里的亚特兰蒂斯,与后来柏拉图所述的亚特兰蒂斯,在来源上不尽相同。

雅典人无心细致观测,因为他们旋即陷入残酷的战争——一支来自海上的武装力量开始攻打地中海沿岸的城邦。雅典人激烈地予以抵抗,战事旷日持久,拉锯胶着。正当此时,那块天降大陆居然日益驶近,雅典人相信,敌军的后援马上会像兵蜂一样从这个移来的蜂巢中蜂拥而出,随即将战火烧遍整个欧洲。

现在可以肯定,此次进攻来自亚特兰蒂斯。雅典人认定那里的人们具有极强的扩张性,他们千里迢迢前来攻打欧洲,甚至能召唤神力移动大陆。

从上面我们可以看出,历史上有两个亚特兰蒂斯:一个是自埃及大祭司到梭伦到柏拉图,再广泛传播到大众与文明史中的亚特兰蒂斯;另一个则是早在梭伦前往埃及之前数百年就开始在民众中口头流传的充满硝烟与血腥的亚特兰蒂斯。

但其实,还是只有一个亚特兰蒂斯。只是梭伦在听故事的时候,没有意识到那个陌生大陆,就是曾经进攻过欧洲的移动大陆。所以从逻辑上看,后一种传说更加真实,因为那场战事的肇事者正是帕伦克的军队。

帕伦克的部队究竟来自哪里?亚特兰蒂斯,这点毫无疑问。

那么就产生了第二个问题:亚特兰蒂斯究竟在哪里?这点显然令人疑窦丛生。

按照它的名字,亚特兰蒂斯显然是大西洋中的一块大陆,至少是一个超级岛屿。但事实上,基于后世对北大西洋的勘测,证实历史上这里从未发生过任何形式的灾变;而且从物理角度而言,一块大陆能够如此迅速地下沉而不引起周边地区的地质变化是不可能的。根据魏格纳的大陆漂移理论,全球各个大陆原本都连在一起,所以若将各个地质板块拼合之后,所谓的"亚特兰蒂斯板块"根本没有立锥之地。也就是说,所谓大西洋中的亚特兰蒂斯从来就没有存在过。

事实上,所谓亚特兰蒂斯,其实是美洲的玛雅文明。当然,是早期的玛雅文明,而非人们挖掘出的玛雅文明。帕伦克与卡戎的军队,全都来自玛雅。

按照后世的记载,当时雅典的综合实力不及亚特兰蒂斯,城力尽耗、同盟败亡,眼看已濒临绝境。正当战局不明、双方胶着,雅典已独木难撑之时,亚特兰蒂斯人脚下的大地开始晃动,一场强震致其突然塌陷,一夜之间没入大西洋。今天大西洋中的亚速尔群岛、加那利群岛以及其他诸多岛屿,正是此前亚特兰蒂斯的山峰,如今却只剩下它们突兀在大西洋的海面上。

这实在是匪夷所思的一幕,但是近乎真实的一幕,至少对沉没的描述与事实出入不大。

再让我们回到那个时代,这一幕几乎马上就要发生了。

只不过地点不是大西洋,而是地中海。

只不过沉没的不是一块大陆,而是卡戎麾下的艨艟巨舶。

6

地中海海域。

在距卡戎舰队五百千米之外，一股毫不起眼的微风开始凝聚力量。

在温差的作用下，来自不同方向的气流纷纷聚集，并在原地旋转舞蹈，形成一个不大不小的漩涡。但当具备一定规模之后，它就开始主动移动，寻找其他孤魂野鬼般的小风，然后把它们收入囊中。它有足够的时间，是以形成的空气集团越来越大。

最后，它以垂直于卡戎所率舰队行进路径的方向，笔直地扑了过去。

它生来本无目的，但与这块移动大陆的交汇，却成了它注定的宿命。

历史有其自己的步伐，无法阻挡，也无法转向。

现在，卡戎以及他的族人，正不可避免地朝向一个悲壮的目的进发。

这场无名的台风猛然袭来，在与巨大的舰队遭遇的那一刻，没有任何人能保持理性。他们在陆地上从没见过如此肆虐的狂风，而海上气候变化的惨烈于他们而言更是闻所未闻。

滔天的巨浪受到狂风的裹挟，如同一面高墙朝舰队压砸过来。任你多大规模的城市，当巨大的水体以铺天盖地的形式扑过来时，局面就不是人类的力量可以控制的了。

风暴扫过之处，桅杆尽数折断，脆得如同是出锅不久的黏糖。而那些看似比地面建筑还要牢固的宫殿房屋，霎时间悉数尽毁，无一幸免。既然这样的大家伙都受到如此摧残，其他小物件就更不用说了，而作为个体的人全都属于后者。

一时间所有人都被吓呆了，几乎没有人能够做出正确反应，很多人都是在目瞪口呆之际被卷入海中。

按理说这样的打击已经足够，足以让这只英雄的舰队倾覆毁灭。但就在这时，千载难逢的连锁性的不幸出现了——海底地震诱发了海啸。顷刻间，整个大海翻滚起来，仿佛海洋与天空置换了位置。涌动的能量如同一只沉睡在海底的千年魔怪突然翻身醒来，带着亿万年的腐臭，浮出海面，兴风作浪。它的动作掀起阵阵惊涛骇浪，它的吼声响彻云霄、绵延不绝。

对于船上的人来说，一切都发生在一瞬之间。前几波海浪已把大多数人带离了船只，前往海底报到。勤于操练的士兵没有几个人真正会水，何况远离海岸的大海中央本就让人心悸。接下来遭殃的就是作为载体的船只本身，它们开始一艘艘地倾覆，如同水盆中被孩童拨弄的玩具。巨镜在垮塌中纷纷碎裂，锋利的残片切割着尚未远离船只残骸的人群，引发了一阵阵撕心裂肺的惨叫。船只沉没的速度比人群还快，同时携带着刚才没有掉入水中的临时幸运儿。

卡戎没有跻身第一批落水的人群，他牢牢地抓住了一艘舰船的栏杆，但更大的浪头让栏杆被应声打断。卡戎本想再抓住点什么，但双手挥舞着扑了空，他一瞥之下看到舰船的主桅也被拦腰斩断，朝着他的方向狠狠砸来。卡戎无处可躲，只是侥幸没被砸中。落水前的一刹那他想看一眼左伊，但眼前突然浪花怒放，模糊了他的双眼。他甚至都不能判断刚才看到的是不是左伊的衣衫。

几乎没有任何停顿，卡戎直直地落入水中，海水自他的鼻腔灌进肺部，卡戎旋即失去知觉。

带着他的意识、带着他的梦想、带着他所有的记忆，没有任何悬念、没有任何意外、没有任何侥幸，卡戎的尸体慢慢沉入海底。

王的座舱位于最平稳也是最安全的位置，但在大自然的轻抚之下，这里像孩子搭起的木屋一样轻脆易折。顶盖当即被掀起，地板则被陡然抽空，王几乎没受任何痛苦，就被台风卷到了数百米之外。

任何有分析能力的人都能做出正确的判断，这恐怕就是最好的结局。不是说王的猝死，而是说王的此番征程。假如王更沉稳一些，拒绝与卡戎及军队一起前往遥远大陆，依旧安详地稳坐在千里之外的王宫宝座上，那么随着远征部队的全军覆没，也很难相信他仅凭威望还能坚守王位，而不是被手下斩杀。

海浪仍在处理残余的人与船。舰队毕竟连作一个整体，所以下沉的时候还是带来了周边海水的短暂沉降，形成一个超级巨大的漩涡。这一漩涡在数千年间经年往复地旋转不停，而偶尔甩出的小漩涡至今仍在世界各地的海洋中游荡不止。

这股狂暴的台风，在完成了这次血洗行动之后，似乎愧疚般地在周围萦绕了很久，毕竟它刚刚冲垮了史上最宏伟的海面移动物。随后它由于受力紊乱，被迫转向，调头西南，划过大西洋中部，自中美洲巴拿马地峡穿越而过，进入东太平洋，潜入水中，成为一支比原来和气了很多的太平洋气候现象。

很多年以后，它被人们称为"厄尔尼诺"。

在柏拉图的记载中，尽管亚特兰蒂斯曾雄踞一方，但最终还是难逃沉没的厄运。可这里的疑点实在太多：一块如此巨大的大陆怎么会在一夜之间不留痕迹地消失得无影无踪？假如它真的整个沉没，难道上面的人就无

一得以幸存？即便真的无人幸存，那么又是谁目睹了这次巨大的灾变和悲剧？

据说，最早提出怀疑的恰恰是柏拉图的学生亚里士多德。

幸存者可能没有，但旁观者必然存在，否则大祭司又怎能讲给梭伦听呢？我们都知道，任何一个描绘得极为细致的"没有在场者幸免于难"的故事都无异于虚构。只可惜梭伦所听故事的原始记录已经失传，谁也不能证实柏拉图的记载是否符合事实。

至少在地中海沿岸，很多人都目睹了这场惊人的变故。也恰恰是因为目击地点在地中海而非大西洋，才让"亚特兰蒂斯沉没于大西洋"成为没有目击者的事件。只不过这一事件太过神奇，继而又发展得太过神速，让人无法相信自己的眼睛罢了：开始他们无法相信一块大陆凭空生出，更令他们难以置信的是这块大陆竟然在顷刻间烟消云散。是以所有目睹的事实，最终却都变成了神话与传说。

尤其让人不可信的是，那还是一块如此"巨大"的大陆。

事实上，卡戎的舰队面积比一块真正的大陆要小得多，即便是通过镜面反射之后，它被数次加倍的虚幻面积仍比真正的大陆小得多。但一个有力的证据可以解释这一点：也许梭伦在其原始记录中把数字一百错写成了一千。毕竟表示这两个数字的符号在克里特文中的手写体几乎一样。如此一来，所有有关的数字都要缩小：亚特兰蒂斯的面积问题解决了，毁灭的日期问题也解决了，其他那些亚特兰蒂斯毁灭时看起来过于夸张的描写也因缩小了十倍而显得更加真实。

所以，沉没的不是一块大陆，只是一支规模被无限放大了的舰队。

幸存者同样存在，而且不止一名。他们成群结队，顺水漂流。但没有了大船，他们再也不可能折返美洲故乡，于是大部分人就近在北非登陆上岸。

于是，逃生者正式成为北非土著，与埃及人通婚繁衍，发展了古代埃及文明。

于是，前玛雅人正式覆灭。这次事件，就是他们文化断代的重要原因之一。但剩余的那些老弱病残的玛雅人，顽强地存活了下来，继续繁衍，维护着一个逝去的辉煌文明。

于是，亚特兰蒂斯成为一个让人困惑千年的不解之谜，一个流传千古的悲壮传说。

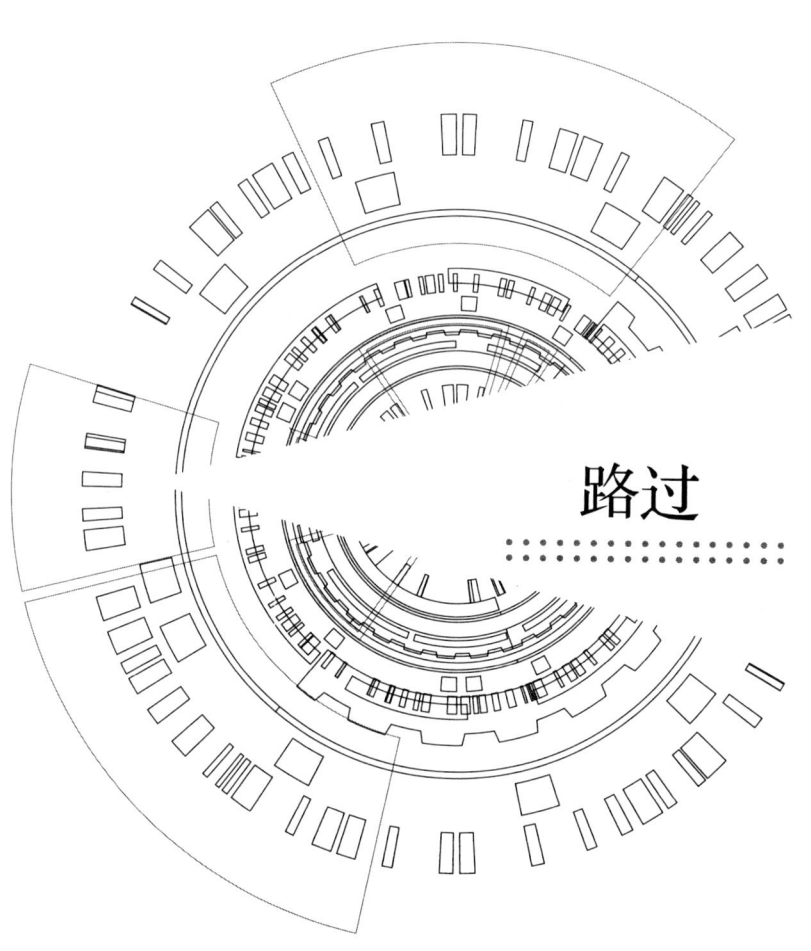

路过

科学大师爱因斯坦在批评量子理论的时候,曾举例反诘:"难道月亮只有在我看她的时候才存在吗?"

著名天文学家卡尔·萨根始终认为,自然形成的卫星不应该存在内部空洞。

——题记

碳素墨水般的色调在冷寂洁白的荒漠上勾画出陡峭山峰的准确阴影,鲜明的黑白对比使星河想起了一位生前死后都有着颇多非议的政治家的墓碑——在他参与领导的国度,曾经发射了第一颗人造地球卫星,完成了第一次宇航员太空行走,并率先实现了无人探测飞船在月球登陆。

这里是真实的月球,让星河一生都魂萦梦绕的地方。

"图灵号"清楚地知道自己有着一个更为遥远的终点。进入月球轨道并做短暂的环绕航行,这只是她在告别地球故乡前的一次小小回眸。

用这种浪漫的笔调书写整个计划颇具诗情画意，但对于操纵"图灵号"的真正主宰来说却毫无意义，因为它并非感情丰富细腻的人类成员，而是人类千百年来的智慧结晶。人脑无法比拟的电脑系统正监控着飞船的每一个角落。

"图灵号"在进入环绕飞行之前的预定方向是南门二，也就是包含着距离太阳系最近的恒星——比邻星——的半人马α，而在摆脱月球引力场之后它的方向将被再次精确地定位于那里。因此，在今后数万年之内决定飞船运行的只有力学规则，需要电脑系统进行方向调整的时代还远没有到来。

尽管控制一切的主动权从一开始就被彻底剥夺，"图灵号"上的人类成员心中却没有丝毫芥蒂。从某种悲观的论调来看，在不久的将来，整个人类势必为电脑意识所取代。相比之下，如今这种形式上的命令与服从，只不过是小巫见大巫之前先行呈奉的一份薄礼，大可不必耿耿于怀。

可是人类不能等待，也不愿等待。在被完全替代之前，他们有必要为这个宇宙再做点什么。

其实这些富有哲学意味的问题对于"图灵号"上的人类成员来说根本就不重要，因为大多数人所能理解的真切时间都不过百年。人类的思维可以接近无穷，而他们的生命却是如此的短暂。

他们目前所关注的，是那正被数双眼睛目不转睛地盯视着的屏幕画面。

那是人们早已十分熟悉的陈旧资料，他们显然是在"复习"以前的功课。

那是20世纪60年代末至70年代初，美国历次"阿波罗"登月行动的部分镜头。

现在的时间是1969年7月，地点是月球静海。

登月舱缓慢下降；

登月舱平稳着陆；

登月舱门户洞开；

接着，慢慢移下悬梯的阿姆斯特朗开始谨慎地用他那小小的一步，完成人类文明发展中的这一大步跨越。

……

"升旗"仪式正式开始。宇航员动锹破土，试图将所谓的永不落的星条旗植入月表岩层。

电脑自动调节着画面的大小和清晰度，特写镜头使宇航员的动作纤毫毕现——

两名宇航员历尽艰辛，轮流铲土，但最终也只能把旗杆插入几厘米深。

当其他观众露出会心的微笑时，星河却表现得无动于衷。相同的镜头，他已经浏览过不下百遍，甚至已经超过了令人厌烦的极限。这次他只不过是义务陪绑。

其他人对这些资料自然也不是全不知情，这起历史事件——"人类有史以来第一次走出摇篮"——早已成为人类集体记忆的一部分，并深深地印刻在每一个人的脑海当中。所谓"复习"一说，也正是出于这一视角。

只不过除了星河之外，其他人事先并不知道此番旅程中还有"考察月球"这一内容——他们同样也不了解整个行程中的每一个具体步骤。

"图灵号"此行的安排奇特而独到，有关探索与考察的工作布置是随处解密式的。换句话说，每到"情节发展"需要的时候，保存于电脑中的具体任务的封条将会自动揭开。这样做的好处在于，可以避免因人类对即

将发生的某件事情过分关注,而使日常工作秩序被打乱。

况且具体到月球一例来说,这些人也不都是天文学家。

接下来的画面是随后几次的"阿波罗"进程。由于吸取了第一次出乖露丑的教训,再度来访的宇航员是带着电钻上路的。不过令人遗憾的是,即使是电动的钢铁家伙亲自出马,最多也只能打进75厘米,而它在地球上却能毫不费力地打出将近5倍的深度。

"诸位有什么看法吗?"专题纪录片刚一结束,星河便及时提问,不给观众稍做回味的时间。

"这说明月亮姑娘的肌肉比地球妈妈要结实。"

"大夫"用一个通俗的比喻准确地指出了月球与地球的密度区别。这位年轻的美国生物化学家的正式工作是随船医生,但是每个人都知道他只受过最简单的短期外科训练。

"大夫"的确道出了实情。由"阿波罗"计划带回的关于月岩的实测数据表明,月表岩石的密度高达$3.2—3.4g/cm^3$,而地表岩石的密度只不过才$2.7—2.8g/cm^3$。

"不错,是这么回事。不过这与我们原先的预测可不吻合。"星河点点头,接着"大夫"的话往下说,"因为根据计算得出,月球的平均密度只相当于地球平均密度的60%。"

人类从很早就开始尝试测量月球的体积和质量了,所做的努力仅次于对地月平均距离的测量。

"咱们姑且不考虑有关'平均'密度的问题,就按照现在了解到的情形来推测,月球中心也应该有一个由大密度物质组成的内核。因为根据不同深度的抽样来看,密度还在随着深度的增加呈递增趋势。"星河指了指屏幕上已经定格的画面,"这样一来,我们就可以重新计算出一个更大的月球总质量来。由于月表到月心的距离要比地表到地心的距离小得多，再考虑它那新计算出来的总质量，我们就会得出一个崭新而离奇的结论：月表引力显然比我们想象的要大得多。"

"教授"苦着脸摇摇头，表示不能接受这个结论。这位美籍德裔知识分子长在星条旗下，最初是在剑桥攻读的物理学，后回国入普林斯顿深造并谋得教职。为了在称呼上把他和医生区别开来，大家更习惯称他为"教授"而不是博士。

"对，谁都知道月球上的实际引力只有地表引力的六分之一。这样看来，好像月球的引力和它的密度根本没有什么关系一样。"

大家相互对视，不知星河的目的何在。当然也有人是因为没有听懂，比如那位未必称职的医务工作者。

"这么说吧。王冠的重量丝毫不差，可是体积整整大了一圈……"星河还不太恰当地类比着那个以讹传讹了多年的古老传说，但他知道如果提一下阿基米德的故事也许能使讲述变得更清楚些，"这说明了什么呢？"

尽管在这个十分浅显的比喻里不正确地混同了重量和质量的区别，但还是使每个人都恍然大悟了。这只能说明月球是一个巨大的空心体——至少里面混了与外表岩层不同的东西，就像当初狡猾的工匠在金制的王冠中掺进了银子一样。

"其实早在20世纪中叶，英国皇家天文学会一位研究月亮的权威博士就提出过这个假设。"

电脑适时地调出相关资料，屏幕上显示出它来自"《我们的月亮》，威金斯，1950年版，第13章"。

"有各种迹象向我们暗示，月面下有一层30千米—50千米厚的壳体。"

作者以一种直截了当、简明扼要的方式向读者暗示，这层壳的下面无

疑是空的。

接下来这位学者还推测说,肯定不会有人想到,"月球居民"居然会住在布满洞穴且妙不可言的月球内部:精心建造了多年的盘根错节般交织的洞穴网络;在寂静和黑暗当中,无数晶莹剔透、反射着人造光芒的结晶体散布于洞壁,仿佛树木枝杈一样各自延伸的隧道与月面的裂缝——那些"出口"——相连接……最后作者表示,这种奇景将使最先踏上月球的人大为惊异。

在将近20年之后,人类真的第一次登上了月球。虽说首先驻足月表的阿姆斯特朗及其后续人员确实看到了不少令人"大为惊异"的景象,却没能对上述描述予以证实或证伪。不过对于"中空的月球"这一命题,他们还是做了有限的验证。

时过境迁,今天,被首先路过的芳邻将成为"图灵号"成员着手研究的第一个课题。尽管在数十年前人类已经不请自来地践踏了她圣洁的芳躯,但没能了解她如迷雾般的心灵。

当然除此之外,电脑系统和人类成员都还有更为重要的工作要做。

根据计划,假如"图灵号"的成员们真的遇到了超出事先理解范围的事情,就应该留下至少一名成员,并由随后而来的探测飞船带回,然后不厌其烦地向有关部门陈述他所看到的一切。其他人将追随"图灵号"本身,继续深入宇宙那未知的深处完成探索。

至于"图灵号"本身,则可以在漫长的旅程中耐心等待。她并不着急,她的生命无限漫长。

2

相对于遥远且巨大的天界体系而言，月球近在咫尺。这些年来人类的学习能力又提高了不少，但着陆过程与"阿波罗"时代几乎没有什么改观，无外乎是牛顿力学的种种过程。

一想到这个神圣的名字和以这个名字命名的力学体系，星河就不免有些黯然神伤。据他了解，新一代的年轻人更喜欢直接使用固化在软件中的电脑模拟，没有人愿意使用经典的数学分析。而且他们反驳说，新的方法比让人按照牛顿框架进行的传统分析考虑得更周全、更准确，何乐而不为？

对于这种观点，星河无法从纯逻辑的角度上予以反驳，但是他总有一丝隐隐的担心：假如有一天电脑真的不工作了怎么办？当然星河自己也未必相信这种假设。这好像是自从电脑介入人类的生活以来，整个文明社会一直存在的一种杞人之忧。

也许这类事件根本就不会发生？

时间不容星河浮想联翩下去，因为在着陆之前电脑还要安排其他的东西先上月球。而他本人，还要继续从事有关知识的传播。

由于时间与能量的原因，课题的核心就是针对所谓的"中空假说"。有关实验在地球已经做了不少，实地考察之举一来属于必需，二来也是对地球模拟的有效补充。人们始终相信"眼见为实"这一传统陋习，好像什么事情都非得需要亲历后的陈述。

专门用于月表撞击的末级火箭正在做最后的方向校正，实验主要侧重于落体和可测震荡。事实上，同样的实验早在1969年就已经做过，虽说当时的记录粗糙而简陋。

第一批勇士阿姆斯特朗和奥尔德林在月球表面安放了"无源地震仪—月震侦察测量器"，在以后数次登月活动中宇航员们也都携带了同样的仪器。这些仪器自动工作，并把测到的数据传回地球，以使人类直接掌握月震的详情。事实上，还没等到更多次数的月震发生，科学家们就已经面面相觑了。

"这是'阿波罗13号'进入月球轨道时所做的实验。"星河在电脑准备的空当中授课，"宇航员用无线遥控的方式使第三级火箭撞击月球，地点距'阿波罗12号'安放的月震仪有140千米远，爆发的能量相当于11吨TNT爆炸产生的能量。"

这次深度达30千米—40千米的人造月震持续了3小时20分钟，令NASA的研究人员惊愕不已，他们无法对这一长久的震颤做出科学的解释。专家们并不甘心，又利用"阿波罗14号"的上升段火箭再撞月球，结果却惊人地相似：35—40千米；3小时。

"在此后，'阿波罗15号'制造的月震震波竟传到了1100千米外的'风暴洋'平原，甚至被弗拉矛洛高原的地震仪监测到了。"星河笑着结束了资料介绍，"可能是月亮姑娘对这种恶作剧有点小脾气了。"

事实上，在星河没有介绍的"阿波罗16号"和"阿波罗17号"登月活动中，也同样进行了月震实验。在任何一项星际探测当中，同样的实验如此反复进行都显得不同寻常。

"用同样的方式在地球上做，震波最多也就能传1—2千米。""教授"开始明白了。他虽然不是地质学家,但能够很好地利用他的物理学知识。真正的物理学家并不像公众想象的那样——因为牢记量子理论就一定会忽略牛顿力学,他的外表也并不像不修边幅的爱因斯坦。"持续震动绝对超不过1个小时。"

答案是显而易见的。如果我们用同等力量敲击一实一空两个金属球,就会发现后者的震动时间远比前者要长得多,目前面临的月球问题与此十分相似。数次人造月震实验的结果显示,月球的内部结构肯定与地球不同;从其震动特点来看,很像是空心球体的震动。所以就连最保守的科学家也同意,虽然不能说月内全空,至少可以证明其内部存在着一些空洞。

电脑显示一切都已安排就绪,第三级火箭即刻下坠——如果我们能够将月球的方向称为"下"的话。不过这一次,实验品与观测者是一体的——火箭上捆绑的仪器是集震荡诸项指标于一体的最先进的科技结晶。在火箭即将落"月"前,它们将以不同的速度和角度飞散开去,在最大程度上保证震荡后的连续观测免于失真。

"不过这些实验远不能得出结论。光有月球的横波不能说明问题,可安放地震仪的距离又那么近,肯定测不到月震的纵波。假如月球真是中空的,那么纵波根本不向月球中心扩散,而横波会在其壳体的震源四周反复震荡。"针对以往和即将进行的实验,"教授"认真地做出技术置疑,"不过……要是能发生一次较大规模的陨石撞击,通过测量月震纵波和横波传播的时间差异就有希望得到良好的证明。当然了,这种概率极低的事件很难发生——很难正好在我们的观测范围以内发生。"

"您错了。"一直没有说话的天文学家杨终于开口了。没有人知道他的姓氏究竟是东方古国的"杨"还是英伦三岛的"Young"——他长着一副亚洲化十足的面孔,却总喜欢宣称"我与托马斯·杨同姓"。"1972年5月

13日,一颗巨大的陨石刚好撞击了月面,它的能量相当于1000吨TNT炸药爆炸后的威力,有4个月震仪记录下了由此引起的月震曲线。"

参与"阿波罗"计划的科学家为这颗陨石取名为"巨象"。"巨象"造成的巨大震动确实传到了月球内部,如果月球是个实心球体,那么这种震动应该反复多次。但事实再一次令科学家失望,"巨象"引起的震动传入月球内部之后,就如同石沉大海,全无声息。发生这种情况只能有一种可能:震动的纵波在传入月球内部后,被巨大的空间"吞吃"掉了。

"教授"近乎贪婪地注视着屏幕上有关那次实验的画面和数据,眯着眼睛,舔着嘴唇,不知在想些什么。

火箭开始动作,它的加速正好作为飞船着陆的减速,拆分的部分进行着动量的等量转移,下面将是数小时的耐心等待。

仅仅在3小时之后,被称为"小象"的撞击火箭坠毁于72千米外的月球表面,众多的记录仪同时记录下了长达一刻钟的声如洪钟的震荡。"教授"以其高超迅捷的估算能力与电脑同时给出了类比结果:假如月球是一个实心岩体,碰撞后产生的震荡声最多只能持续5分钟。

实验结果与往昔的历史记录和此前的数学推演取得了惊人的一致。

与此同时,"图灵号"上的电脑与远在1光秒以外的庞大电脑系统同时开始建模计算。这一次将根据有关数据获得一个准确而完整的月球结构数学模型。

3

新一代月球车克服了以往的引力不适,毫无顾忌地在月表的荒原上疾驰,美丽而凄凉的月球景色被一一抛在后面。

放眼望去,被命名为"月海"的广阔平原被一些横七竖八的山脉封闭着,展现出一种不对称的壮观景色。月球上的山脉构造奇特,一般来说面向"海"的一边坡度很大,有时甚至呈现为断崖峭壁,突兀之处甚至有"月堑"之称,相较之下,另外一边则相当平缓。

包括电脑管理系统在内,"图灵"号的全体成员都在等待结果。在等待阶段中,"月球一站"的小组成员将驻足月球。

事实上全人类都在等待结果。

假如分析结果告诉他们,月球的确是个空心球体,那么他们的任务便完成了。至于中空的内部究竟如何,很可能是下一代才能彻底解决的问题。

降临月表已经超过12个小时了,收获的远不止月震这一项资料,但每一项都与主题相关。人们终于发现,这个看似温顺的月亮姑娘并不像人们想象的那样乖巧,好像人类对她真的比对自家的海洋更了解似的。其实存疑之处不胜枚举:只存在于月球正面的12处重力异常、正背两面地形地貌上的显著差异、不同世纪中时而发生的月表暂现……而数次采集到的岩样再一次得出一个难以解释的事实:月表富含各种金属,甚至是地球熔岩中极为稀有的钛、铬、钇，在这里却俯拾皆是。这些金属不但"性格"刚硬，而且对高温和腐蚀"忍辱负重"，熔化它们至少需要2000—3000摄氏度的高温。可对于拥有着数十亿年冷寂火山的月球来说，除非那种"人为提炼"的戏谑说法成立，否则这些金属绝无出现的可能。奇怪的是，月球上赖以形成微弱磁场的铁元素反倒奇缺无比，而且从其中的铁化合物中还原出来的铁单质对氧毫无兴趣，一丝氧化的迹象都没有。难怪能够在月岩中检测出纯铁和纯钛的存在。对此化学家们众说纷纭，莫衷一是，唯一的解释只有近乎无稽的猜想：这种铁元素根本就非太阳系的嫡出。

犬牙交错的环形山星罗棋布，宛如一座巨大的盆景，巉岩峭壁，鳞次栉比。大气的缺失使得月球在杜绝了音响的同时也失去了云雾风雨，却让太阳辐射和高能物理射线畅通无阻、长驱直入，陨石们更是在这个万籁俱寂的世界上肆意砸出那些日后必将成为环形山的累累伤痕。

考察区域已被电脑划定，在时间、范围等诸多方面进行了充分的考虑。除了那位人类学家在没完没了地嘟嘟囔囔，其他人都没有发表意见。

停车下马，各司其职。"月球一站"囊括了除"大夫"外的所有"图灵号"乘员——"大夫"成为环绕月球的"图灵号"看守，因为在这里需要他的可能性实在是太小了——每个人都有自己负责的一摊。组员们基本上安安静静，只有人类学家时不时地大呼小叫。

说实话星河已经有点讨厌他了。这当然并不只是因为他在合作之初向别人自我介绍时总要完整地重复"人类学家某某某"，以至于他的前缀比他的真名词根被人们记忆得更为清楚。令星河厌烦的原因还有别的：已经三十好几的人了，还是做梦都相信奇迹会发生。就算科学研究需要幻想，也不该想入非非，对不对？星河的原始专业是非应用的纯粹数学，因而他最反感直觉式的感受性思维，他认为只有动物才直觉敏锐。

从劳动总结就能见分晓了。在人类学家到处不安分地乱嗅时,天文学家杨肩负起地质工作者的职责,并不时地主动弥补电脑摄影的遗漏;"教授"的身份也自动降到了实验员的位置,接连发现了好几处显著放射性的铀铅混合物的聚集,并粗略测定了其中铀238与铀235等同位素的含量比。有关信息被传回"图灵号"后随即被接力传递,电脑系统迅速做出分析:不能排除是核物质嬗变后的产物。

"不要以为有放射性就代表着原子弹。"杨看到人类学家又在跃跃欲试,善意地提醒他,"先不说自然界也有不少天然的放射性物质,即使是文明的产物,也不一定意味着毁灭性核大战的结局,还有可能是废弃的燃料。"

"就算是后者也让我兴奋。"人类学家不在乎杨那略带讽刺的劝说,依旧情绪激昂。

"也许有人在我们之前先行降落过。""教授"沉吟道。

"还挖了个很深很深的大陷阱。"人类学家适时地予以补充。

星河透过面罩白了人类学家一眼,然后无可奈何地笑了。这么大的坑可不是一两个宇航员就能挖得出来的。

相当于地球两周的漆黑夜幕正在慢慢褪去,可即使在阳光灿烂的早晨也一样可以看到千万颗宝石般的星星镶嵌在空中。举头眺望,谁都可以看见悬挂在天穹上那明亮的地球。

在旅途当中,他们如期获悉了来自故乡那由理论推演得出的结论:月球显然是一个中空的天体。所谓"理论推演得出的结论"一说,只不过是用来搪塞那些喜欢较真抬杠者所谓"毕竟没有真正下去,目前得出结论为时尚早"的说法。但是真正了解科学的人都相信它,正如在20世纪,即使人们没有真的见过会拐弯的光线,但还是肯相信爱因斯坦的相对论正确无误。

每当想起爱因斯坦,星河、"教授"和杨这类数学、物理以及天文界的学子们都会不由得肃然起敬,有着一种晚生对前辈的那种与生俱来的仰慕。不过这一次,星河的思绪却与历次都不相同,因为他突然想起了这位科学巨匠提及月球时的一个想法。尽管这位世纪老人推翻了经典的物理大厦,但他仍旧是一名相当经典的逻辑信仰者,除了那句著名的"上帝不掷骰子"之外,他还针对量子理论有过这样的反诘:"难道月亮只有在我看她的时候才存在吗?"

可是当我们认可"月球中空"这一理论的同时,就不得不面对它与另外一个观点的矛盾之处:

"自然形成的卫星绝不可能是空心的。"卡尔·萨根,以及许许多多的天文物理学家,如是说。

不过这些发现并不足以让一个人留下来,因为掌握的直观资料毕竟少得可怜,也没有什么更为显著的新进展。月球的表面还是太厚了点,想要了解她的内部绝不像人类预估的那样容易。放射性倒是值得一提,但是由电脑来提也不是不可以。

作为事先内定的人选,杨本人也并不情愿真的被留在月球上。假如完全自由地让他在回乡述职和客死星尘之间做一个抉择的话,他显然会义无反顾地选择后者。

幸好事先决定的留驻者不是人类学家。星河在心里连呼"万幸"。否则即使断绝他的饮食,他也会不屈不挠地留在这里。精神可嘉,责任感却荡然无存。

有时候,比追求终极真理更崇高的行为是承担眼前的责任。

人类学家的细致入微已经不止让星河一个人摇头了,因为这总会使他落在队伍的后面。星河好几次在心里不满地骂道:"他以为下了月球车就像是小朋友们在公园里解散了自由活动呢,就算真是这样也还应该有个时间限制吧。"说心里话,星河无论如何都不能理解为什么要留驻一名天文学家?因为他在以后的作用会比所谓"人类学家"要大出百倍。

愤怒的情绪可能会阻绝听觉,人类学家接连兴奋地惊呼了两声星河都装作没有听见。对于这种无聊的伎俩星河已经见怪不怪了。可当人类学家怒气冲冲地站到他面前时,本想痛痛快快地大发一次雷霆的星河还是软了下来。

星河没有想到的是,这时他就是不想软也得软了。这一回人类学家手里拿的再也不是那些模棱两可的所谓文明遗迹了,在他伸展开的套有宇航服的手掌中,赫然是一块经过悉心雕琢的岩块。

就连小孩子也能够看出,那绝不是自然形成的物品。

那是一块残缺的金属刻片。

4

阿尔卑斯月谷宛如月球面孔上一条长达130千米的巨大伤痕,弯曲绵延,无始无终,肆无忌惮地将与它同名的阿尔卑斯山脉拦腰截断。星河一行人很想顺着这道裂谷一直走下去,也许它的尽头就是月球内部那未知文明基地的入口。

早在1966年,苏联无人月球探测飞船"月神9号"就在"风暴洋"边缘拍摄到一个神秘的洞穴。《我们的月球》的作者威金斯博士又联想到自己也曾在卡西尼A坑发现过一个巨大洞穴,因此他相信这些圆洞必然通往月球内部。

在科学上最难承认的就是孤证,但是电脑系统已经初步证实了刻片的成分确属月球金属铁无疑,与地球上的铁单质有着极大的不同。这使得星河不得不打消刚开始产生的疑虑——有一阵子他真担心那是人类学家自己刻出来的!想到这些,星河为自己无端地怀疑别人感到羞愧。

被命名为"铭像"的刻片来源也是由电脑给出的,沿裂谷方向寻找相关产物得手的可能性最大。于是"月球一站"小组即刻开拔。

这条月隙的宽度至少有10千米,月球车沿着一侧峭壁悄然行进。在白昼时分,谷壁的阴影还可以遮挡足以使水沸腾的直射阳光。

"大家看裂谷的峭壁。"自从有了这个重要的发现,星河很担心人类学家会得意忘形。但他反而变得随和、客观了。

在人类学家的提醒下,大家发现裂谷的边缘的确过于规则,很难排除人为斧凿的可能。不过由于经年的变化,目前电脑尚不能对此给出一个明确的判断。

沿着这条道路,也许可以对月球内部做一个初步的探查,即使不能洞悉一切,初窥门径估计不成问题。每个人的心里都自然而然地产生出类似的想法。

沿途的地势起伏相对平缓,远方的环形山轮廓向后缓慢地退去。当一个边缘漫长的环形山慢慢掠过"月球一站"小组成员的眼前时,物理学家和杨显然为对方的巨大所折服。他们的眼神好像在说:"真大啊!"

"最大的环形山能够容纳得下我们中国的海南岛。"星河看出了他们眼神中的意思,喃喃自语道,"不过它再大也没有月球本身大。"

没有人对星河前言不搭后语的表述感到奇怪，因为这个问题在几小时前刚被讨论过。

相对于地球来说，月球的个头的确太大了点。火星膝下有一双儿女，老大直径不足妈妈的1%；木星的一群孩子里最大的那个直径也只有长辈的3.5%；土星和它的邻居木星也十分相像……一言以蔽之，没有谁家卫星的直径会超过母星的5%，而月亮的直径呢，竟然是地球直径的27%！

"面积，只是面积。"人类学家突然反应过星河的话来，精神很好地予以强调，同时不知是有意还是无心地忽略了"环形山"和"陨石坑"的区别，"要知道最深的加格林陨石坑深度不过才6千米，至今还没发现有比这更深的坑。"

星河扭头看着人类学家，貌似疑惑地望着他，对他的说法不置可否。

"这您应该知道呀。按照计算，一颗直径几千米、速度高达5万千米每秒的陨石在撞击星体时威力无比，穿透深度应该是其直径的4到5倍，地球上的全部陨石坑都可以作为证据。"星河没想到人类学家竟如此认真，"但在月球上就邪门多了，所有的陨坑竟然都很浅，按理说加格林坑直径300千米，深度至少也该上千千米才对！"

"近来你好像读了不少科学文献？"星河的语气里不无酸意。

"嗨，随便瞎看。"人类学家扬扬手中的微型电脑，"反正闲着也是闲着。"

你才不闲呢。星河心里多少有些愤愤不平，因为他实在不明白人类学家哪来那么多的时间和精力，能够观赏景色和读书学习两不耽误。

"原因呢？"物理学家倒是对刚才中断的科学阐述兴致勃勃。

"想必在距月表6千米的深处下有一层坚硬的物质结构，无法让陨石穿透。"

很显然，作为一名素有想入非非毛病的人，人类学家的陈述语气只能用"探寻"来描述，而绝不是"肯定"。

单调的景色很快就使旅程变得无聊，对自然界再壮观的刻画也不如工业文明来得多姿多彩。怀念使星河禁不住抬眼关注头顶上那有4倍月亮大的"地亮"，顿时心生无限感喟。

我们怎么能够没有月亮呢？有时候星河甚至觉得，大自然对待人类真是相当慷慨，而且又总是那么恰到好处。

对于人类来说，21世纪的一个重大课题就是大力开发月球，而恰恰就在20世纪行将结束之际，月球南极那能为2000人提供一个世纪水源的巨大冰块被发现了。假如证实其确为无害于人体的纯净水，那么第一批调往桂宫工作的"嫦娥和吴刚"们至少可以不必携带十分沉重的水壶了。

从宇航的角度来说，月亮对于人类更是具有相当重要的意义。从某种意义来说，月球本身就是大自然对我们的慷慨赠予。著名的科幻与科普大师阿西莫夫曾这样论断：如果地球也像水星或金星一样没有天然卫星，那么人类很可能就不会想到要进行宇航开发。月球距离地球只有38万千米，这个距离比到距地球最近的行星——金星要近上100倍。从经济的角度来说，针对这一距离的最初耗资人类还是可以接受的，宇航员在路上耽误的时间也不会太长。对于漫长的太空旅行来说，月球无疑是一级不可或缺的阶梯。

即使从最直观的意义来看，一轮明月当空普照，至少也给我们的祖先一种思考、一种想象、一种探索宇宙的好奇心。试想若没有这轮明月，仅仅是满天不可测度和揣摩的群星，是不是会使人类对于天空的好奇大打折扣？事实上，一个巨大的、可视的——相对于太阳——近距离天体，对于天文学本身的研究也具有十分重要的意义。

甚至就连日月食的发生对于人类来说都仿佛是天赐般的幸运：一个天文单位的日地距离与光行1秒多的月地距离之比，与日月间高达395倍的直径之比刚好相等。当距离抵消了大小之后，就剩下两个天体那奇迹般相差无几的视半径，这才有了"等大"的日月各司昼夜，并使得日食的奇观得以实现。难怪阿西莫夫不无感慨地喟叹：从各种资料和法则衡量，月球都不应该出现在那里——因为月球正好大到能造成日食，小到仍能让人看到日冕。在天文学上实在找不出任何理由来解释此种现象！

当然还有一个已被人熟视无睹，但更匪夷所思的事实：一个行星卫星的自转周期居然与它的公转周期相吻合。这在整个太阳系更是一个绝无仅有的巧合——巧合得几乎令人生疑。

已经走出很远了。

包括人类学家在内的全体小组成员都不是盲目乐观的冒险家，所有人的心里都十分清楚，没有氧气和饮食等给养，大家走不了几天就会命殒他乡。他们更不是理想主义的幻想家，乐观地凭空认定在历史遗迹中保存着至今尚能食用的珍馐佳肴。此外，他们既不会不屑电脑系统对他们生命的合理提醒，也不会擅自决定什么更宏伟的计划——何况大多数人都不知道有什么计划。

当饮食消耗掉三分之一的时候，他们共同决定立即返回——给养必须留有足够的冗余。

可就在月球车行将调头的时候，他们突然看到了"他"。

5

在中国四川省的乐山,有一座倚山而坐的大佛。古往今来,不知有多少文人墨客咏叹过这一人造奇观。

星河曾经到过乐山,但是他第一眼见到这座仰慕已久的文化遗迹时,却感到一种隐隐的失望。在他童年的想象当中,大佛应该比眼前的这尊圣像要大得多。

如今,在远离乐山38万千米的世界里,星河第一次看到了他童年心头的"大佛"——甚至比他的想象还要大。

他们把它称作"面孔"。

没有大气的月表光线可以不受任何影响地直接射入眼帘,没有任何迹象表明远方的雕像只是一个光学幻象。在缺乏确凿的证据之前,可以将它视为以山峦为基板的巨大浮雕。

当然这种描述对两种可能都有效:如果是真实的雕刻,必须有一个坚强的承载;即使是光学投影,也需要找一个反射的衣钵——即使是有大气参与构造的海市蜃楼,至少也应该有一个赖以复制的原本。目前的资料尚无力判断两种假设孰是孰非,一个很重要的原因就是月球上没有流动的风:没有对山岩的经年风化,也没有对光波的瞬时扰动。

至少有一点与乐山大佛不同,"他"不是全身肖像,只有一张面孔,这也正是它名字的最初由来。

它很像是一张人类的面孔。当然，在如此遥远的距离上这么说实在是缺乏实际意义，因为"他"的真实面目很可能与人类大相径庭。不过说起来这好像从一个很小的侧面印证了某些地外文明研究者的观点：高级外星文明与地球人类十分类似，尽管细微的枝节之处不尽相同，但在昏黄的灯光下仍将难辨真伪。

然而还是那句话：在科学上，最难承认的就是孤证。

按理说，从清晰度来看，最多也就到隐约可见五官的程度，但不知为什么，星河却仿佛读出"他"有一种凝重的表情，甚至可以看出眉宇间微微皱起的额纹。星河很为在自己的脑子里居然还有如人类学家般的不良残余想法而气愤，可是很快整个小组的成员就都产生了同样的认识。尽管后来电脑给出的分析是，这纯属幻觉，可星河等人依旧坚持原来的看法，并由此对电脑中有关人类感觉判断的正确率开始持怀疑态度——在这个问题上星河第一次同意了人类学家的说法。

不过星河分析，"面孔"的制作者本来未必真想赋予"他"如是的表情。他希望显示出的一定是一个不哀不喜、不怒不乐的平静表情，没想到工匠不由自主地将心绪留在了作品的脸上。

那么制造者又是因何悲哀呢？

也许这并不是一个重要的问题，也许对它的提问只是为了回答一个更为重要的问题：

制造者此举究竟要干什么？

也许，他们想在生命就要结束的时候，最后留下一处显著的标志？也许，他们想在文明行将没落的年代，在进取的终点树立一座丰碑？也许，这张哀怨的面孔指示着隐秘的财富？也许，那双忧郁的眼睛吐露着历史的传说？

这些问题都是"月球一站"的小组成员无法回答的。也许，这个课题将耗费几代地球人的生命。

小组的成员们花了整整三个地球日的时间来研究"面孔"，当然大部分工作都是侧重于各种测量。距离被精确地测定出来，此番他们能够前往到达"面孔"处的可能性几乎为零。但是坐标定位工作已被反复检测核实，以使下一支探测队不会迷途而返，找不到自己的工作地点。

在大量的摄影工作完成之后，返回"图灵号"的计划被紧急议定。人类学家稍表异议，就遭到了星河的严厉制止。

绝不能再多耽搁了，剩余的给养正在接近最低阈限。

我们的科幻作品描述了过多的巧合和偶然：探险队不是正好来到了雕像的脚下，就是放弃原来的计划留在了月球，接下来肯定会用一个月球昼夜的时间揭开一个掩盖了数亿年的大秘密……诸如人类学家这样的理想主义者一直是这类作品的热衷读者。如果机会允许、条件适宜的话，有朝一日他还有可能成为作者之一。但事实从来没有那么有趣和好玩，铁一般的冰冷逻辑告诉我们，激情只存在于探险计划被制定的日子里，而绝不是探险行动过程中。

月球车开始精确地沿来路返回，依依不舍自然是每一位成员十分自然的感情流露，只不过表达的方式各不相同。星河直视前方，硬下心肠死不回头，貌似平静的面孔被试图掩饰的激动冲击得一塌糊涂；"教授"无暇驰心旁骛，认真翻拣手头的有限数据，同时不住地以手揉眼，这恐怕是人类习惯隐形之前扶正眼镜的后遗症；天文学家杨至少崇敬地凝望了一刻钟之久，才恋恋不舍地回头关注"教授"的研究。

只有人类学家坚持行注目礼告别。

人类学家的叫喊是在杨的凝望结束之后仅五分钟发出的，大家的反应

整齐划一，六道目光没有在人类学家脸上停留半秒，便齐刷刷地回首射向"面孔"。不幸的是，这些目光失去了承受物，刚才山峦间那巨大的浮雕居然消失得无影无踪了。

月球车不得不再次停下来，一行四人驻足远眺。

面对一无所有的远山，每个人的表情再次显出不同，但在星河的脑海里，人类历史上对月观测中的众多蹊跷蓦然流出。

被简称为"TLP"的月表暂现现象首先为英国天文学家提出，并为苏联天文学家证实。1958年11月3日与4日两夜，英国天文学家穆尔在月球的阿尔卑斯山上发现一抹奇特的淡红光斑。他当时认为是月球内部散逸出的气体经太阳照射而发光，但这种解释至今尚未得以证实。

然而这种现象并不孤立，有案可查的记录比比皆是，甚至可以追溯到近10个世纪以前。根据史料记载，在1178年6月18日这一天，至少有5个人目睹了峨眉月上的闪光；1671年，当时的法国科学家卡西尼曾发现月亮撒出了一片云雾；在18世纪，天王星的发现者、素有"观测大师"之称的威廉·赫歇尔也有过两次类似的记录，一次在1783年。一次在1787年，这位流浪音乐家以他诗人般的语言描述道——这种闪光"好像是燃烧着的木炭，薄薄地蒙上了一层热灰"。

这张名单还可以一直开列下去：1882年4月24日，"亚里士多德区"出现不明移动物体；1945年10月19日，"达尔文墙"出现三个明亮光点；1954年7月6日晚上，美国明尼苏达州天文台台长和其助手观察到"皮克洛米尼坑"里面出现了一道黑线，但转瞬即逝；1955年9月8日，"泰洛斯坑"边缘两度呈现闪光；1967年9月11日，"静海"中弥漫着紫色的黑云……

没有人动作，没有人说话，面罩的听觉装置中传来每个人均匀而厚重的呼吸声。星河下意识地回头望向天文学家杨。

面对因不存在而产生的"奇迹"，杨的神情依旧崇敬而神圣，他的思绪也同样被牵扯着流向"TLP"。

月表暂现现象并不仅仅局限于光。1843年，一位曾绘制出数百张月球地图的德国天文学家发现，原来直径数千米的"利尼坑"正在变小；1866年，希腊天文台台长宣称："月球'澄海'中的一座环形山突然消失！"时隔两年之后，又有人报告说："一座原本直径500米的环形山增大了6倍……"时间进入20世纪50年代以来，记录变得越来越煞有其事：1956年日本明治大学的丰田博士居然声称自己观察到数个排列成"DYAX"和"JWA"字形的黑色物体！1966年2月4日，苏联"月神9号"登陆"雨海"，拍摄到两排等距的塔状结构物，它们反射着日光，宛如跑道旁的记号，从阴影的长度可以估计出它们大约有15层楼高，可是附近并没有任何高地能使这些岩石滚落到目前的位置上，更不用说以几何形式排列了；同年11月20日，美国"轨道2号"探测飞船在距"静海"46千米的高空拍到数个金字塔形结构物，估计高度在15米至25米，也属规则排列，颜色淡于周围的岩石土壤，显然不是自然物……

数百年来，有关变化现象竟积累出1400起之多。作为一名严肃的天文学家，杨清楚地知道，尽管这当中不乏观测者的幻觉甚至是蓄意欺骗——有一段时间美苏两国甚至竞相撒谎——但当那些明显的伪证或疑点被剔除之后，仍有为数众多的不解之谜。

"面孔"的消失与所谓环形山的消失——假如是真的——自然没有任何必然的联系，但是至少杨相信，这种消失与此前的消失都意味着一种非自然力量的存在。

再次回头重新面对"虚无"的星河突然感觉到杨也在看他，当他扭头对视的时候，杨给了他一个友好的微笑。

他们都明白,从目前的情况判断,杨被电脑系统选择留下已成为一个必然的事实。在着陆点附近,一个临时性的简陋基地正在建设当中,杨的躯体将被低温冷冻,暂停代谢,等待下一艘探测飞船的来临。在"图灵号"上,被保存的标以"杨"的基因正在被取出,复制工作已开始进行。

"图灵号"上没有生老病死,每一个成员在即将退隐之前都要用自己的基因孕育一个新的生命。在"图灵号"可预见的将来,会有一个天文学家的后代与父辈们一同探索太空。

在"图灵号"升空之前,他们将与杨握手道别,人类学家甚至会热情地施以拥抱。

他们一定会说"再见",尽管今生今世他们根本没有可能再相见;但他们一定会说"再见",因为他们马上就会和与杨本人别无二致的后代再次相见。

6

详尽严谨的考察报告是电脑的作业,这次的信息量很可能会比"阿波罗"数次所捡皮毛的总和还要多出许多。星河甚至连所谓人类成员的感受都不必书写,这些早已被电脑探查和收集过了——何况还有杨口述补充并上测谎机经受验证。星河真正要总结的,也许只是一个感受性的概述,或者说是这份报告的前言。

"我们唯一能做的,只有猜测。"

星河面对话筒,信息转换成电波,几乎同步地出现在地球的电脑屏幕和放音设备中。

是的,我们唯一所能做的,只有猜测。

开始部分与任何一部通俗的科幻小说一样:在宇宙的某一时空,存在着一个先进的文明,他们不但学会了如何使用火,也在成长的日子里逐渐掌握了核能。他们也许比当今的地球文明要领先一个档次,也许只是在诸如航天之类的领域有些畸形的超前。

好了,下面他们就要开始著名的"图灵计划"了。

这指的当然不是那个有关电脑智能的"图灵实验":让人与电脑一起在"黑箱"中接受提问,假如外界无法判断答案是人给出的还是电脑做出的,那么就可以认为电脑的人工智能程度已经可以与人类并驾齐驱了。

"在这里,我们要说的是一个有关外星文明是否存在的'图灵判断'。在地外文明研究的领域中,它与那个著名的'地外文明数目公式'同领风骚。

著名数学家图灵曾设计过一种以其名字命名的飞船。这种飞船是无人驾驶的,但是上面的电脑可以在其航行一段时间之后,自动搜集到足够的宇宙物质进行自我复制,以制造出新的'图灵飞船',然后再向各平权地等距等速发散——很显然,子一代'图灵飞船'的数目是以几何级数陡然增长的。而这些'图灵飞船',就是最初制造者向宇宙表明自己存在的星际大使。

为此图灵做出过一个详细的计算,为了避免枯燥,我们将其中的具体时间数字予以省略:一个条件适宜的行星经过多少年即可产生生命,生命经过多少年即可进化成为可以构造文明社会的高等生命,这种文明再经过多少年将发展出足够高的航天能力,再经过多少年就可以掌握制造'图灵

飞船'的技术了。而根据银河系的年龄来看，拥有这种能力的文明早就应该存在了，即使不考虑它是否为数众多，但只要保证一个不一定很大的初始飞船数目，它们早就应该路过太阳系这片天区了。

结论：既然迄今我们仍未发现这种装置，可见地外文明并不存在。"

可以说，从逻辑上很难驳倒这位逻辑大师的立论，但是星河认为他少考虑了一层因素，那就是费用。

近数十年，人类的航天技术突飞猛进，但是为什么近在咫尺的月球仍然没有作为旅游胜地对公众开放？一个很重要的原因，就是成本难降，所需费用依然不菲。想当初"阿波罗"计划曾使全人类欢呼雀跃，可随后一些有识之士就对总共购买了380千克月岩的巨额耗资提出质疑——美国政府完全可以有更好的理由来糟蹋纳税人的银子。

一个理智的、成熟的文明，是否会做这种未必具有短期效益的投资呢？

这是一个很难准确回答的问题。

于是后来又有人提出了另外一种方案：不再考虑星际播种的数量和速度。这采取的是一种"放长线"的思路，在阿西莫夫的《地外文明》中有详细记载：

> 构造一个全封闭的自给自足系统，状如一颗完整的行星。但是它不按照天体力学的原则运行，而是自主地在恒星际漂流。这样，它便不需要有多么快的运行速度，因为在它的内部，文明自在发展、按部就班，生命生生不息、繁衍不止。这是一艘永不需要返回的大使星船。

最后,这位著名的科普大师借他人之口这样问道:

"他们为什么要这样做呢?"

紧接着,阿西莫夫有力地反诘:

"他们为什么不这样做呢?"

是的,他们为什么不这样做呢?

现在让我们按照这个思路继续猜测下去:

这艘被称为——看来我们需要给她一个名字了:我们可以叫她露娜,也可以叫她菲菠,还有一个流传更广的阿尔忒弥斯,或者干脆就叫她"夜之王后",当然了,古老东方的嫦娥、吴刚和玉兔也可供随意选用。不过根据星河成型的前言来看,他似乎还是更喜欢黛安娜这个名字。

那么好吧,我们就叫她"黛安娜"。

这艘被称为"黛安娜"的飞船,开始了告别故乡的远征……

早在1970年,两位苏联科学家便语出惊人,提出了所谓的"月球飞船"理论。基本结论如下:

月球并非天成,而是经过某种智慧生物改造的星体;内部载有文明资料;月球被有意置于地球上空;所谓"TLP"是至今仍生活在月内高等生物的杰作……

这个说法理所当然地被整个科学界一致地嗤之以鼻。联想到苏联科学家喜欢信口开河的先例——1958年一位苏联教授曾因火星卫星过小而怀疑它们是中空的人造卫星,甚至认为即使火星现在没有智慧生命,它们的史前文明也必定保留在这两个巨大的"太空博物馆"里。更早,同时也更离奇的故事还有:众所周知,火星表面的颜色有明显的季节变化,是因为它的极冠在冬天可扩大到纬度超过50度的地区;可直到20世纪40年代,苏联

科学家还坚持认为这是"火星植物"因季节而枯荣变化的证据，并据此在苏联的高等学府中开设"火星植物学"……因此人们对他们于20世纪70年代还在上演这种闹剧就更觉得没有兴趣了。

但他们关于月球构造的理论却令人很难反驳，诸如中空结构，诸如双层月壳——外壳是6千米的岩石及矿物层，陨石撞击月球时可将其穿透；内壳是坚硬的人造金属层，厚度未知，由铁、钛、铬等金属的合金构成，耐高温高压，抗锈蚀腐蚀……

不管以后的地球人类如何绞尽脑汁，此时此刻的"黛安娜"依旧我行我素。她横穿星系，跨越银河，在广阔的时空区域里无不留下了她的欢声笑语，在无数的天体系统中无不回荡着她的动人歌声。她真切地感受着星云的炽热，深刻地体会到恒星的温情。无论拜会哪一处天界星辰，还是离别哪一颗陨星流萤，她的笑靥里总是荡漾着相逢的喜悦，她的泪花中始终溢满了炽烈的深情。

叙述到这里，星河不禁停下来摇首叹息。相比之下，"图灵号"显得是多么的卑微和渺小。尽管同样是一个自我补给的封闭系统，但是壮观程度却远不及那些宇宙中的前辈。

当然，技术的发展使得我们的飞船拥有了多种多样的形式，比如"图灵号"的目的，使她完全可以不必如此巨大。但是，星河还是对那些宇航前辈表现出了自己发自内心的敬仰。那是一个英雄的时代、一个激情的时代、一个开发星系宇宙拓荒的伟大时代，星河因为自己没能赶上那个年代而痛悔得沦肌浃髓。

舷窗外的月球景象匀速转动，"图灵号"正在环绕中准备启航。

文明的接力棒仿佛不熄的圣火，永远、永远地被传递下去。

7

亿万年的漂流足以吞噬如太阳般的巨大能源,"黛安娜"终于耗尽了自己库存的最后一滴能量。当研究工作尚未进行到能从以太空间中提取更多养料的时候,正在接近的有着众多行星的那个恒星系统,就成为全体居民心中的唯一寄托。

当然更重要的不是能源,而是第一次面对面的接触。亿万年的等待,难道不就是为了这短暂的一瞬?

随着距离的缩减,失望情绪却在"黛安娜"上面发芽和滋长:这是一个正在死去的恒星,所提供的能源甚至不够煮开一杯纯水。只有继续前进。看着行将离去的飞船,不能提供丝毫援手的垂暮太阳老泪纵横。

科学家也许在坚持不懈地研究着,也许无能为力的科学家们面对太空只能空叹蹉跎——毕竟,宇宙太大了,智慧的火花微不足道。能够做的,也许只有留下坐标和遗产。

无论科学家和管理者如何思考,也丝毫不能影响一个小姑娘完成她自己的艺术作品。

没有人理睬她,她也安静地独处。对照着镜子和即将完工的巨大"面孔",细致地雕画着自己的芳容。唯一的区别是她没在上面写上忧郁,而是勾勒出一抹欢愉的笑容。

"黛安娜"在广漠无垠的时空中继续漂流,正在接近一个新的恒星

系。不过此时，她上面的最后一个人已经仙逝，她的行动只服从于天体力学的不易法则。

我们无法设想是小姑娘在钻出内舱，外出游玩时丢弃了它，因为最后已经没有足够的氧气供她这样追求自由了；我们也不愿设想她是擅自跑出来并未能及时返回，因为这样我们将会发现在刻片旁边守卫着一具清秀的白骨。

我们只能猜想，是后来多年的地质变化、陨星压砸或者火山爆发，使这块小小的见证被孤独地抛出了月心。

我们宁可不认为它是仍旧冬眠在月球内部智慧种族的一块路标。

你来了。

那束来自遥远中心的、看似微不足道的引力，正在慢慢地把你拉扯过来，纳入他自己的引力场当中。

这引力源，就是我们的太阳。

向中心进军是一次缓慢的长征。你掠过了矮小瘦弱的冥王，守卫天界的海王，懒惰斜躺的天王；你擦过土星的光环，告别木星的红眼，穿越火星的尘暴……就这样一步步地执着前进。

你带来恒星际真挚的问候，你带来宇宙间热切的叮咛。你宛如一颗正在长大的彗星，用你轻盈的步履追逐夜晚，用你飘逸的长发掠过黎明。

假如你真是一颗误入这片天区的彗星，也许还能固执地坚守着自己的双曲轨道，然后悄然离别、一去不返；也许在经过木星的边缘时，轨道被篡改成绕日椭圆，或者干脆就此成为木星众多的编号卫星之一。

但你毕竟不是一个没有动力、流浪四方的太空孤儿，你有你不小的初

速度，你有你残余的动能，因此，你能够摆脱沿途的纠缠，一路朝着光明的中心努力前进。

也许，有一种本能告诉你，哪里能够找到能源？

本来你是有希望成为一颗近日行星的，甚至有可能如火凤凰一般扑进太阳公公那热情有力的怀抱。但是你太累了：经年的太空尘埃阻滞了你的行动，小行星的撞击打坏了你的动力系统，你已经耗尽了最后一丝微薄的气力。也许亿万年的奔波漂流已经使你过于疲惫身心憔悴；也许无数次的恩恩怨怨使得激情故事无法再度重演……当然，也许在你的原始程序中，就处处渗透着对这颗恒星的遥望：这也许是为了安全圆满获取能量的忠告，也许是为了有效接触文明火焰的条件。

总之，你终于静静地停在了地球的身旁。

这时地球刚刚结束了他那火热放肆的青春时代，刚刚有了早期无脊椎动物的生命气息，刚刚进入三叶虫横行天下的寒武纪。不过可惜的是，它们还没有进化到可以眺视星空、仰头望月的境地，不懂得万人空巷一睹芳容。因而也就没有欢腾跳跃的迎接致意，也就没有手足无措的焦灼慌张，到处是一派死气沉沉，只有星星与你说话做伴。

于是，你开始了漫长的沉睡。

你实在太累了。

流淌的时间不间断地修订着历史，旋转使你的体型变得日趋接近球体，吸附的厚厚尘埃覆盖了你圣洁的身躯，来自你身心的激动和重创反复体现着自然规律的冷漠与无情。在亿万年的岁月里，你终于凝聚成后来人类手中那张褪色的月质年代表。

你像一位睡美人一样一睡就是许多亿年，在你的邻家院落那里衍生出无数有关美女与野兽的传说,直到为了追寻这些传说他们一次次朝你缓缓走来。

然后呢?故事完了吗?

当然没有,但那已不是"图灵号"所能目睹的景象,只不过星河预知了她悲伤的结局。

永不停息的自转使地球日趋倦怠,他的速度随着时间逐渐流逝,数亿年来的稳定婚姻发生了微妙的变化。月球一天天悄然离去,爱人同志的忠贞正在动摇。看远一些,4亿年前地月距离仅为现有距离的一半;看近一些,7000万年来她一直在以每年94.5厘米的速度远离地球。

列一个简单的方程就可以解出,只要时间参数的定义域足够宽广,这种倒退就有一个极限。在那一处空间坐标,月球开始与地球像陀螺般地相互旋转。它们将不分主次、分庭抗礼,仿佛舞池中和谐旋转的一对伴侣。

迄今为止,没有任何人能够判断,地球与月球究竟是血缘母子、孪生兄弟还是一对偶然邂逅的相知情侣。

在经典的月球形成理论当中,我们可以发现始自乔治·达尔文的"潮汐分裂说"、格斯腾孔提出并由阿尔文极力推广的"俘获说"以及在现代太阳系起源学派中最有影响的"共同形成说"等诸多假说。可是无论哪种假说都没能良好并完整地向我们讲清月球的诞生:无论是46亿年前同源的星云襁褓,还是惊天骇地的抛射后留下的太平洋,都难以解释清楚这样一个事实——无论是月岩还是月壤,化验分析的数据都显出了月球与地球截然不同——地球铁富硅稀,月球则正好相反,盛产地球稀有的钛矿。"俘获说"曾经也有它致命的弱点:假如真有一位误入太阳系的过客,主人的引力应远胜于仆婢，她如何会恋恋不舍地留在这颗蓝色行星的上空？

那么如今，"月球一站"的新发现是不是可以给这些假说来一次彻底的清算？

那就姑且让我们认为他们是恋人吧——一对跨越了亿万光年相聚在此的恋人。

运动并没有止息，任何和谐的建立都意味着这种状态最终将被打破：地球再次将月球慢慢地拉近、拉近、拉近……

然后呢？他们相撞吗？

绝不会。一旦月球步入潮汐力大于洛希半径之内，地球巨大的潮汐力就将无情地把这位昔日恋人狠狠撕碎，形成一道五彩缤纷、美丽壮观的巨大光环……

因此，即使人们永远不去探查月球的内部，仍有可能在一个理论上的未来日子里，看到那分崩离析的文明碎块。

无论月球与地球的告别速度增快到何种程度，也不会比她告别"图灵号"的速度更快。月球正在远去，对于"图灵号"来说，它们很快就会互相成为昊宇中一个毫不起眼的天体亮点。"月海"的反射率相对较低，因此美丽的月神面庞日益黝黑，不过这也使得好几处闪烁的光芒显得更为耀眼，仿佛是一束束为"图灵号"送行的鲜花在迎风怒放，此起彼伏，蔚为壮观。

那是一些以环形山为中心向四周延伸的亮带。这些长宽明暗各不相同的美丽辐射纹几乎以笔直的方向穿过山系、月海和环形山。她的成因曾众说纷纭，在没有大气的月表，陨石撞击可以使那些高温的碎块远溅尘寰，同时还有火山爆发时喷射的炽烈的岩浆，没有风的活动也有可能使这些不同成因的尘埃像文明本身一样等距等速地四处飞散。

"这是一个已经逝去的文明。"星河望别越来越小的月球,低下头看着把玩在手中的那张刻片的复制品,"它与我们交肩错过。"

是的,他们与我们交肩错过。

目前人类所找到的唯一完整的证明,只有这张饱含着笑容的刻片。那笑容将永不消失,那笑容将亘古长在,那笑容将跨越永恒。

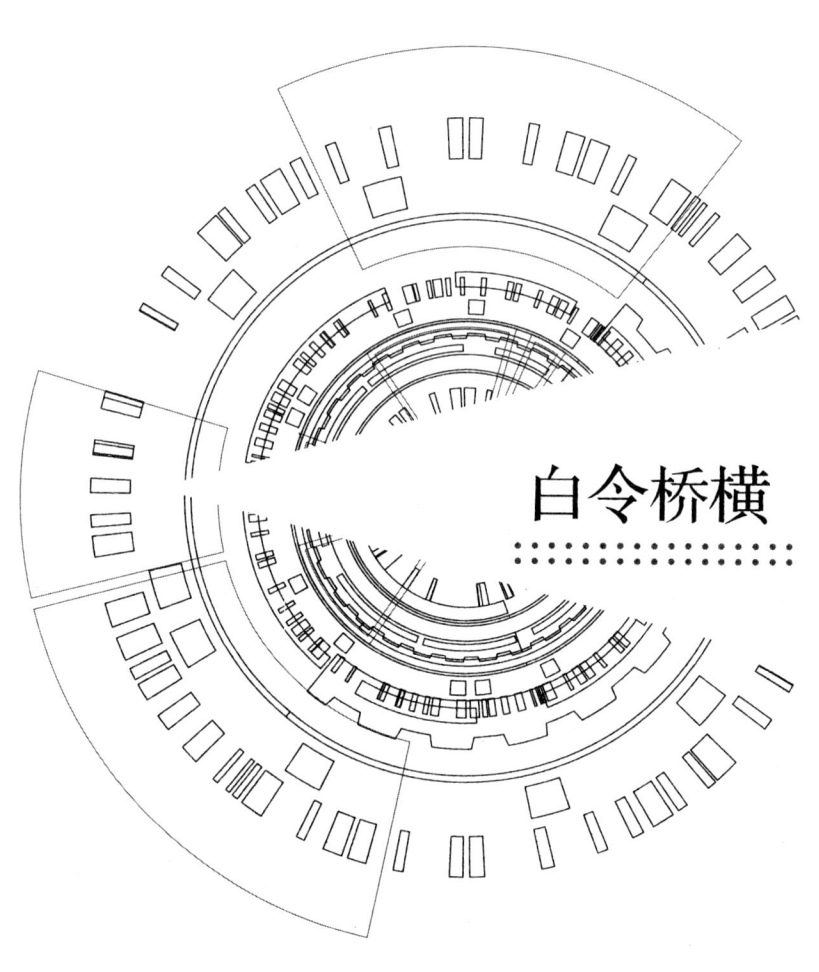

白令桥横

  桥梁建筑对于具有卓越才能和自信心的工程师来说是一项既吸引人又富有挑战性的艰巨建设任务。桥梁建筑的重要意义还在于，桥梁一旦胜利建成，它将会使人们感到无限的快乐和极大的满足。桥梁建筑能使人产生一种激情，在人的一生中总是那样的清新，总是那样富有激励性。

——弗里茨·莱昂哈特 《桥梁建筑艺术与造型》第一章

  设计工作在开始时总必须有个人自由，不过在任何情况下，这些自由将受所有的功能要求、桥址情况和不少情况下极为严格的建筑规程限制。

——弗里茨·莱昂哈特 《桥梁建筑艺术与造型》第二章

1

  每当我在夜幕下初到一座陌生的城市时，我总是假定当地土著对异乡人充满了敌意。因此，我宁可翻烂地图也不肯轻易问路，不敢对街头巷尾摆放的商品大杀其价，故意用万能翻译器上远离方言的标准官话指示出租司机驱车前往目的地。

事实上每次都是我过虑了，在这个毗邻北极圈的小城市里依旧如是。

透过车窗，我对街道的喧嚣深感不满。我本希望在这里找到一种逝去的宁静，可四周像任何一座大都会一样灯火辉煌。

海滨公路漫长而曲折，隐约可以望见海浪正周期性拍击着的海岸线。各种巨型构件闪烁着刺眼的金属光泽；庞大的建筑机械环滩林立，鳞次栉比；轰鸣之声此起彼伏，不绝于耳。弥漫的蒸汽正有条理地融化着冻土，工人们则在温暖的控制室里触摸着键盘，想当年保尔·柯察金的马靴劣镐时代早已不复存在。在整个动感画面的大背景上，所有组成部分都可以用深浅不同的黑色予以描述，给人一种冷峻和力量的感觉。

会说英语的俄国出租司机告诉我，车已经进入大桥区的边缘。于是我看到——

高耸的建筑机械；

炫目的照明设备；

铺张的施工场面；

壮观的桥墩群体；

……

骚乱的人群？飘扬的旗帜？

司机放慢速度，我透过车窗注视着他们。

这一景观恐怕已不再是工业文明的代表，我已听出它恰恰是这组雄壮的工业赞歌中唯一的不和谐音。

"这帮色彩主义分子！"司机早已见怪不怪，"他们不愿意看到在这儿架起一座庞然大物。"

色彩主义分子是一群自然主义分子。自从有了那个名字里带颜色的和平组织以后,所有反对工业文明的自然主义组织就都把自己的协会名称涂上了不同的颜色,后来它们干脆发展成为具有统一纲领的团体并且产生了统一的色彩主义思想,堪称21世纪一大奇观。

"那您呢?您愿意吗?"

"我无所谓。"司机笑道,"建桥有什么不好,这边活儿少的时候就可以到桥那边去干。"

我还想再问,但车已到地方——大桥区施工总指挥部,同时也是这座小城的市中心。

严格地说,这并不能算一座城市,充其量只是个小镇。当然,按照总指挥的介绍,在不久的将来,它将与海峡对岸的小镇以及中间区域一起构成一座真正的城市。

这座城市不属于这一侧的俄罗斯,也不属于那一侧的美利坚,而将成为一座真正的国际化大都市。这是由它的所有投资者共同决定的。这座城市将包括亚美两洲的广阔地域,就像横跨在欧亚大陆上的土耳其历史名城——伊斯坦布尔,就像绵延在南北美洲边的巴拿马跨世纪新城——新巴拿马城,就像坐落在亚非大陆间的埃及的年轻城市——第二苏伊士。这座城市将被命名为"白令",以纪念这一海峡的发现者。

白令市在亚洲的部分被称为"亚细亚区",在北美的部分被称为"亚美利加区",中间的部分则被称为"大桥区"。

坐落在白令海峡上的这座大桥,将第一次把全世界的各个大陆——除南极洲之外——连接成一块巨大的整体。

我带着明显的失望和惆怅打听总指挥办公室。选择实习地点时,我主动挑选了这个地方,我对别人的解释是想要领略一下高纬度下冰天雪地的蛮荒风光，结果同窗的讥讽不幸应验。他们告诉我，无论你现在钻进哪块号称罕无人迹的荒凉地域，都会发现前人遗弃的可口可乐罐。

我的任务是调查这块方圆数十千米地域中居民的心理状态。有不少学者和研究机构都想看看一桥飞架东西对当地居民的影响，因此这一课题有其相当实用的价值。不过此地居民主要是由建桥人员及其家属构成，因此对居民的调查基本上也就等于对建桥者的调查。

总指挥部里的人形形色色，来自各个不同的国家。这是一次国际间的大合作。工作语言虽是英语，但万能翻译器也足以弥补语言带来的障碍。

单称这个德国大胡子为总指挥并不确切，事实上这位日耳曼人的后裔目前还兼任着该市——尽管尚未完全建成——的代理市长。他本人似乎更喜欢后面这一职务，尽管他的本行是桥梁专业，并且还曾获得纽约海厄特基金会设立的普利兹克建筑奖。

占据了整面墙壁的电脑大屏幕上是一张世界地图。白令海峡太高了，市长用局部放大的方式把它拉向我用目光可以平视的地方。

连接白令海峡的大桥是以两道蓝色的线条表示的，中间是空白。在整个世界地图上，这种符号已比比皆是，诸如亚洲与欧洲之间的博斯普鲁斯海峡大桥，欧洲与非洲之间的直布罗陀海峡大桥，意大利亚平宁半岛与西西里岛之间的墨西拿海峡大桥，等等。

市长先生在雄心勃勃地讲完上述建桥建城计划之后问我：

"你知道未来的城市哪部分最大吗？"

我摇摇头："估计是这边，要不您干吗把总部设在这儿。难道是美国部分？"

"不，两边都不是。"市长逐步抖开他的包袱，"最大的部分，将是大桥区。"

"您的意思是——"我嗫嚅而言,"在大桥两侧建一条商业街?"

电脑大屏幕上,白令海峡已经宽大到即使我张开双臂也无法同时触摸到两岸的程度了。这时我注意到这幅区域图上特别的地方:在表示洲际大桥的符号上面,居然加上了一个小小的圆圈。按照图例,它应该表示一个人口200万以下的城市。

看来白令大桥不仅是这座城市的组成部分,而且还将是它的主体部分。

历史上将第一次出现以一座桥梁为主体的繁华城市。

"不。"市长沉静地回答了我的疑问,"是在大桥上建一座大学城。"

2

我以不起眼的姿态混迹于色彩主义分子之中,在这支懒散得溃不成军的部队中服役。这些人本就没有什么明确的主张,只是随便拼凑了一些对工程进展的声讨。为此我曾向市长请教,他却不动声色,仿佛胸有成竹、稳操胜券。

与建设者相比,学者和研究机构更感兴趣的还是这些人。

其实对此工程不满者绝不仅限于色彩主义分子,在桥梁界腹诽者也大有人在,事先我也从背景材料上得知,这件事在国际桥梁与结构工程协会(IABSE)中早已非议颇多。首先桥址的选择就为许多人所困惑,西起俄罗斯楚科奇半岛的迭日涅夫角,南到美国阿拉斯加州苏厄德半岛的威尔士王子角,几乎是整个海峡的最宽处,跨度将达到86千米。这似乎根本就不是一个专业性错误,而是一个常识性错误。

最匪夷所思的是,原来被众多桥梁专家认定的可做自然桥墩的海峡中相距仅4千米的两座岛屿——面积约29平方千米的俄罗斯拉特曼诺夫岛(大代奥米德岛)和更小一些的美国鲁逊什恩岛(小代奥米德岛),却在本次施工的前期工程中被炸掉了。也正是此举激怒了色彩主义分子,使抗议活动从呼吁升级为静坐。

实地调查是我主动要求来的,市长对此颇不以为然。按照他的逻辑,针对建设者的调查完全可以有组织地进行,至于这群乌合之众,则可通过指挥部的监控视频和分析判断出他们的心理状态。

"我们又不是在玩过家家。"我觉得这样翻译比万能翻译机的译法更为准确,"我们没有时间深入到他们当中去做游戏。"

"我还是去一趟吧,顺便看看整个地形地貌。"我找了一个很难能被称作理由的借口。

这些自诩热爱大自然的战士大吸起了香烟,同时把烟卷中的尼古丁和打火机里的污染物排放到空气中。于是我也就入乡随俗,点燃了我的饭后烟。

当他坐到我身边时,我从第一眼就觉得他很像我的一个好朋友。

"郭威。"这位罕见的同胞向我伸出手来,"看了你的简历,咱们还有一年的校友经历呢。"

我那个朋友年纪轻轻就因直肠癌而送命,如此"重逢",使我倍感亲切。

"我在你们学校读过一年哲学系。"他的声音因"你们学校"四字突

然显得陌生而遥远,荡涤了刚才的亲切,"后来退学重考,进了清华建筑系。"

我不好问他退学的原因,便把话题岔开:"你也是来实习的?"

"毕业实习,我是研究生。课题是桥体材料的强度计算。"他以一种与年纪不大相符的务实口气陈述道,"帮着电脑干点粗活。"

我认为这项工作的分量远不似他的话这般轻松,因为我已经大体知道这座桥将要承受多大的荷载了。要跨越这段海峡,86千米的长度是必须的,而它的宽度也大得足以令人咋舌——1.2千米。而对于一座总面积已经上百平方千米的构筑物来说,单是自重就是一个值得惊叹的天文数字。电脑中《白令海峡大桥设计及施工简介》所显示技术知识虽少,只相当于学校为文科系学生准备的自然科学史教材,但有关大桥的情况,里面几乎面面俱到地给予了介绍。

"用钢板肯定不行,就是号称强度高、质量轻、耐腐蚀、造价贵的玻璃钢也不行。"我操着假内行的口吻判断,"至少不用桥墩的拱桥是不行的。"

"从理论上说,完全可以一座桥墩都不用,但是这么大的跨度会使一般材料出现很严重的变形。要是真用钢板的话,光是自重就会把它压弯腰,那你就会看到一座名副其实的拱桥了。"

我想了一会儿才笑。不错,是一座拱桥,只不过拱顶在下,是一座倒置的拱桥。

"再说不光要考虑自重,不是还要在上面兴办教育嘛,钢板就是累吐了血也担不起这么崇高的重负。"

"那还有强度更大的材料吗?"我接着一笑,"只剩钻石了吧?"

"你以为白令海峡是童话王国呢?这桥可没那么金贵,造桥资金都是市长一分一分化来的。"郭威善意地对我的话进行反击,"开始谁也不相信造这座大桥居然要比造一座普通的桥多花十倍的钱。更何况市长一开始对造桥方案只字不露,很多人怀疑他是个骗子。后来多亏联合国秘书长鼎力相助,才有如今的资金。"

关于这点我十分清楚,这也正是在座两名对话者引以为自豪的故事。雄厚的资金有四个来源:俄罗斯政府、美国政府、各国公私捐款,以及联合国拨款。而无论哪一项,都是在现任也是第一位女联合国秘书长敦促下才有的杰作。她是我们中国人,她的名字叫田原。当初为了她的任命,联合国甚至修改了不能由安理会常任理事国公民担任这一职务的章程。

返回公寓要穿过整个工地,到处是一派繁忙的景象。我本以为郭威是来现场测试桥体强度的,因为在如此规模的工地上专门找一个人无异于大海捞针,即使是利用监视全工地的监控系统想一下辨清每个人的面孔也十分困难。但郭威说他来只是为了找我闲聊,有关测试的问题,电脑能够模拟和控制一切。他指了指我工作服上的电子证卡,告诉我他是循信而来的。

没等我再次向他询问桥体建材的问题,色彩主义部落便传来一阵喧闹,示威者与管理者之间发生的小纠纷吸引了我的注意力。

"这只是他们的前奏,后面还要酝酿大战役呢。"郭威的脸上充满了不屑,语气里甚至不乏恶毒,"这帮人都是已经过时的傻瓜,这么干纯粹是出于对工业文明的一种恐惧。据说现在参加这种团体的男人完全是看中了组织里面女性成群。"

我不想谈这个问题,避开它说:"当初你为什么退学重考?"

"这话说来可就长了。"我跟着郭威来到了他的宿舍。

"刚上大一的时候,可能因为不适应,成绩不怎么样,还有点精神衰弱。我打算休学一年,还没休就在暑假大病了一场。"郭威就住在我隔

壁，与我比邻相栖。我坐在他收拾得很干净的客厅里，听他将往事娓娓道来，我感到格外温暖。

"结果出院回学校一看，好端端的女生院前竖起两块广告牌，历史悠久的天图摄影社改行成了激光照排室，大家都在谈论我一窍不通的国际互联网。"他回忆的时候声情并茂，"最可气的是，新南食堂改成了快餐厅，还有消息说最后一家风味小吃店也要在年内改成快餐厅！这下更坚定了我回归自然的决心，我搭上火车开始周游全国。"

我的眼神里充满了羡慕。

"我也没真的游全。"他这是在对我近乎嫉妒的目光做解释，"三个月也就游了些名山大川。西走古都长安，凭吊敦煌古迹，穿丝绸之路到新疆沙漠，再向南进藏，随后空路入川，在成都安营扎寨，遍历周围的青城山、峨眉山、乐山等地，最后自重庆顺江漂到三峡大坝，再上岸换一班船抵达武汉。真正意义上的江南水乡没去，东北内蒙古也没去，主要是考虑旅游路线上的方便。"

"回来就考清华了？"

"对，不过我又补习了一年。所以我从高中毕业后，断断续续地读了10年大学。"

我知道清华建筑系5年，力学系研究生又是3年。

"我本来是为了欣赏风景的，没想到事与愿违，一行下来发现自然风光远不如工业文明。"郭威继续侃侃而谈，"当我攀登名山时，心想这纯粹是两种行为的叠加：一是从楼底爬到楼顶；二是打开电视欣赏风光片。结果此行彻底坚定了我的一个决心……"

"必须在真正意义上回归自然。"我替他说。

"不。"他突然反水倒戈，"必须弘扬工业文明。"

3

一安顿好自己,我就急于恢复原来的生活方式。第三个晚上,我就开始四处寻找舞厅和酒吧。与其说我在故作潇洒,还不如说是想嗅一嗅文明的气息。每当我流落穷乡僻壤时,总是回想起工业文明的可贵。如果郭威要弘扬的是这个意义上的工业文明,那我绝不反对。

每当我醉醺醺地返回公寓时,都会发现隔壁房间灯光依旧。第一次郭威还上来嘘寒问暖,并为我介绍房间里的一应设施。时间一长也就没了这些,偶尔相遇还会发现他眉头微皱,但他对我的行为从不干涉。

凡遇此情形,我总喜欢回房窃笑。我觉得郭威就是学校里的那种傻帽优等生,每夜灯下苦读,最后也不过成绩平平。而我这种高智商的坏学生却不屑如此,平日潇潇洒洒,考试照样还成——至少及格。

值得弘扬的工业文明还有电脑游戏。最近一个时期以来,我格外迷恋20世纪的游戏《大航海时代》,以使自己在电子旅游方面赶超郭威的亲身经历。尽管这一游戏已被升级改进,变成了根据历史情况无限延续的版本:游戏者可以在某一喜爱的港口定居、结婚、繁衍,以让子孙后代继承你的艨艟巨舶以及恢宏遗志。1869年和1914年,苏伊士运河和巴拿马运河均被开通并正式通航,但我还是更垂青没有运河的时代:当我沿着非洲西海岸向南挺进的时候,我为发现好望角而欣喜若狂;当我带足给养扬帆穿越大西洋的时候,我为抵达美洲而欢呼雀跃。我毕竟还事先知道有好望角和

美洲的存在，前进的目的和方向有着明确的保障，由此更衬托出达·伽马和哥伦布当年的伟大。

但是，在沿斯堪的纳维亚半岛北进东征的行程中，我却屡遭失败。严寒笼罩下的北极圈内风停潮止，环境恶劣，粮食耗尽，淡水不足，维生素C缺乏病吞噬着我的船员……我仿佛在精确地重复着历史：16世纪末荷兰航海家巴伦支曾三次出航寻找经北冰洋前往东方的航线。1594年在新地岛被迫返航；1595年率7艘舰船仍未达目的；1596年船队在望见熊岛和斯匹次卑尔根岛时两船失散，巴伦支的船绕过新地岛北方后，由于被冰山包围不得不就地过冬，一直坚持到次年7月29日其他船员乘小船逃走，翌日巴伦支死去，留下了他未竟的事业和日记——他终生没能走出后来以他名字命名的海域。

"直到18世纪，沙皇彼得一世为了弄清北美和亚洲究竟是陆陆相连还是隔海相望，命令在俄国海军服役多年的丹麦人韦图士·白令上校前往探查。"为了说服郭威与我联网游戏，我边演示边声情并茂地为他朗诵了网络上张贴的有关白令海峡被发现的故事，"白令探险队于1725年1月28日出发，7月便航行于亚美大陆之间的海峡，并于1741年7月发现了阿拉斯加的一座高峰。随后年近六旬的白令沿堪察加半岛继续南进，返航时却因气候原因被迫在半岛东部的科曼多尔群岛中一个荒凉的小岛过冬。可登陆后即为蓝狐所围，十几人被咬死，白令本人也死于维生素C缺乏病。后来这个岛被命名为'白令岛'，附近的海被命名为'白令海'，亚美之间的海峡则被命名为'白令海峡'——现在马上又要有一座'白令市'。"

郭威对游戏并无反感，但绝不肯像我一样通宵达旦地连续作战。他的生活很有规律，每天洗澡换衣，不嗜烟酒，表现得像个现代绅士，与我过去臆想的所谓朋克型科学家形象大相径庭。问题是郭威在工作上无可挑剔，成绩斐然，而我努力学习文学作品中放荡不羁的高智商知识分子，却没取得任何成效。

及至一次周末，上面通知我们下周提交非例行的阶段性报告方让我开始手忙脚乱。这是实习以来的第一次报告，必须做好，因为它与实习成绩紧密相关。报告过不了关实习就有可能不合格，实习不合格就没有这项成绩，没有这项成绩就拿不到学位，没有学位将来毕业时就不好找工作……我一边在灯下诅咒谩骂，一边在电脑上整理着平时没有搜集完整的数据资料，临到拂晓时分才粗制滥造地赶完报表，最后还因为报告会上打瞌睡招来上司的点名批评，好不尴尬。

"向郭威学学吧。你的工作方法太个性化了，已经不适应这个时代了。"市长得知此事后语重心长地对我说，"虽然你们的工作不同，但本质上是一样的，再说建筑这门学问也很值得你领会一下。"

"有艺术天赋的人，不需要参照任何规则，也不需要什么合理的步骤，可以凭直觉产生美的杰作。"我振振有词地引用弗里茨·莱昂哈特的话来为自己辩解。

在航海之余我也读了点有关桥梁学方面的书，以便在自己的调查报告中塞些建筑美学的杂货。我发现市长格外欣赏20世纪国际桥梁界公认的知名人士、他的同胞弗里茨·莱昂哈特教授的桥梁建筑美学理论。其实莱昂哈特本不是建筑师，而是一位结构工程师。后来我才知道，原来市长年轻时曾是他的崇拜者，至今仍为没能赶上做他的关门弟子而耿耿于怀。

"不要断章取义地歪曲。"市长温和地喝住我，"紧接着这句话的就是：'但是，有许多功能强加在今天的建筑和结构上，这就要求我们的工作必须包括有意识的、合理的和方法上的推论。'"

我惊叹他的记忆力。因为我背诵的部分是事先查好的，而他却能出口

接出下文。

"也许你很聪明,能够用自己的方式独立完成别人需要合作才能完成的复杂工作,但是在现代社会中,已经没有那种缺一不可的螺丝钉了。任何一项工程的材料都是一个整体,就像我们的大桥。"市长已经不仅是在批评我的工作方式了,而是在宣讲一种工业文明下的价值取向,"在工业文明中,所有人都应该符合社会这条巨大的传送带的速度。"

不错,我感觉自己就好像是一个被扔上传送带的零件,不用人挥鞭子就会拼命地奔跑个不停。

这就是所谓的工业文明!

事过之后我确实收了几天心,打算做一个人见人爱的乖孩子。但我不满意的是,在这种所谓工业文明的笼罩下发挥不出任何独到的个性,以及它对自然主义观点的粗暴践踏,而偏偏郭威对此却极为欣赏。比如说他甚至认为,在工业建设和自然环境二者必舍其一的时候,后者只好责无旁贷地做出牺牲。

"我知道我偏激,但必须有我这种偏激的人,才能以过正的姿态矫枉。"郭威为他的观点做出解释,"比如说想要让一群保守的古代人夏天都穿凉鞋,结果你上来就要求大家脚上什么都不穿!偏激吧?可只有这样,对方才有可能与你妥协,最终达成穿凉鞋的协议。要是你一开始就提凉鞋的事,结果肯定以失败告终。"

"类似的观点我好像在哪儿听过?"

"鲁迅。"郭威声明出处,"当时他说对付中国人就得这样,其实全世界的人都这德性。"

4

我决定向郭威虚心请教,一来是为了考证一下优等生对综合知识的了解程度,二来也是因为自己对将要提出的问题感到好奇。我至今还不是很了解建桥的材料。当然,第一个目的明显带有恶意。

"简单地说……"郭威开始了他的解说工作。

"为什么简单地说?"从一开讲我就挑衅似的予以打断,"复杂点说不好吗?"

"我怕你听不懂。"郭威白了我一眼。

"其实你也不懂,毕竟郭工也不是生物学家,对吧?"我刺了他一句,随即针对他惊讶的神态补充道,"我已经自学了一小点。"

"那好吧,在如今的工业文明下,谁也不可能懂得那么全面。"郭威没跟我多做计较,"目前我们使用的这种生物性建材,是前年的实验成果,去年的诺贝尔奖,这些你知道吗?"

"知道,工程上的学名叫'可控刚硅'或者'无界面刚硅',化学式我忘了。"我不再捣乱,"但还是不明白为什么用它。我要听通俗的说法。"

"通俗的说法……你知道贝类的硬壳是怎么长大的吗?"郭威也比较投入地进入科普角色。

"里面有破骨细胞呗——我用的词不一定对啊。"我想起中学生理学课上有关人类骨骼的知识：骨内有一种破骨细胞，会不断破坏和吸收骨髓腔周围的骨组织，以使骨髓腔持续扩大。"外面加紧建设，里头却有人捣乱破坏。结果这种破坏却是有建设意义的，它会使骨骼、贝壳什么的越长越大。"

"对，刚硅的原理就在这里。首先——"

"它有生命！"我抢着说道，不是捣乱。

郭威看了我一眼："它只是具有生命的某些特征，比如说主动生长，但不是生命本身。"

"能主动生长的东西居然不算生命？"我认为这种解释不通。

"能主动生长的东西多了，比如说水玻璃，把它扔在……"

"那不能叫生长！"

"好吧，咱们暂且不谈有关生命概念的问题。"郭威息事宁人地做了妥协，"总之，高强度的刚硅可以主动扩大自己的体积。"

"主动扩大自己的体积"——我很佩服郭威选择的这个说法。

对于刚硅的强度我略知一二，它恐怕是目前世界上刚性最强的材料了，只是由于生长——"主动扩大自己的体积"——的控制问题不好解决，因此始终没能进入实用阶段。

"从理论上说，刚硅的体积扩大是没有边界的，一旦开始生长——咱还是使这词吧——就难以停下来。目前我们还不知道它究竟会自己扩大到多大。"郭威比画了一下，"如果有办法控制它的边界，它就能够按照我们的要求形成一个完整的刚性整体，比如桥梁。目前发现的边界阻碍有两个，一个是钢铁……"

"不过贝壳很脆，要是有谁想利用它这一点恐怖一把可就糟了。在堂堂白令大桥上，哪怕只是一颗小小炸弹就能威胁上面人类的命运。"讲解稍微有点专业我就听不下去了，但我刚想到过脆的材料不宜作为建材，不过另外一个属于工程学以外的问题让我更加关心，"你刚才说它像贝壳，可是贝肉在哪儿？桥建好的同时就脱落到海里了？"我几乎有一种马上出去核实的冲动。

"我这只是比喻。不过你这两个问题正好可以一起回答。在刚硅中，这种生物性的'壳'与'肉'已经融合在了一起，这样就增加了它的韧性，因此绝对不存在你刚才设想的威胁。别说是一颗小小的炸弹，就是8级以上的地震或者海啸，都不可能动它丝毫。"郭威一字一板地对我说道，"而且我刚才说过，它本身并不属于生物，我们利用的只是它的生物特性，你也可以理解为它是一大堆在无意识状态下生长的细胞。"

"有细胞就是生物。"我坚持。

"我说的细胞也是比喻。"郭威承认，"我可以告诉你，目前涉及刚硅的许多理论都还不够完善。"

"那就不应该进入实用阶段。"我突然抓住了安全上的把柄，"为什么不先实验？至少先造一座小桥。"

"电脑已经给出了很好的模拟。"郭威针锋相对，"我们应该相信电脑。"

"幸亏人类还有电脑。"我嘲讽道，"我还以为它光会和国际象棋大师下棋呢！"激动使我忘记了还有电脑游戏。

"你用不着撇嘴。"郭威用同样的语气回敬我，"混凝土凝固及强度的理论在化学实验室里至今仍众说纷纭、没有定论，可人类住钢混结构的房子也快200年了吧，19世纪的时候可没什么电脑。"

"看来控制边界的过程就像是……就好像是一条蛇，正在爬过河。"我无言以对，只好转移话题，边琢磨边打比方，"正在这时，你把它冻僵了。"

"你要非这样认为也可以。"郭威肯定认为这个比喻风马牛不相及。

"要是哪天这条蛇苏醒过来怎么办？"我说这话明显是在提醒郭威注意那则古老的寓言，"它会不会咬农夫一口？"

"放心吧，没有这个可能，大桥绝不会出事。"郭威信誓旦旦，"在整个桥体被塑造完成之后，将在它的全身刷上三道综合隔绝漆。这种漆会有效地隔绝刚硅与空气之间的接触；48小时之后，所谓的生物体便会因缺氧停止新陈代谢——或者说是死亡。"

"够残忍的。"我随口评论道。

"你吃肉吗？"郭威随即反唇相讥。

我没回答这个问题。我知道其用心之险恶。在现代工业文明下，任何所谓的温情都已经被人类自身的利益撕得粉碎。

"在施工的时候，为了保证建筑物或构筑物的生长方向，需要设置一些控制性障碍。以前是用金属条，而现在我们有了电磁场控制技术……"

郭威还在滔滔不绝，而我已经失去了兴趣。

5

正在生长中的白色刚硅被我们形象地戏称为"刚硅蛇"。

为了避免刚硅蛇以起点为圆心，呈圆形向外扩张着疯长，不得不在外侧适当的地方加置电磁场以控制。其实在其生长过程中，在适当的地方适时涂抹综合隔绝漆也可以阻止它的荒谬进程，但这样做一来需要仪器观察和电脑控制，二来欠规则的边界会有违工业文明的原则。一切为了工业文明。

　　如果不考虑大张旗鼓所造成的影响，海底隧道本来也是备选方案之一。自从20世纪60年代，日本青函海峡隧道开始施工，直至1990年10月30日被誉为"20世纪梦幻"的英吉利海峡隧道贯通，再到21世纪初叶完成的直布罗陀海峡隧道工程。无数条数十千米的隧道遍布世界各地，博斯普鲁斯海峡隧道甚至已成为伊斯坦布尔市地铁工程的一部分了，人类对此早已经验颇丰。关键在于藏身海底的隧道毕竟不如飞虹般的长桥具有足够的震撼力。事实上在全球大陆最后的缺口上竖起一座纪念碑来，等于在整个人类的心头拷贝了一部工业文明的宣言书。

　　"直布罗陀海峡最窄处有12千米，最宽处也不过才43千米。显然，本世纪初在其隧道上面建造的直布罗陀海峡大桥不够轰动。"市长曾经对我这样说过。

　　"只有中世纪的独裁者才会企图用巨大的纪念性建筑物使老百姓们感到渺小和软弱以进行恫吓和统治。"针对他的观点，我援引莱昂哈特教授的话不客气地进行反驳，"它们已成为历史。"

　　"别忘了，现在的大银行、大公司仍在这样做，以期望给他们的顾客一个永久的印象。"市长转述得更加有理有据，"一个建筑物应该有其特性，它会给人以深思熟虑的影响。"

　　据说，白令海峡大桥是使地球工业化的20个计划之一。尽管这种英雄式的张扬有悖工业文明的平民性本质，但在目前的情况下不得不这样做。有时候需要用大师来结束大师时代。旗帜的树立并不是为了赖以标榜引导者的骄傲，而是为了引导被引导者。

"刚硅蛇"分别从两岸顺利地生长着,就像洒在平地上的两片水渍一样在相互靠近。类似的材料最先在苏联科幻小说《100年以后》中被提到,作者基尔·布雷乔夫幻想"加大珊瑚细菌之间的空隙并浇上培养液就能生产房子"的章节给我留下了深刻的印象。那本书写于1977年,半个世纪之后的今天这种材料也确实应该出现了。

"桥够薄的!"我没话找话,以弥补昨晚中途放弃请教而去睡觉的不礼貌行为,另外我也确实有些惊讶。

"建筑上最忌讳肥梁胖柱。"郭威好像不很在意我昨晚的行为。

我没作评价,把目光瞄向桥下那些如油罐车般的桥墩。但我现在不想和郭威发生争执,于是又换了一个别的问题。

"为什么要双管齐下?"这对白蛇的巢穴是两岸的刚硅合成器,现在正同时执行着孵化并吐露蛇宝宝的工作;它们未来的功能将是支撑桥端。

"快啊。"郭威的回答简明扼要。

"那干吗不从中间也扩张一把?"两条刚硅蛇已经分别走了1/4的路程,"在会师易北河之前先让柏林的地下抵抗力量中心开花一下多好。"

郭威还没开口,市长的声音便通过万能翻译器传了过来:"想法倒是不错,可惜当时柏林没有地下组织。"

我想我大概是伤着他的民族自尊心了。

"关键是因为没有着力点。"市长突然把话从隐喻状态变成直接状态,使我多少有些不适应,我反应了一下才继续听下去,"只在两岸有用作支撑的受力桥墩……"

"中间也有。"我打断他的话——中间有那么多小胖子呢。

"中间的桥墩不是用来承重的。"市长说了一句让我莫名其妙的话,"你会发现刚硅梁根本没接触桥墩。"

用肉眼当然看不出来，但放大的电脑图像告诉我确实是这么一回事。

我不明其所以然。

"白令海峡底部情况复杂，桥墩很难长期保持稳定。"郭威刚补充完这句话就被人叫走了，我看到市长总理全局，也就没再贸然相扰。

其实对于白令海峡平均的开发——色彩主义组织称为"破坏"——早就开始了。

本来白令海峡平均水深仅42米，最深处也不过52.1米，显然有一大块陆地被淹没在海峡南北海面下不是很深处，而所谓的海峡本是一座沟通两洲的"陆桥"。据地质学家研究，1万年前西伯利亚与阿拉斯加尚有地峡相连，人类最早就是经由此道前往美洲的。美洲现有许多动植物都起源于亚洲，当时居住在美洲的动物后裔还能自由地回乡"探亲串门"。后来由于冰川等原因，天然桥梁沉没，白令海峡生成。这种地形造成两洋间的深层水无法交换。北冰洋从10月结冰到次年4月，只有在5月至9月温度较高、坚冰融化、水位下降的日子里，温暖的太平洋海水和寒冷的北冰洋海水才能分别沿海峡东西两岸流入对方的怀抱。

将近10年以前，人们在白令海峡以北的楚科奇海发现了地热资源，从此那条源于白令海峡的"亲潮"寒流再也没有出现，海峡也从此不再封冻。于是，航线被清理，航道被挖深，俄美加三国在北冰洋的港口也可以接待来自太平洋的船只了。

繁忙的航运促进了贸易，这就更使得白令海峡大桥成为可能和必要。

刚硅蛇已经走过整个路程的2/3，问题就是在这时出现的。

一架轻便的小型直升机突然从天而降，海面上的浪花旋即狂舞。一个

人顺着舷梯爬下,灵巧而准确地站在了中央桥墩上面。直升机则停在半空摄像。

"色彩主义分子。"郭威嘟囔道。

很显然,这位勇士想靠自己的身体阻止刚硅蛇的会合。

市长仍保持着他固有的镇定,静静地看着位于中心的非暴力破坏者想出了办法:

"给这个濒危的珍稀动物画个保护圈不就得了。"

哄笑像微风吹过麦浪一样来去匆匆,电脑操作员开始用鼠标控制着什么。

刚硅蛇继续生长着,按照目前的速度,5分钟之内就会把这名英雄挤碎。他是在用身家性命赌博,希望在阻止刚硅蛇前进的同时也阻止工业文明对自然美景的破坏。我认为无论持什么样观点的人在刚看到这一幕时多少都会有所感动。

两条刚硅蛇几乎相吻。

两条刚硅蛇终于接合。

那名英雄听到一阵笑声后睁开紧闭的双眼,发现自己周围已形成一个小小的无刚硅空腔。他就像一个涉世之初的婴儿,双手扒着围栏很高的育婴床,困惑地望着四周的成人。后来张贴在网络新闻上的漫画果然做了如是描述,而且还在他的唇间加了一个奶嘴儿,题目是"我讨厌塑料奶嘴",鲜活地讽刺了这帮前朝遗老遗少对工业文明的厌恶。

工程继续进行,甚至没有人去驱赶他。在两条刚硅蛇相遇之前,电脑便在他的周围加置了一圈柱状的电磁场,于是刚硅的生长区域绕过了他。

结果,一桩感人的壮举变成了一场无聊的闹剧。

我不知道结局如何,因为闹剧一开演我就撤了。当大家下工的时候,我已在酒馆醉得不省人事,正被保安拖拉着架起。据说当时我匍匐蜷缩在饭店养鱼池的污水里啜泣,同时还恬不知耻地高叫着各种神圣的字眼。

我是因为心里难受。昨晚我告别郭威之后并没有马上回去睡觉,而是来这里秘密地传递了一张纸条。它告诉承接者:一是明天大桥将要完工;二是你们准备的炸弹毫无用处。正是这一消息使他们仓促地改弦更张,导致了这场在全世界面前出乖露丑的滑稽举动。

作为一名坚定的色彩主义者,我成功地潜伏在了工程中心,尽管我扮演的角色只是一个情报收集者。

其实在现代文明下,通过电脑网络几乎什么都可以知道,完全没必要玩上个世纪初的间谍游戏。当时我心里就带着怨气,但是组织坚决认为通过网络调查和联系缺乏安全感,他们更青睐酒吧接头的陈旧把戏,对此我极为反感。

从此以后,我再也没有喝过那么多的酒。

6

这大概是整个工程中最为壮观的一幕,只可惜上演时间被安排在月光之下,因此围观者寥若晨星,显然不及上次。当用普通材料兴建于一周前的各种高楼大厦教学设施正日趋成形时,桥墩却在水下被乙炔吹管一一烧断,然后任其顺水漂走,大有摧枯拉朽之势。

大桥巍然依旧。

我几乎看呆了。

一座既没有桥墩,也没有拱架,更没有悬索,上面却有着众多楼房的大桥出现了。

开始我还以为是组织的人在行动,便认真看了看那些操作者,发现里面有不少工程技术部的熟悉面孔,工作也进行得有条不紊,不像是在破坏。想到自己因为酒醉睡了一整天,估计此时还没彻底睡醒吧。

我的惊讶并非毫无根据,目前我对桥梁学可以说已初窥门径。传统意义上的桥梁共有梁桥、拱桥和索桥三种基本类型,后来又衍生出桁梁桥和斜拉桥。上述三种桥的排列不但依从于其发展顺序,也与它们的跨度有关:悬索桥的跨度远大于拱桥,而拱桥的跨度又比梁桥大得多。从某种意义上说,桥梁技术的发展史可以概括为拱桥跨度的发展史。20世纪最长的桥梁是美国庞恰特雷思湖Ⅱ号桥,它是预应力混凝土梁式结构,总长不过38.4千米,就有1526跨,标准跨径才25.60米;澳大利亚雪黎港拱桥的跨径则达到503米;在梁拱组合体系桥中的跨径曾经以1981年英国一座悬索桥为最——1410米,可这一纪录很快就被跨径达1990米的日本明石海峡大桥打破。直到本世纪初,2000米跨径才被一座射线形斜拉桥突破。我所看到的最近资料也不过是一座3500米跨径的竖琴形斜拉桥,而且尚在建造中。

我用电脑调看过白令大桥的设计图集。尽管图纸过于专业,除了总平面图外,其他部分于我有如天书,但至少我记得桥梁下面是有桥墩的!

而现在,巨大的跨径居然接近了桥长,而且是无墩无拱无索的梁桥!这种梁结构在工程上被称为简支梁,这么长的简支梁在我看来绝对违反力学规律。

其实根本不需要如此大的变化,计算之外的微小篡改都会导致天大的灾难。上个世纪初,具体地说是1907年8月29日,享有盛誉的美国桥梁学家库柏在圣劳伦斯河上建造魁北克大桥时，只不过在没对桥梁的关键部位做相应加固的情况下擅自将480米的桥长延长了60米，就造成了大桥南端制动臂上的压力索发生弯曲而导致整个上层结构倾塌。这次事故在网络上有详细记录，与英国泰坦尼克号冰海沉没、美国三里岛核电站泄露，以及挑战者号航天飞机失事等灾难并列为世界工程技术史上的十大惨案。

因此我急于找市长问清究竟，却在指挥部和工地都扑空了。

历史上的桥梁事故不胜枚举。我一边寻找一边回忆。美国工程师埃勒脱从1847年起用了3年时间在俄亥俄河上设计建造的惠林悬桥，370.5米的跨径创当时世界纪录。桥的两大主索由6根单索组成，各有550条钢丝，直径为14厘米，按道理说已足够结实，可还是在1854年5月17日的大风中不光彩地退休。

我终于在医院的病榻上找到了市长，据他自己说并非劳累过度，只是偶染微恙而已。

"谢谢你来看我。"市长躺靠在床上，面前是一本精装的硬皮书。此情此景令我想起有关航海家巴伦支的一个传说：在新地岛他住过的房子里，桌上摊放着一本打开的《中国历史》。

"你在短短的时间里已经掌握了不少桥梁学的知识嘛。"听罢我的叙述他只说了这一句话。

"我读的那些教材肯定都过时了。"因为所有的桥梁学课本上都不会允许这种景象出现。

"对于蚂蚁来说，花园小溪上悬空钢桥的变形是微乎其微的。"市长居然使用了一个自然主义色彩很浓的比喻，令我十分惊讶，"只要材料在复合应力下的强度——当然主要是弯曲抗压强度——足够大的话，再长的简支梁也能应付。"

对此我沉默不语。我总觉得有什么地方不对头。

"你的怀疑是对的,不可能没有拱。事实上有两份图纸。"市长笑笑,终于老实承认,"无论强度多大的刚性材料,终归抵抗不了地球重力的拉扯,难免会有自然沉降。一个解决办法是使用支撑,可是解冻后的白令海峡底部情况复杂、变幻无常,即使勉强下墩,为了保持长期稳定也需要常年维护。与其如此,还不如一了百了地不用桥墩,再说我也认为那样反映不出工业文明的壮观。如果搞成钢索牵拉桥,在风力影响下钢索的动荡会使桥上的住户感到不安。因此我想到了拱形结构,而且为了不使拱形露出来,我不能采用上承式,也就是像贵国建筑学方面的祖师爷鲁班所设计的赵州桥那种结构。"

"李春。"我纠正道,"鲁班爷造赵州桥只是个传说。"

"好吧。"市长没在这个问题上多做纠缠,"而拱架与桥体之间曲直相交的中承式结构也会露出一定的拱架。因此,我决定使用下承式,也就是让整个刚硅拱架位于桥梁上方,同时在它的两边建造楼房。这样便可以把整个拱架挡住,使人们误以为它无墩无拱——实际上是真无墩而假无拱。"

"正盖的那些楼房都是摩天大厦吗?"对此我深表怀疑,"那么长的拱,只要稍微有一点曲率,拱高就相当巨大,能遮住吗?"

"拱的曲率的确相当小,在中央地段你甚至会误以为它与桥面平行。"市长说这话时神情颇为淘气,"正在建设的楼房已经遮住它了,难道你没注意到它在楼群中的生长?"

我这才明白校园建设为什么要与桥梁建设同步进行。但我感到这种掩盖没有任何意义,这种刻意追求形式的做法根本不符合工业文明的原则。

"还是那句话,只是为了起到一种震撼效果。"市长同意我的看法,

"数百年来,海峡为海上航行带来了方便,却也阻碍着陆路交通。随着政治经济文化交往的日益发展,在海峡上架设桥梁,实现海峡交通的主体布局,已成为一种迫切需要。而现在——"市长稍作停顿,"当公众普遍认为美学意识在当前我们这个唯物质主义的时代里正在逐渐衰退的时候,我唯一能够说服他们的只有一点,那就是——可以表现的强大的工业文明就是美的。"

工业文明就是美的。我同意,但是这种美将付出代价。

"两边是大厦,中间是路,这是一个独特的造型。从力学观点上看无懈可击,只不过是旧瓶装新酒,而从美学观点上看则显得格外出众、别具一格。"市长的得意溢于言表,"我计划把这一造型叫作'塔科马峡谷'。"

我不禁愕然得瞠目结舌。

"看来小伙子还真懂得不少桥梁史知识。"市长为自己刚才最后一句话所起到的效果沾沾自喜,微笑着挥挥手表示我可以退场了,"但我这个人从不迷信,甚至喜欢反其道而行。"

7

每一名建筑工程师都了解这样一个事实:在上世纪上半叶,横跨于美国华盛顿州普吉特海峡塔科马峡谷上的一座钢结构大桥被风"刮"断了。

我回到自己的寓所,再次观看网络中有关塔科马大桥史诗般悲壮的

镜头:

1940年7月1日,造型优美的塔科马钢铁大桥建成通车。大桥刚投入使用就出现上下起伏的振动,引得许多人驱车前往享受这种奇妙的感觉。

11月7日晨7:00,顺峡谷刮来的8级大风带着人耳不能听到的振荡,激起了大桥本身的谐振。在持续3个小时的大波动中,整座大桥竟上下起伏达1米之多。

10:00,振动变得更加强烈了,其幅度之大简直令人难以置信。数千吨重的钢铁大桥由刚性变成了柔性,像一条缎带一样以8.5米左右的振幅来回起伏飘荡。高达数米的长长波浪在沉重的结构上缓慢爬行,从侧面看就像是一条正在发怒的巨蟒。在整个过程中共振在不断加强,但是谁也想不到将会产生什么样的后果。

11:10,正在桥上观测的一位教授保证"大桥绝对安全"。可他话音刚落,大桥就开始断裂,教授沿着桥上的标志线安全地退了下来。就在这一瞬之间,桥上那承受着大桥重量的钢索在怪物般起伏的进攻下失去了束缚力,猝然而断。大桥的主体从天而降,整个拍落到万丈深渊。桥上的其他构件也难逃噩运,像巨人手中的玩具一样飞旋而去,仿佛电影中的慢镜头一样。当时正在桥中央的一名记者赶忙钻出汽车,拼命抓住桥边的栏杆,用手和膝盖爬行着脱了险。整座大桥坍塌了!车里的小狗和汽车一起从桥上掉落,成为这次事故唯一的牺牲者。

在观看这些镜头的同时,由于近来对桥梁发展史的偏爱,我专门注意了塔科马大桥的跨径——853米。

网络有关区域除了存有事故本身的资料,还张贴了许多有趣的逸闻,比如——

事故发生后人们才得知,大桥投保额达800万美元的保险金早已被保险公司的一名外勤工作人员私吞,为此他锒铛入狱。不过这名贪污犯讥诮地指出,假使此事再晚发生一周他就能逃脱干系,因为那时大桥管理人员将取消所有的保险合同,他们坚信大桥安全可靠、万无一失。当地银行本来在桥边立有一块招牌,宣称他们的银行"像塔科马大桥一样可靠",可大桥一塌,他们慌忙把它拆除了。

再比如——

大桥坍塌后,州长在演说中声称:"我们还要照以前那样建造一个完全一样的桥!"著名工程师冯·卡门听说后马上给州长拍发了一份电报:"如果你要照以前那样修建一个完全一样的桥,那它就会完全照以前那样倒塌在那里。"

"塔科马大桥毁于共振。"在我的虚心请教下,郭威向我解释了冯·卡门看似诅咒的警告,"对于加劲钢板梁悬索桥来说,当桥面距离空旷水域的水面较高时,风力就会使它们发生振动。因为当稳定的层流风吹向障碍物时,风力将分流绕过其断面而形成周期性的涡流脱落,这又被称为卡门涡街——懂吗?"

"不懂。"我诚实地摇头。

"说得通俗一点,流动的空气在绕过障碍物时会迫其产生振动。当振动达到一定程度时就会引起障碍物的共振,共振使振幅逐渐增大,桥就没有不塌的。这懂吗?"

"你一开始就该这么讲。"我说,"当时的风速好像才每秒钟19米。"

"不小了,时速快70千米了,不过马路上的汽车跑出这个速度很容易。再说共振对于建筑物和构筑物的危害程度并不仅仅取决于风速大小。"郭威进一步阐述这一问题,"英国也发生过一起类似事件,1831年一队士兵通过曼彻斯特附近的布劳顿吊桥时,整齐的正步使桥梁发生共振并因此倒塌。从此以后军队规定,士兵在列队过桥时应改走便步,以免共振毁桥。"

明天将进行白令大桥的剪彩仪式。是夜,我反复浏览塔科马蒙难的镜头,每次重温都有一种巨大的伤感袭上心头。我认为这种情感源于担心文明被摧毁的一种恐惧。

我在观看上个世纪那部恐龙影片时的感受可以印证这一点。

当我目睹中年科学家为救护险境中的三名同伴而被恐龙撕吃时,当我看到男主人公为掩护情人女儿挺身而出主动吸引恐龙注意力时,我没有丝毫感动;但是,当我看到整个人类队列被巨大的低等生物恐龙驱赶着疯狂奔跑的时候,当我看到两双本应操纵键盘的手不得不为生存而拼命挖掘泥土最后却依旧未能如愿逃生的时候,我禁不住热泪盈眶。个体的牺牲已很难唤起我的情感,只有在文明被践踏时才会使我感到深深的难过。

事实上,我感到自己正在一天天地被工业文明召唤,在它巨大的笼罩之下如金属般冰冷的逻辑已在我脑海中留下了深深的印刻。在强大的工业文明面前,我一筹莫展;在强大的工业文明面前,我目光游离;在强大的工业文明面前,我徘徊犹豫。

郭威告诉我,塔科马悲剧使后来的悬索桥设计出现了以下的形式:美国工程师采取的解决办法就是采用高达10到12米的加劲桁架,并在桁架的顶部和底部设置风撑，这样产生的强大抗弯刚度和抗扭刚度可抵抗产生振动的风力影响。后来重新建造的塔科马大桥就采用了这种桁架形式。但是，由于抗风稳定需要而产生的这种形式使悬索桥的美学质量受到很大的影响。

美学质量！这也就是市长为什么不肯要桥墩、明拱和悬索的原因。但是我认为他忘记了他所崇敬的莱昂哈特老师的一句话："质量和美必须统一起来，质量居第一优先的地位。"

在后来的半个多世纪，桥梁界引用航空工程的成果深入研究了有关桥梁的风振问题，而且取得了良好的效果。但是早在事故发生后13年，这位莱昂哈特教授就曾就此向美国一些桥梁工程师提出了自己的想法。他认为首先要避免产生造成桥梁危险性振动的风力，而不是通过增加桁架和箱梁刚度的办法来抵抗风力；增大桁架甚至会增大风荷载。这种设想可以通过选用具有良好主动性能的桥面来实现，这样的桥面气流不致产生涡流，同时由风力产生的反力也将大大减小；仅仅用一根缆索悬吊桥面就可以进一步防止振动产生的危险性，单索悬索桥就是在这个思路指引下产生的。

还是回到镜头中来，因为在这里我得到的已不再只是桥梁史的经验和教训，而且还有重要意义的启迪。

在整个倒塌过程中，时间漫长得好像延续了数千年，其实仅仅只过了五秒钟。在这短暂而又漫长的五秒钟里，横跨塔科马峡谷的大桥结束了它那作为连接陆地桥梁的历史使命，一跃而升到技术史上令人刻骨铭心的记忆以及前车之鉴的地位。工程史上的这一深刻教训成了后世所有工程师工作中的座右铭，提醒他们在设计中必须对所有可能的潜在因素进行周详和综合的考虑，因为这正是设计现代巨型工程时绝对不可疏忽之点。

然而，现在我已经发现了白令大桥的疏忽之处：他们没有考虑到在48

小时之内综合隔绝漆损坏会发生何种情况。毕竟,这次工程上马得过于仓促。

即便是在《100年以后》中作者还曾提道:"要是不喜欢这座房子,那么就往上面浇溶解剂,然后把灰尘打扫干净就行啦。"

偏巧,我们——色彩主义组织——的计划也被称为"塔科马峡谷"。当然,我们的意思是,让白令大桥像塔科马大桥一样寿终正寝。

8

大桥雄伟壮观,大桥简洁美丽,大桥旖旎迷人。

蔚蓝色的天空风和日丽,万里无云。世界第一桥的剪彩典礼就要开始了。剪彩人是联合国秘书长田原。

市长、郭威以及许多我认识和不认识的人都已经来了,我们在宽大的桥面公路上列队等待。等待时我思绪万千。

我曾经做过一个浪漫主义色彩极浓的梦。

我梦见自己置身太平洋中——那肯定应该是在一条船上,远远地眺望着北方的白令海峡大桥。在我目力所及之处,阳光弥漫,水天一色,一条白色的亮线明确地横亘在两块模糊的陆地之间,宛如破折号一般连接着两端的句式。我就像一条小人鱼,观赏着远亲的辉煌成就。

我梦见自己置身北冰洋中——那似乎是在一架直升机上,很近地观看着南方的白令海峡大桥。由于逆光,这回我所看到的是一条黑色的线条。

大桥这一侧虽然寒冷，但冰山已开始消融，正经历着极地之春；大桥那一侧水光潋滟、金光闪闪，吸引着我的视线。我像一只极地鸟，试图飞越彼洋，却数次难以成行……

后来我意识到，在这个梦境当中，虽然我的视角反复变化，但我还是能够明显地感觉到自己的身体已经被放大。事实上我并非位于人类的任何交通工具上，而是以一个巨人的姿态在观瞻这小小寰球上的艺术造型。

今天的天气恰如那场梦境，在这美丽的景色中，我将要完成我的任务。

那不是市长布置给我的工作，也不是学校布置给我的课题，而是色彩主义组织布置给我的神圣任务。

根据组织中的科学家研究，著名的专利产品综合隔绝漆虽然难溶于各种有机溶液，但毕竟还是有它的弱点。由于一个极为偶然的机会，科学家发现这种固执的有机物居然溶于血红蛋白。在他实验室的器皿中，各种血型的血液已使综合隔绝漆发生多次溶解；同时的附带结论还有：血液对于刚硅的生长具有强烈的催化作用。

要想使白令大桥桥面上一块足以发生连锁反应的综合隔绝漆溶解，至少需要3升血液。而这么多血，只有一个具有生命的人才能提供。

于是，组织给我的命令是利用自身的血液溶解尽量大面积的综合隔绝漆。这样做的效果将使仍具有新陈代谢能力的刚硅蛇重见天日，同时血液又将催化刚硅迅速地疯狂生长。很快，桥梁自重就会超过暗拱的承载能力，结果不言而喻，白令大桥将不可避免地坍塌。之所以选择我来执行这一自杀性行动，是因为在联合国秘书长前来剪彩之际，整个组织里只有我才有可能出现在桥上。

工业文明就是美的。我同意。但是这种美将付出代价——血的代价！

在我的内心中充斥着一种深深的巨大悲哀！对于48小时内综合隔绝漆的损坏问题，组织与我是同时想到的，可是他们竟然相信所谓"人类血液能够溶解综合隔绝漆"这种有如中世纪迷信般的荒谬理论！

但是，我不得不接受这样的命令。我与色彩主义组织的宿缘极深，从我一出生便开始接受着这种扭曲的教育，要求我执着地捍卫它，甚至不惜为它献出生命。

等待。我在脑中来回放映着网络上各种桥塌的镜头；

等待。我在心中反复回忆着噩梦中多次迭现的景象。

昨夜我已经梦见，市长早已洞悉了我的企图，但他清楚地知道这一行为对大桥将无损丝毫，因此不予理睬，或者正好做反面教材；

昨夜我已经梦见，组织首领早就清楚这一举动无聊透顶，只是为了在解散组织之前给自己和所有落伍的坚守者一个有力的理由；

昨夜我已经梦见，所谓科学家承认自己伪造实验结果，器皿中的综合隔绝漆分明是经血液36小时浸泡后被玻璃棒捣烂的，我将成为欺世盗名者的牺牲品；

昨夜我已经梦见，早已作古的华盛顿州州长告诉我，市长之所以能够成功，就是因为塔科马大桥已被重建并至今屹立如初；你们之所以必然失败，就是因为塔科马悲剧已成为往昔的教训和追忆；

昨夜我已经梦见，为整个人类谋取利益的联合国秘书长在哭泣，在她眼前是我为了整个人类谋取利益而捐躯……

昨夜我已经梦见……

我使劲摇了摇头，排遣掉扰乱心绪的沉思杂念，抛弃掉动摇意志的内心独白。联合国秘书长亲自驾驶的轿车再过几个小时就要上桥了，我不能等到那个时候。我毫不犹豫地切开动脉，同时打破混有阻止血凝的柠檬酸钠的瓶子。其中的迷幻药物会使我感觉不到丝毫痛苦，我们不得不靠工业文明来反抗工业文明。

我既不是什么生命价值不受重视的克隆人，也没被什么控制电极连接在脑中。我只是觉得，人总是应该有点信念的，尽管这种信念腐朽而陈旧。

鲜红的血液喷涌而出，飞溅到周围人的身上。对不起了，市长、郭威，还有其他所有的朋友，我把你们雪白的、漆黑的、米黄的西服弄脏了。

我看见殷红色的液体漫过国际日期变更线，正在逐渐淹没着时间的划分。我的热血正在从明天流向今天，或者说正在从今天流向昨天。但无论如何，历史依旧会向前。

我坚信，尽管新的白令大桥可能很快就会被建起，尽管我的举动也许不能改变整个人类发展的进程，但是，历史依旧会承认和追述我可歌可泣的英勇事迹。在我抛洒热血的地方，会树立起一座永恒的丰碑；在叙述我光荣业绩的墓志铭前，会有无数的多情少女为之动容甚至落泪……

附录

中国电视纪录片《白令桥横》镜头一组

女主持人迎风而立，海风将她的头发吹得满头满脸。

"观众朋友们，现在在我脚下的是一年前建造的白令海峡大桥，它以雄伟壮丽的优美造型横跨在白令海峡上面。白令海峡位于亚洲大陆东北端和北美大陆西北端之间，北连北冰洋的楚科奇海，南接太平洋的白令海，是沟通北冰洋和太平洋的唯一通道。海峡水道中央既是亚洲和北美洲的洲界线，又是国际日期变更线，过去，还充当了俄国与美国的国界线。而现在，以白令大桥为主体的白令市已成为第一座不属于任何国家的国际城市。白令大桥在两洲人民之间真正实现了跨越时空相见的奇迹。"

女主持人走到国际日期变更线的纪念碑前。

"这里有一块纪念碑。"女主持人念上面的字迹，"国际日期变更线。"

镜头特写：雄伟庄严的纪念碑面。

"我现在正跨在国际日期变更线上，我的身体同时位于两天……"

镜头特写：象征国际日期变更线的醒目白线。

女主持人绕到碑的背面。

"它的背面也有字。"女主持人念上面的字迹，"白令大桥剪彩处。"

镜头特写：美丽壮观的纪念碑的背面。

"这里是伟大的大桥剪彩处。一年以前，联合国秘书长在这里成功地进行了剪彩仪式。"

资料镜头：来自中国的第一位女联合国秘书长田原。下车；挥手；剪彩；鼓掌。

"从那一天起，白令大桥的一切建设就都已走上了正轨。"

镜头移动：一对青年情侣在喂食鸽子，安详而恬静。背景是大桥区的一隅，校园建设正在和平而迅速地进行着。

镜头拉开：在纪念碑的周围，一畦鲜艳的玫瑰在迎风怒放。

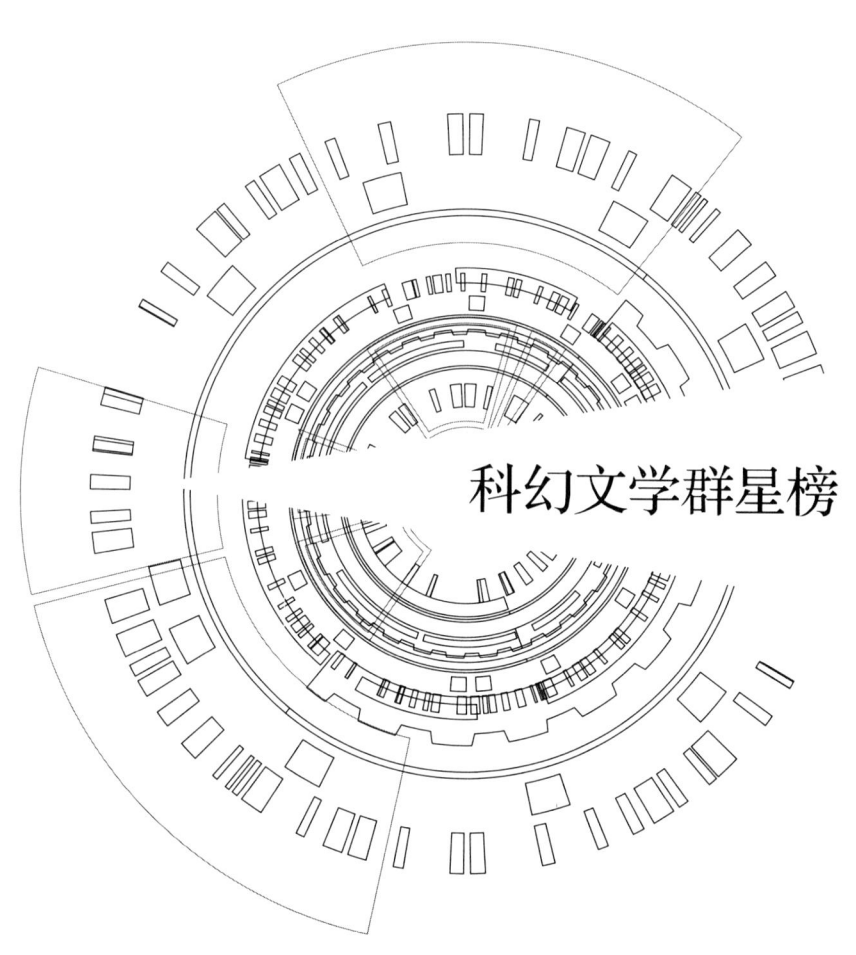

科幻文学群星榜

科幻文学群星榜
出版书目

序号	作者	书名
1	郑文光	侏罗纪
2	萧建亨	梦
3	刘兴诗	美洲来的哥伦布
4	童恩正	在时间的铅幕后面
5	张静	K星寻父探险记
6	程嘉梓	古星图之谜
7	金涛	月光岛
8	王晋康	生死平衡
9	刘慈欣	纤维
10	潘家铮	子虚峡大坝兴亡记
11	韩松	青春的跌宕
12	星河	白令桥横
13	凌晨	猫
14	何夕	异域
15	杨鹏	校园三剑客
16	杨平	神经冒险
17	刘维佳	使命：拯救人类
18	潘海天	饿塔
19	拉拉	永不消逝的电波
20	赵海虹	月涌大江流
21	江波	自由战士
22	宝树	人人都爱查尔斯
23	罗隆翔	朕是猫
24	陈楸帆	动物观察者
25	张冉	灰城
26	梁清散	欢迎光临烤肉星
27	七月	撬动世界的人于此长眠
28	杨晚晴	天上的风
29	飞氘	讲故事的机器人
30	程婧波	第七种可能
31	万象峰年	点亮时间的人
32	长铗	674号公路
33	迟卉	蛹唱
34	顾适	为了生命的诗与远方
35	陈茜	量产超人
36	刘洋	单孔衍射
37	双翅目	智能的面具
38	石黑曜	仿生屋
39	阿缺	收割童年
40	王诺诺	故乡明
41	孙望路	重燃
42	滕野	回归原点